A NOVA PROFECIA

GATOS GUERREIROS

ERIN HUNTER

A NOVA PROFECIA

GATOS GUERREIROS

AURORA

Tradução
LÍGIA AZEVEDO

Esta obra foi publicada originalmente em inglês com o título
DAWN – WARRIORS, THE NEW PROPHECY.

Uma série criada por Working Partners Limited

Arte e design da capa: Hanna Höri, para a edição alemã (Beltz)

1ª edição *2025*

Tradução
LÍGIA AZEVEDO

Acompanhamento editorial
Márcia Leme
Preparação de textos
Márcia Leme
Revisões
Alessandra Miranda de Sá
Ana Paula Felippe
Produção gráfica
Geraldo Alves
Paginação
Renato Carbone

Dados Internacionais de Catalogação na Publicação (CIP)
(Câmara Brasileira do Livro, SP, Brasil)

Hunter, Erin
Aurora : gatos guerreiros : a nova profecia / Erin Hunter ; tradução Lígia Azevedo. – 1. ed. – São Paulo : Editora WMF Martins Fontes, 2025. – (Gatos guerreiros : a nova profecia ; 3)

Título original: Dawn.
ISBN 978-85-469-0747-2

1. Ficção – Literatura infantojuvenil I. Título. II. Série.

25-269434 CDD-028.5

Índices para catálogo sistemático:
1. Ficção : Literatura infantil 028.5
2. Ficção : Literatura infantojuvenil 028.5

Eliete Marques da Silva – Bibliotecária – CRB-8/9380

Todos os direitos desta edição reservados à
Editora WMF Martins Fontes Ltda.
Rua Prof. Laerte Ramos de Carvalho, 133 01325-030 São Paulo SP Brasil
Tel. (11) 3293.8150 e-mail: info@wmfmartinsfontes.com.br
http://www.wmfmartinsfontes.com.br

Um agradecimento especial a Kate Cary

AS ALIANÇAS

CLÃ DO TROVÃO

LÍDER	ESTRELA DE FOGO – belo gato de pelo avermelhado
REPRESENTANTE	LISTRA CINZENTA – gato de pelo longo cinza-chumbo
CURANDEIRA	MANTO DE CINZA – gata de pelo cinza-escuro APRENDIZ, PATA DE FOLHA
GUERREIROS	(gatos e gatas sem filhotes) PELO DE RATO – gata pequena, marrom-escura APRENDIZ, PATA DE ARANHA PELAGEM DE POEIRA – gato malhado em tons marrom-escuros APRENDIZ, PATA DE ESQUILO TEMPESTADE DE AREIA – gata de pelo alaranjado CAUDA DE NUVEM – gato branco de pelo longo PELO DE MUSGO-RENDA – gato malhado marrom-dourado APRENDIZ, PATA BRANCA GARRA DE ESPINHO – gato malhado marrom--dourado APRENDIZ, PATA DE MUSARANHO CORAÇÃO BRILHANTE – gata branca com manchas laranja GARRA DE AMORA DOCE – gato malhado marrom-escuro com olhos cor de âmbar PELO GRIS – gato cinza-claro (com manchas mais escuras) com olhos azul-escuros BIGODE DE CHUVA – gato cinza-escuro com olhos azuis

PELO DE FULIGEM – gato cinza-claro com olhos cor de âmbar

CAUDA DE CASTANHA – gata branca e atartarugada com olhos cor de âmbar

APRENDIZES

(com idade superior a seis luas, em treinamento para se tornarem guerreiros)

PATA DE ESQUILO – gata de pelo ruivo escuro e olhos verdes

PATA DE FOLHA – gata malhada marrom-clara com olhos cor de âmbar e patas brancas

PATA DE ARANHA – gato preto de patas longas, barriga marrom e olhos cor de âmbar

PATA DE MUSARANHO – gato pequeno marrom-escuro com olhos cor de âmbar

PATA BRANCA – gata branca com olhos verdes

RAINHAS

(gatas que estão grávidas ou amamentando)

FLOR DOURADA – gata de pelo laranja-claro, a rainha mais velha do berçário

NUVEM DE AVENCA – gata cinza-clara (com manchas mais escuras) com olhos verdes

ANCIÃOS

(antigos guerreiros e rainhas, agora aposentados)

PELE DE GEADA – gata com belíssimo pelo branco e olhos azuis

CAUDA SARAPINTADA – gata malhada de cores pálidas

RABO LONGO – gato de pelo desbotado, com listras pretas, aposentado precocemente por problemas de visão

CLÃ DAS SOMBRAS

LÍDER

ESTRELA PRETA – gato branco grande e com enormes patas pretas

REPRESENTANTE

PELO RUBRO – gata de pelagem avermelhada em tom escuro

CURANDEIRO — **NUVENZINHA** – gato malhado bem pequeno

GUERREIROS — **PELO DE CARVALHO** – gato pequeno e marrom
APRENDIZ, PATA DE FUMAÇA

CORAÇÃO DE CEDRO – gato cinza-escuro

GARRA DE SORVEIRA – gato de pelo avermelhado
APRENDIZ, PATA DE GARRA

ASA DA NOITE – gata preta

PELO DE AÇAFRÃO – gata atartarugada com olhos verdes

RAINHA — **PAPOULA ALTA** – gata malhada em tons marrom-claros e com longas pernas

ANCIÃOS — **NARIZ MOLHADO** – pequeno gato de pelo cinza e branco, antigo curandeiro

PEDREGULHO – gata cinza e magro

CLÃ DO VENTO

LÍDER — **ESTRELA ALTA** – gato idoso, branco e preto, de cauda muito longa

REPRESENTANTE — **GARRA DE LAMA** – gato malhado marrom-escuro
APRENDIZ, PATA DE CORVO – gato cinza-escuro esfumado, quase preto

CURANDEIRO — **CASCA DE ÁRVORE** – gato marrom de cauda curta

GUERREIROS — **ORELHA RASGADA** – gato malhado

PÉ DE TEIA – gato malhado cinza-escuro
APRENDIZ, PATA DE DONINHA

BIGODE RALO – gato malhado marrom

ASA DE TORDO – gata marrom-clara com olhos azuis
APRENDIZ, PATA DE CARDO

RAINHAS

PÉ DE CINZA – gata cinza

CAUDA BRANCA – gata branca pequena

ANCIÃOS

FLOR DA MANHÃ – gata atartarugada

BIGODE DE AVEIA – gato malhado marrom

CLÃ DO RIO

LÍDER

ESTRELA DE LEOPARDO – gata de pelo dourado e manchas incomuns

REPRESENTANTE

PÉ DE BRUMA – gata de pelo cinza e olhos azuis

CURANDEIRO

PELO DE LAMA – gato cinza-claro de pelo longo
APRENDIZ, ASA DE MARIPOSA – gata dourada com olhos cor de âmbar

GUERREIROS

GARRA NEGRA – gato preto-acinzentado
APRENDIZ, PATA DE ARGANAZ

PASSO PESADO – gato malhado e de pelo espesso
APRENDIZ, PATA DE PEDRA

PELO DE TEMPESTADE – gato cinza-escuro com olhos cor de âmbar

GEADA DE FALCÃO – gato marrom-escuro de ombros largos

CAUDA DE ANDORINHA – gata malhada marrom--escura com olhos verdes
APRENDIZ, PATA SALPICADA

RAINHAS

PELE DE MUSGO – gata atartarugada

FLOR DA AURORA – gata cinza-clara

ANCIÃOS

PELUGEM DE SOMBRA – gata de pelo cinza muito escuro

VENTRE RUIDOSO – gato marrom-escuro

TRIBO DA ÁGUA CORRENTE

MESTRE	**FALANTE DAS PEDRAS PONTIAGUDAS (FALANTE DAS ROCHAS)** – gato malhado marrom com olhos cor de âmbar
CAÇADORES DE PRESAS	(gatos e gatas responsáveis por providenciar comida) **CÉU CINZA ANTES DO AMANHECER (CINZA)** – gato malhado cinza-claro **RIACHO ONDE OS PEIXINHOS NADAM (RIACHO)** – gata malhada marrom
GUARDAS DAS CAVERNAS	(gatos e gatas responsáveis por proteger as cavernas) **GARRA DA ÁGUIA ARREBATADORA (GARRA)** – gato malhado marrom-escuro (ex-líder dos desterrados) **ESCARPA ONDE A GARÇA POUSA (ESCARPA)** – gato cinza-escuro (ex-desterrado) **ROCHA SOB ÁGUA PARADA (ROCHA)** – gato marrom (ex-desterrado) **PÁSSARO QUE CANTA NO CREPÚSCULO (PÁSSARO)** – gata malhada cinza (ex-desterrada) **PENHASCO ONDE AS ÁGUIAS FAZEM NINHO (PENHASCO)** – gato cinza-escuro **CAMINHO ÍNGREME AO LADO DA CACHOEIRA (CAMINHO)** – gato malhado marrom-escuro **NOITE SEM ESTRELAS (NOITE)** – gata preta
MÃES DE FILHOTES	(gatas que estão grávidas ou amamentando) **SOMBRA DA ASA SOBRE A ÁGUA (SOMBRA)** – gata cinza e branca **VOO DA GARÇA ASSUSTADA (VOO)** – gata malhada marrom

GATOS QUE NÃO PERTENCEM A CLÃS

CEVADA – gato preto e branco que mora em uma fazenda perto da floresta

PATA NEGRA – gato negro e magro que vive na fazenda com Cevada

ALMOFADA – gatinha de gente malhada com olhos azuis

SASHA – gata vilã ocre

OUTROS ANIMAIS

MEIA-NOITE – uma texugo observadora de estrelas que vive perto do mar

VISTA DOS GATOS

PEDRAS ALTAS

FAZENDA DO CEVADA

QUATRO ÁRVORES

ACAMPAMENTO DO CLÃ DO VENTO

QUEDA-D'ÁGUA

ROCHAS ENSOLARADA

ACAMPAMENTO DO CLÃ DO RIO

RIO

PONTO DE CORTE DE ÁRVORES

PONTO DA CARNIÇA
ACAMPAMENTO DO CLÃ DAS SOMBRAS
CAMINHO DO TROVÃO
ÁRVORE DA CORUJA
GRANDE PLÁTANO
ACAMPAMENTO DO CLÃ DO TROVÃO
ROCHAS DAS COBRAS
VALE DE AREIA
PINHEIROS ALTOS
LUGAR DOS DUAS-PERNAS
LEGENDA dos CLÃS
Clã do Trovão
Clã do Rio
Clã das Sombras
Clã do Vento
Clã das Estrelas
NORTE

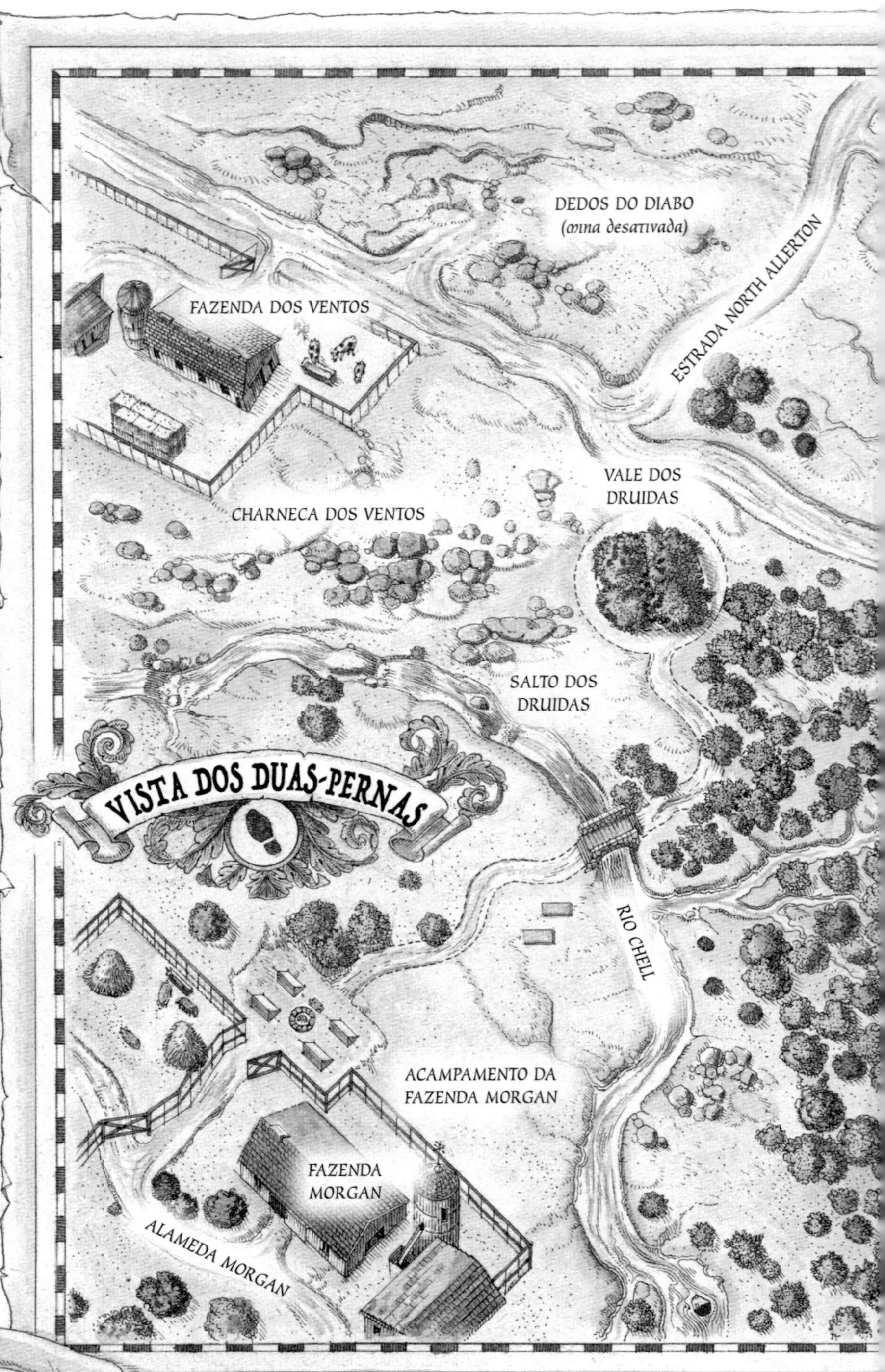

VISTA DOS DUAS-PERNAS

DEDOS DO DIABO
(mina desativada)

ESTRADA NORTH ALLERTON

FAZENDA DOS VENTOS

VALE DOS
DRUIDAS

CHARNECA DOS VENTOS

SALTO DOS
DRUIDAS

RIO CHELL

ACAMPAMENTO DA
FAZENDA MORGAN

FAZENDA
MORGAN

ALAMEDA MORGAN

PONTA DO RECREIO
NORTH ALLERTON

ESTRADA DOS VENTOS

FLORESTA DO
CERVO BRANCO

FLORESTA DE CHELFORD

MOINHO DE CHELFORD

CHELFORD

LEGENDA
do
MAPA

Floresta de Folhas Caducas

Coníferas

Brejo

Rochas e penhascos

Trilhas para caminhada

NORTE

PRÓLOGO

Estrelas cintilavam frias na floresta desnudada por uma amarga estação das folhas caídas. Sombras se moviam na vegetação rasteira – formas esguias com os pelos baixados pelo orvalho da noite fresca, enfiando-se entre as hastes como água entre os juncos. A pele dos gatos não revelava músculos como outrora fizera; a pelagem se agarrava aos ossos por baixo dos corpos magros.

O gato de cor avermelhada que conduzia a procissão silenciosa ergueu a cabeça para sentir o cheiro no ar. Muito embora a noite tivesse silenciado os monstros dos Duas-Pernas, seu fedor continuava impregnado em cada folha e em cada galho decadentes.

O cheiro da companheira a seu lado servia de consolo, um cheiro familiar que se misturava ao fedor odioso dos Duas-Pernas e aplacava sua pungência cruel. Ela teimava em acompanhar o ritmo dele, muito embora seus passos vacilantes denunciassem a barriga vazia havia muito e as noites sem dormir.

– Estrela de Fogo – ela miou, ofegante, enquanto continuavam avançando. – Acha que nossas filhas nos encontrarão quando voltarem para casa?

O gato de cor avermelhada estremeceu como se tivesse pisado em um espinho. – Só nos resta torcer por isso, Tempestade de Areia – ele respondeu, calmo.

– Mas como elas vão saber onde procurar? – Tempestade de Areia olhou para um gato cinza de ombros largos que vinha atrás. – Listra Cinzenta, acha que elas vão saber para onde fomos?

– Ah, elas vão nos encontrar – Listra Cinzenta prometeu.

– Como pode ter certeza? – perguntou Estrela de Fogo. – Deveríamos ter mandado outra patrulha atrás de Pata de Folha.

– E nos arriscar a perder mais gatos? – Listra Cinzenta miou.

A dor nublou os olhos de Estrela de Fogo. Ele apertou o passo pelo caminho ensombrecido.

Tempestade de Areia retorceu o rabo. – Foi a decisão mais difícil que ele já teve de tomar – sussurrou para Listra Cinzenta.

– Ele *tinha* de colocar o clã em primeiro lugar.

Tempestade de Areia fechou os olhos por um momento. – Perdemos muitos gatos na última lua – ela miou.

O vento deve ter levado sua voz até Estrela de Fogo, porque ele virou a cabeça, com os olhos endurecidos. – Então talvez, na Assembleia, os outros clãs finalmente concordem que precisamos nos unir para enfrentar essa ameaça – ele resmungou.

– Unir? – um gato malhado miou em tom provocativo. – Você esqueceu como os clãs reagiram da última vez que disse isso? O Clã do Vento estava morrendo de fome, mas daria na mesma se tivesse sugerido que eles comessem os próprios filhotes. Eles são orgulhosos demais para admitir que precisam da ajuda de qualquer gato.

– As coisas estão ainda piores agora, Pelagem de Poeira – Tempestade de Areia argumentou. – Como qualquer clã pode se manter forte com seus filhotes morrendo? – Ela ficou em silêncio por um momento, dando-se conta do que havia dito. – Sinto muito, Pelagem de Poeira – murmurou afinal.

– Laricinho pode ter morrido – Pelagem de Poeira rosnou –, mas isso não significa que permitirei que o Clã do Trovão siga as ordens de outro!

– Nenhum clã vai nos dar ordens – Estrela de Fogo insistiu. – Mas ainda acredito que podemos ajudar uns aos outros. A estação sem folhas está quase chegando. Os Duas-Pernas e seus monstros afastaram a maior parte das presas ainda mais e envenenaram o que sobrou, de modo que não é seguro comer. Não podemos lutar sozinhos.

De repente, os sussurros do vento por entre os galhos se transformaram em um rugido. Estrela de Fogo desacelerou e levantou as orelhas.

– O que foi isso? – Tempestade de Areia perguntou baixinho, com os olhos arregalados.

– Tem algo acontecendo em Quatro Árvores! – Listra Cinzenta berrou.

Ele saiu correndo, com Estrela de Fogo em seu encalço, ambos seguidos de perto por seus companheiros de clã. Os gatos pararam derrapando no alto de uma encosta e olharam para o barranco íngreme.

Luzes fortes e artificiais, mais nítidas que o luar, iluminavam os troncos dos quatro carvalhos gigantes que guardavam aquele lugar desde a época dos grandes clãs. Uma luz mais forte vinha dos olhos dos monstros enormes agachados à beira da clareira. A Pedra Grande – a vasta pedra cinza e lisa onde os líderes dos clãs se posicionavam para se dirigir à Assembleia a cada lua cheia – parecia pequena e indefesa, como um filhote agachado no Caminho do Trovão.

Duas-Pernas se alvoroçavam lá embaixo, gritando uns com os outros. Um som diferente cortou o ar, um lamento agudo, estridente. Um Duas-Pernas ergueu uma pata dianteira enorme, que cintilava sob as luzes fortes. Então a apoiou no tronco do carvalho mais próximo, que soltou poeira como se fosse sangue escorrendo de uma ferida. A pata dianteira e brilhante uivava enquanto mordia violentamente a casca da antiga árvore, aproximando-se cada vez mais do seu cerne, até que o Duas-Pernas gritou em aviso e se ouviu um estalo tão alto que abafou o barulho dos monstros. O grande carvalho começou a se debruçar, a princípio devagar, depois cada vez mais rápido, até ir ao chão com um baque. Seus galhos sem folhas estrepitaram ao tocar a terra fria, mas um silêncio mortal se seguiu.

– Impeça-os, Clã das Estrelas! – Tempestade de Areia miou.

Não havia nenhum sinal de que os ancestrais guerreiros daquele clã sabiam do que estava acontecendo em Quatro Árvores. As estrelas cintilavam frias no céu índigo enquanto o Duas-Pernas passava ao carvalho seguinte, com a pata dianteira clamando por mais uma vida.

Os gatos assistiram horrorizados ao Duas-Pernas ir de carvalho em carvalho na clareira, até o último cair. Quatro Árvores, o lugar onde os quatro clãs haviam se encontrado ao longo de muitas gerações, não existia mais. Os quatro carvalhos gigantes estavam tombados no chão, seus galhos balançando em silêncio. Os monstros dos Duas-Pernas rugiram nos limites da clareira, prontos para avançar e retalhar as presas recém-abatidas, porém os gatos permaneceram no alto da encosta, incapazes de se mover.

– A floresta está morta – murmurou Tempestade de Areia. – Não resta esperança para nenhum de nós.

– Coragem. – Os olhos de Estrela de Fogo brilhavam quando ele se virou para encarar os outros. – Ainda temos nosso clã. Sempre há esperança.

CAPÍTULO 1

Foi Pata de Corvo quem primeiro sentiu o cheiro do pântano, quando o sol da manhã espalhava sua luz cremosa sobre a grama orvalhada. Embora ele não produzisse nenhum som, Pata de Esquilo notou que suas orelhas se ergueram e sentiu que deixava de lado um pouco do cansaço contra o qual lutava desde a morte de Cauda de Pluma. O gato cinza-escuro do Clã do Vento apertou o passo, subindo depressa a encosta onde a névoa ainda se agarrava às gramíneas altas. Pata de Esquilo abriu a boca e puxou o ar até sentir o cheiro familiar de tojo e urze no ar frio da manhã. Então correu atrás dele, com Garra de Amora Doce, Pelo de Tempestade e Pelo de Açafrão logo atrás. Todos sentiam os cheiros do pântano agora; todos sabiam que estavam perto do fim daquela longa e exaustiva jornada.

Sem dizer nada, os cinco gatos pararam em fileira nos limites do território do Clã do Vento. Pata de Esquilo olhou para seu companheiro de clã, Garra de Amora Doce, e depois para Pelo de Açafrão, a gata do Clã das Sombras. Ao lado dela, Pelo de Tempestade, o gato guerreiro cinza do Clã do Rio, estreitava os olhos por causa do vento frio. Pata de Corvo era quem olhava com mais intensidade para o pasto irregular onde havia nascido.

– Não teríamos chegado tão longe sem a ajuda de Cauda de Pluma – murmurou.

– Ela morreu para nos salvar – Pelo de Tempestade concordou.

Pata de Esquilo estremeceu ao ouvir a tristeza profunda na voz do guerreiro do Clã do Rio. Cauda de Pluma era irmã de Pelo de Tempestade. Havia morrido salvando-os de um predador feroz, depois que tinham encontrado um grupo de gatos desconhecidos nas montanhas. Esses gatos eram da Tribo da Água Corrente e viviam em uma caverna atrás de uma cachoeira, seguindo os próprios ancestrais – não o Clã das Estrelas, mas a Tribo da Caça Sem Fim. Um gato da montanha vinha perseguindo a Tribo havia muitas luas, matando um por um. Quando ele voltou a invadir a caverna, Cauda de Pluma conseguiu desprender uma pedra pontuda do teto, que caiu sobre a fera, matando-a. Mas a gata acabou se ferindo na operação, e agora estava enterrada sob pedras no território da Tribo, perto da cachoeira e com o som da água corrente para guiá-la até o Clã das Estrelas.

– Era o destino dela – Pelo de Açafrão comentou, gentil.

– O destino dela era completar a jornada conosco – Pata de Corvo grunhiu. – O Clã das Estrelas a escolheu para viajar até o lugar onde o sol mergulha e ouvir o que Meia-Noite tinha a nos dizer. Ela não deveria ter morrido por outra profecia do clã.

Pelo de Tempestade se colocou ao lado de Pata de Corvo e cutucou o aprendiz do Clã do Vento com o focinho. – Bravura e sacrifício estão no Código dos Guerreiros – ele o lembrou. – Você preferiria que ela tivesse feito outra escolha?

Pata de Corvo olhou para os tojos sacudidos pelo vento e não respondeu. Suas orelhas tremiam, como se ele tentasse ouvir a voz de Cauda de Pluma na brisa.

– Vamos! – Pata de Esquilo saltou por cima da grama amassada, de repente ansiosa para concluir a viagem. Havia brigado com o pai, Estrela de Fogo, antes de partir, e suas patas se coçavam de nervosismo enquanto ela se perguntava como ele reagiria a seu retorno. Pata de Esquilo e Garra de Amora Doce haviam deixado a floresta sem contar a ninguém do clã para onde iam nem por quê. Pata de Folha, irmã de Pata de Esquilo, era a única que sabia que o Clã das Estrelas havia falado com um gato de cada clã por meio de sonhos que eles deviam ir ao lugar onde o sol mergulha para ouvir a profecia de Meia-Noite. Nenhum deles imaginara que Meia-Noite era uma texugo velha e sábia; e tampouco imaginaram a grave notícia que ela daria.

Pata de Corvo passou à frente dela para assumir a liderança, porque conhecia o território melhor que qualquer outro do grupo. Ele foi na direção de um aglomerado de tojos e desapareceu por um buraco, seguido de perto por Pelo de Açafrão. Pata de Esquilo abaixou a cabeça para que suas orelhas não pegassem nos espinhos e foi atrás deles pelo túnel estreito. Garra de Amora Doce e Pelo de Tempestade vinham na sequência, o que ela sabia pelo barulho de suas patas no solo.

À medida que os tojos se fechavam à sua volta, lembranças desagradáveis agitavam sua mente, trazendo de volta os sonhos que andavam perturbando seu sono – sonhos envolvendo um espaço reduzido e escuro, dominado pelo cheiro do medo e do pânico. Pata de Esquilo tinha certeza de que esses sonhos assustadores estavam de alguma maneira relacionados à irmã. Ela disse a si mesma que, agora que voltava para casa, descobriria exatamente onde Pata de Folha estava. Então sentiu um alarme renovado e correu na direção da luz.

Pata de Esquilo desacelerou ao emergir em um gramado aberto. Garra de Amora Doce e Pelo de Tempestade apareceram logo em seguida, a pele arranhada pelos espinhos afiados dos tojos.

– Não sabia que você tinha medo do escuro – Garra de Amora Doce a provocou, colocando-se a seu lado.

– Eu não tenho – Pata de Esquilo retrucou.

– Nunca a vi correr tão rápido – ele ronronou, e seus bigodes se retorceram.

– Só quero chegar logo em casa – Pata de Esquilo afirmou, com teimosia. Ela ignorou o olhar que Garra de Amora Doce e Pelo de Tempestade trocaram enquanto caminhavam a seu lado. Os três gatos estavam um pouco atrás de Pelo de Açafrão e Pata de Corvo, que voltaram a desaparecer em meio às urzes.

– O que será que Estrela de Fogo vai dizer quando contarmos sobre Meia-Noite? – Pata de Esquilo se perguntou em voz alta.

As orelhas de Garra de Amora Doce se retorceram. – Vai saber.

– Somos apenas mensageiros – Pelo de Tempestade miou. – Nosso único dever é contar a nossos clãs o que o Clã das Estrelas queria que soubéssemos.

– Você acha que eles vão acreditar em nós? – Pata de Esquilo perguntou.

– Se Meia-Noite estiver certa, acho que não vai ser difícil convencer todo mundo – Pelo de Tempestade pontuou, sério.

Pata de Esquilo percebeu que não pensara em nada além de voltar para casa e para seu clã. Ela afastara da mente a ideia da ameaça que pairava sobre a floresta. No entanto, seu coração se apertou de medo com as palavras de Pelo de Tempestade, e o aviso assustador de Meia-Noite ecoou em sua mente: *Duas-Pernas. Logo vêm com máquinas. Árvores eles arrancam, rochas eles quebram, própria terra se despedaça. Não mais lugar para gatos. Vocês ficam, os monstros também destroem, ou gatos morrem de fome sem presa.*

O pavor fez seu estômago revirar. E se fosse tarde demais? Será que ela ainda tinha um lar para onde voltar?

Pata de Esquilo procurou se acalmar, recordando o restante da profecia de Meia-Noite: *Mas não ficarão sem guia. Ao retornar, fiquem na Pedra do Conselho quando o Tule de Prata brilhar no céu. Guerreiro moribundo o caminho mostrará.* Ela inspirou profundamente. Ainda havia esperança. Mas eles tinham de chegar em casa.

– Sinto o cheiro do Clã do Vento!

O grito de Garra de Amora Doce trouxe Pata de Esquilo de volta ao pântano. – Precisamos alcançar Pata de Corvo e Pelo de Açafrão! – ela miou. O impulso de enfrentar o perigo ao lado de seus companheiros de viagem havia se tornado algo tão instintivo que ela havia esquecido que Pata de Corvo na verdade era do Clã do Vento e não correria perigo entre os seus.

Pata de Esquilo irrompeu em uma clareira, quase colidindo com um aprendiz magricela do Clã do Vento. Ela parou na mesma hora e ficou olhando para ele, surpresa.

O aprendiz era um gato malhado bastante jovem, quase um filhote, a julgar por sua aparência. Estava agachado no meio da clareira, com as costas arqueadas e os pelos eriçados, muito embora estivesse em desvantagem em relação a Pata de Corvo e Pelo de Açafrão tanto em número quanto em tamanho. Ele estremeceu quando Pata de Corvo saiu das urzes, porém permaneceu no lugar, corajoso.

– Eu sabia que havia farejado intrusos! – o aprendiz sibilou.

Pata de Esquilo estreitou os olhos. Um refugo patético como aquele realmente acreditava que daria conta de três gatos crescidos? Pata de Corvo e Pelo de Açafrão olhavam com toda a tranquilidade para o aprendiz do Clã do Vento.

– Corujinha! – Pata de Corvo miou. – Não está me reconhecendo?

O aprendiz inclinou a cabeça de lado e abriu a boca para farejar.

– Sou eu, Pata de Corvo! O que está fazendo aqui? Não deveria estar no berçário?

As orelhas do jovem aprendiz se mexeram. – Meu nome agora é *Pata de Coruja* – ele retrucou.

– Você não pode ser um aprendiz! – Pata de Corvo exclamou. – Ainda não tem nem seis luas.

– E você não pode ser Pata de Corvo – o gato malhado grunhiu. – Pata de Corvo fugiu. – Seus músculos, antes prontos para a batalha, relaxaram. Ele seguiu na direção do gato do Clã do Vento, que se manteve imóvel enquanto o pequeno cheirava seu corpo.

– Você está com um cheiro estranho – Pata de Coruja declarou.

– Foi uma longa viagem – Pata de Corvo explicou. – Mas agora voltamos, e preciso falar com Estrela Alta.

– Quem precisa falar com Estrela Alta? – Um miado hostil fez Pata de Esquilo pular. Quando ela se virou, viu um guerreiro do Clã do Vento se aproximando pelas urzes, as patas elevadas para evitar os espinhos. Dois outros guerreiros o seguiam. Pata de Esquilo os observava preocupada. Estavam tão magros que dava para enxergar suas costelas por baixo dos pelos. Fazia tempo que não conseguiam pegar uma presa?

– Eu! Pata de Corvo! – miou o aprendiz do Clã do Vento, contraindo a ponta do rabo. – Não me reconhece, Pé de Teia?

– Claro que sim – o guerreiro miou. Seu tom era tão indiferente que Pata de Esquilo sentiu uma pontada de pena do amigo. Pata de Corvo não estava sendo bem-recebido, e ainda nem havia transmitido a má notícia a seus companheiros de clã.

– Pensamos que estivesse morto – Pé de Teia miou.

– Bom, não estou. – Pata de Corvo piscou. – Está tudo bem com o clã?

Pé de Teia estreitou os olhos. – O que esses gatos estão fazendo aqui? – perguntou.

– Eles viajaram comigo – Pata de Corvo respondeu. – Não posso explicar agora, mas contarei tudo a Estrela Alta.

Pé de Teia não pareceu interessado nas palavras de Pata de Corvo. Pata de Esquilo sentiu os olhos do guerreiro esquálido passarem por seu corpo enquanto ele dizia: – Tire esses gatos de nosso território! Eles não deveriam estar aqui!

Pata de Esquilo sabia que Pé de Teia não se encontrava em condições de expulsá-los caso se recusassem a ir, porém Garra de Amora Doce deu um passo à frente e baixou a cabeça para o guerreiro do Clã do Vento. – Partiremos, claro – ele miou.

– Precisamos voltar a nossos clãs – Pata de Esquilo fez questão de apontar. Garra de Amora Doce lhe lançou um olhar de alerta.

– Então se apressem – Pé de Teia estrilou, depois olhou para Pata de Corvo. – Vamos. Levarei você a Estrela Alta.

Ele se virou e seguiu para o outro lado da clareira.

Pata de Corvo contraiu o rabo. – O acampamento é por ali, não? – miou, apontando para a outra direção.

– Agora estamos morando nas antigas tocas dos coelhos – Pé de Teia disse.

Pata de Esquilo notou a confusão e a perplexidade nos olhos de Pata de Corvo. – O clã se mudou?

– Por enquanto – Pé de Teia respondeu.

Pata de Corvo assentiu, embora seus olhos permanecessem interrogativos. – Posso me despedir de meus amigos?

– Amigos? – um dos outros guerreiros falou, um gato marrom-claro. – Agora você é leal a gatos de outros clãs?

– Claro que não! – Pata de Corvo disse. – Mas viajamos juntos ao longo de mais de uma lua.

Os guerreiros do Clã do Vento se entreolharam, incertos, mas não disseram nada quando Pata de Corvo foi até Pelo de Açafrão e tocou a lateral de seu corpo com o focinho. Ele se roçou carinhosamente em Garra de Amora Doce e Pelo de Tempestade ao passar. Então esticou o pescoço para tocar o focinho de Pata de Esquilo com o seu. A despedida calorosa a surpreendeu. Pata de Corvo fora o que tivera mais dificuldade de se adaptar ao grupo; porém, depois de tudo aquilo por que haviam passado juntos, até mesmo ele sentia que um vínculo de amizade entre os cinco gatos havia se formado.

– Logo nos reencontraremos – Garra de Amora Doce murmurou. – Na Pedra Grande, como Meia-Noite disse. Precisamos encontrar o guerreiro moribundo para descobrir o que fazer. – Ele balançou o rabo. – Pode não ser fácil convencer nossos clãs de que Meia-Noite está dizendo a verdade. Os líderes não vão gostar de ouvir que temos de deixar a floresta. Mas se encontrarmos o guerreiro moribundo...

– Por que não levamos nossos líderes junto? – Pata de Esquilo miou. – Se eles também virem o guerreiro moribundo, terão de acreditar que Meia-Noite está certa.

– Não acho que Estrela de Leopardo vá aceitar vir junto – Pelo de Tempestade comentou.

– Nem Estrela Preta – Pelo de Açafrão completou. – Não é lua cheia, então a trégua entre os quatro clãs não está valendo.

– Mas é importante – Pata de Esquilo insistiu. – Eles *têm* de vir.

– Podemos tentar – Garra de Amora Doce decidiu. – Pata de Esquilo tem razão. Talvez essa seja a melhor maneira de dar a notícia.

– Certo – Pata de Corvo miou. – Vamos nos encontrar nas Quatro Árvores amanhã à noite, com ou sem nossos líderes.

– Quatro Árvores! – O grunhido de Pé de Teia fez Pata de Esquilo dar outro pulo. O guerreiro do Clã do Vento tinha claramente ouvido toda a conversa. Ela sentiu uma ponta de culpa, ainda que soubesse que não havia deslealdade a seus clãs naquilo que estavam planejando. Era o oposto, na verdade. Entretanto, Pé de Teia parecia ter outros receios em mente.

– Vocês não vão poder se encontrar nas Quatro Árvores. Não resta nada delas – ele cuspiu.

Pata de Esquilo sentiu o sangue gelar.

– Como assim? – Pelo de Açafrão perguntou.

– Todos os clãs assistiram aos Duas-Pernas destruindo o lugar, dois nasceres da lua atrás, quando chegamos para a Assembleia. Os Duas-Pernas e seus monstros derrubaram todos os carvalhos.

– Eles cortaram os carvalhos? – Pata de Esquilo repetiu.

– Foi o que eu disse – Pé de Teia grunhiu. – Se vocês forem descerebrados o suficiente para ir até lá, verão com seus próprios olhos.

O desejo feroz de Pata de Esquilo de voltar para casa e reencontrar seu clã, seus pais e sua irmã a atingiu como uma onda, e suas patas se coçaram de vontade de correr para a floresta. Os outros pareciam compartilhar do mesmo sentimento. Os olhos de Garra de Amora Doce endureceram, e Pelo de Tempestade transferia o peso de uma pata para a outra, inquieto.

Pata de Corvo olhou para os companheiros de clã, depois para os amigos de jornada. – Boa sorte – miou baixinho. – Ainda acho que devemos nos encontrar lá amanhã à noite, mesmo sem os carvalhos. – Garra de Amora Doce e Pelo de Tempestade assentiram, então Pata de Corvo se virou e seguiu Pé de Teia rumo às urzes.

Os gatos do Clã do Vento desapareceram de vista, e Garra de Amora Doce farejou o ar. – Vamos – ordenou. – Avançaremos na direção da antiga toca dos texugos, perto do rio, e acho que é melhor você ficar conosco, Pelo de Açafrão, até deixarmos as fronteiras do Clã do Vento.

– Será mais rápido se eu seguir direto para o Caminho do Trovão – Pelo de Açafrão argumentou.

– É mais seguro nos mantermos juntos até deixarmos o pântano – Pelo de Tempestade miou. – Você não vai querer ser pega sozinha no território do Clã do Vento.

– Não tenho medo do Clã do Vento – Pelo de Açafrão silvou. – A julgar por aqueles guerreiros, eles não estão em condições de lutar.

– Não devemos fazer nada para provocá-los – Garra de Amora Doce alertou. – Nenhum gato sabe onde estivemos ou o que temos a contar.

– E não sabemos o que os Duas-Pernas fizeram por aqui – Pelo de Tempestade acrescentou. – É melhor nos mantermos juntos, caso deparemos com seus monstros.

Pelo de Açafrão olhou atentamente para os companheiros por um momento, então assentiu.

Pata de Esquilo piscou, aliviada. Não queria ter de se despedir de outra amiga tão depressa.

Garra de Amora Doce avançou pelo pântano, e os três outros gatos o seguiram de perto. Enquanto cortavam a grama, o sol fraco da estação das folhas caídas mal aquecia os pelos das costas de Pata de Esquilo. Eles corriam em silêncio, e ela sentiu o clima pesar, como se nuvens cobrissem o céu. Desde que tinham deixado as montanhas, haviam se concentrado no objetivo de chegar à floresta, todos desesperados para voltar para casa. Pata de Esquilo estava começando a achar que talvez tivesse sido mais fácil continuar viajando, eternamente, por territórios desconhecidos, em vez de encarar a responsabilidade de comunicar aos clãs que eles teriam de abandonar seu lar ou sofrer uma morte terrível. No entanto, eles ainda precisavam aguardar pela chegada do guerreiro moribundo – ainda lhes restava aquilo.

O fedor de monstros dos Duas-Pernas fez suas narinas arderem quando eles se aproximavam da fronteira. Não havia sinal de presas, fossem pássaros no céu ou cheiro de coelhos em meio aos tojos. O Clã do Vento nunca foi um território onde a caça era fácil, porém sempre havia rastros de presas na brisa ou no solo arenoso. Até mesmo os búteos, que com frequência pairavam sobre aquela larga faixa de pântano, tinham ido embora.

Os quatro gatos chegaram ao topo de uma elevação, e Pata de Esquilo engoliu em seco, lutando contra a vontade de vomitar por causa do cheiro cada vez mais forte dos monstros. Ela inspirou fundo e se forçou a olhar para baixo. Um bom pedaço do pântano havia sido trinchado, e agora só se viam marrom e cinza em vez do verde extenso e liso que estivera lá quando os gatos tinham iniciado sua jornada. À distância, os monstros dos Duas-Pernas rugiam, arrancando terra com as patas pesadas e deixando um rastro de lama inútil.

Tremendo, Pata de Esquilo sussurrou: – Não foi à toa que o Clã do Vento se mudou para as tocas dos coelhos. Os Duas-Pernas devem ter destruído seu acampamento.

– Eles destruíram tudo – Garra de Amora Doce soltou.

– Vamos embora daqui – Pelo de Açafrão silvou, e a raiva em sua voz ficou evidente para Pata de Esquilo, que via o modo como a outra cravava as garras compridas na grama.

Garra de Amora Doce continuou olhando para a paisagem devastada. – Não acredito quanto foi destruído.

Um nó se formou na garganta de Pata de Esquilo. Ver a tristeza de Garra de Amora Doce era quase tão ruim quanto ver o pântano arruinado. – Vamos – ela disse. – Temos de ir para casa descobrir o que aconteceu com nossos clãs.

Garra de Amora Doce assentiu. Pata de Esquilo notou em sua postura que era como se literalmente carregasse o peso de sua mensagem nas costas. Sem dizer mais nada, ele começou a descer a elevação, mantendo-se distante dos monstros dos Duas-Pernas. Juntos, os gatos trilharam seu caminho pela terra revirada. Pata de Esquilo ficou grata pela noite fria e seca, que endurecera a lama; se chovesse, aquilo tudo se transformaria em um rio marrom, capaz de engolir filhotes e puxar até mesmo os guerreiros de pernas mais longas pela barriga.

Quando chegaram ao encontro do território do Clã do Vento com a floresta, Pelo de Açafrão parou. – Deixarei vocês aqui – ela miou. Apesar da tranquilidade em sua voz, seus olhos entregavam sua tristeza. – Nos encontraremos em Quatro Árvores, independentemente do que os Duas-Pernas tiverem feito.

– Boa sorte com Estrela Preta – Garra de Amora Doce miou, esfregando o focinho na bochecha da irmã.

– Não preciso de sorte – ela disse, séria. – Farei o que for preciso para convencer Estrela Preta a vir comigo. Nossa jornada ainda não terminou. Temos de seguir em frente, pelo bem de nossos clãs.

Pata de Esquilo sentiu sua energia renovada enquanto a guerreira atartarugada se afastava na direção da fronteira do Clã das Sombras. – E nós convenceremos Estrela de Fogo! – ela gritou.

A grama sob as patas de Garra de Amora Doce, Pata de Esquilo e Pelo de Tempestade foi se tornando mais macia à medida que eles se aproximavam da fronteira com o Clã do Rio. Logo, Pata de Esquilo já podia sentir os marcadores de cheiro e ouvir o rugido distante da água do desfiladeiro. O território do Clã do Rio ficava do outro lado, e logo depois do desfiladeiro havia uma ponte dos Duas-Pernas que permitiria que Pelo de Tempestade atravessasse o rio até seu acampamento.

Garra de Amora Doce parou, como se esperasse que Pelo de Tempestade os abandonasse ali; no entanto o gato do Clã do Rio olhou bem nos olhos de Garra de Amora Doce e falou baixinho:

– Vou com vocês até o acampamento do Clã do Trovão.

– Conosco? Por quê? – Pata de Esquilo perguntou.

– Quero contar a meu pai sobre Cauda de Pluma – ele respondeu.

– Podemos contar – ela se ofereceu, querendo poupar Pelo de Tempestade da dor de contar a Listra Cinzenta, o representante do Clã do Trovão, que sua filha havia morrido. Listra Cinzenta havia se apaixonado por uma gata do Clã do Rio, Arroio de Prata, muitas luas antes. Ela havia morrido dando à luz os filhotes dele, e embora Pelo de Tempestade e Cauda de Pluma tivessem crescido no Clã do Rio, conheciam seu pai, do Clã do Trovão.

Pelo de Tempestade balançou a cabeça. – Ele já perdeu nossa mãe. Quero contar pessoalmente sobre Cauda de Pluma.

Garra de Amora Doce assentiu. – Então venha conosco – ele miou gentilmente.

Em fila indiana, os três gatos seguiram o caminho que se afastava do desfiladeiro e levava na direção das árvores. Os pelos de Pata de Esquilo se eriçaram em antecipação quando ela sentiu o cheiro de mofo das folhas caídas. Estavam quase em casa. Ela apertou o passo, até que suas patas estivessem quase flutuando sobre o chão macio da floresta. Então sentiu os pelos de Garra de Amora Doce roçarem os seus, quando ele acelerou o ritmo para se juntar a ela.

No entanto, Pata de Esquilo não corria devido à alegria ou ao entusiasmo de retornar à floresta. Algo a chamava de casa – algo ainda mais desesperador que a ameaça dos Duas-Pernas e seus monstros. Os sonhos sinistros que perturbavam seu sono retornaram a sua mente e ecoaram em seu coração, como o grito de alerta de um falcão. Havia algo terrivelmente errado.

CAPÍTULO 2

– Folha Manchada! – Pata de Folha gritou, em desespero, para a floresta. Não houve resposta. A curandeira a havia guiado muitas vezes antes em seus sonhos; e se Pata de Folha em algum momento havia precisado da ajuda de Folha Manchada, era naquele.

– Folha Manchada, onde está você? – ela voltou a chamar.

As árvores continuavam imóveis, apesar da brisa. Não se ouviam ruídos de presas nas sombras. O silêncio rasgava o coração de Pata de Folha como uma garra.

De repente, um grito que não lhe era familiar ecoou em seus ouvidos, forçando entrada em seu sonho. Pata de Folha abriu os olhos, sobressaltada. Por um momento, não soube onde se encontrava. Seus pelos estavam eriçados por causa de uma corrente de ar frio, e em vez de um ninho macio e coberto de musgo, ela sentiu uma teia estranha e fria sob as patas. Levantou-se em pânico, só para sentir mais daquela teia roçar em suas orelhas. Onde quer que se encontrasse, era um lugar muito apertado, só um pouquinho mais alto que ela. Pata de Folha inspirou fundo e se forçou a olhar em volta. Tudo voltou a sua mente de imediato.

Ela estava presa em uma toca pequena, as paredes, o chão e o teto feitos de uma teia dura e fria. Só havia espaço para se levantar e se alongar, nada mais. A toca estava entre outras tocas, que forravam as paredes de um pequeno ninho de madeira dos Duas-Pernas.

Pata de Folha queria ver as estrelas, respirar na presença confortável do Clã das Estrelas, sabendo que a observavam. No entanto, quando olhava para cima, não via nada além do telhado íngreme do ninho. A única fonte de iluminação era o luar, que entrava por um buraco pequeno em uma parede do ninho. Sua toca ficava em cima de outras; a imediatamente abaixo estava vazia, porém na outra Pata de Folha conseguia enxergar um amontoado de pelos escuros. Outro gato? Não podia ser um gato da floresta, porque o cheiro não lhe era familiar. A forma se mantinha tão imóvel que só podia estar dormindo. "Se é que ainda tinha vida", Pata de Folha pensou, séria.

Ela tentou ouvir o grito outra vez, porém o gato que o havia soltado agora se encontrava em silêncio. Tudo o que se ouvia eram os miados baixos e o farfalhar dos gatos presos nas outras tocas. Pata de Folha farejou, mas não reconheceu nenhum cheiro. O fedor acre de Duas-Pernas dominava o ninho, com um toque de medo. Ela projetou as garras e sentiu como prendiam na teia brilhante.

Onde estão vocês, Clã das Estrelas? A ideia de que havia morrido passou brevemente por sua cabeça, porém ela a afastou com uma sacudidela que fez suas garras rasparem no piso da toca.

– Finalmente você acordou – uma voz sussurrou.

Pata de Folha deu um pulo e virou o pescoço para olhar por cima do ombro. Um monte de pelos malhados se mexeu na toca ao lado dela, permitindo-lhe sentir o cheiro inconfundível de gatinho de gente em meio ao fedor de Duas-Pernas. Havia gentileza na voz da gata, porém a angústia de Pata de Folha a impedia de responder. Sua mente fora inundada por lembranças amargas de como os Duas-Pernas a haviam capturado enquanto caçava com Cauda de Castanha e levado até aquele lugar horrível. Ela fora separada de seu clã e trancafiada na escuridão. Arrebatada pelo desespero, Pata de Folha enfiou o focinho entre as patas e fechou os olhos.

Outra voz soou, de uma toca mais distante. Baixa demais para que ela a compreendesse, porém havia algo de familiar nela. Pata de Folha levantou o focinho para farejar o ar, porém só sentiu um cheiro azedo que a lembrava das ervas que Manto de Cinza usava para tratar ferimentos. A voz voltou a falar, e Pata de Folha levantou as orelhas para ouvir.

– Temos de sair daqui – o gato disse.

Outro gato respondeu, do canto mais extremo do ninho.

– Como? Não dá.

– Não podemos ficar aqui, esperando para morrer! – a primeira voz insistiu. – Outros gatos passaram por aqui. Posso sentir o cheiro, marcado pelo medo. Não sei o que aconteceu com eles, mas estavam mortos de medo. Temos de sair daqui antes de não sermos nada além de cheiro velho de medo!

– Não temos como sair, cérebro de rato – outro gato miou. – Então cala a boca e deixa a gente dormir.

As palavras encheram Pata de Folha de medo e tristeza. Ela não queria morrer ali. Então baixou as orelhas e fechou os olhos, buscando a segurança do sono.

– Acorde! – uma voz silvou na orelha de Pata de Folha, arrancando-a de seus sonhos tumultuados.

A gata ergueu a cabeça e olhou em volta. Um sol fraco entrava pelo buraco na parede, embora não contribuísse em nada para afastar o frio de seus pelos. À luz da aurora, ela via a gata malhada da toca ao lado mais claramente. Ela parecia asseada e bem-cuidada, a ponto de levar Pata de Folha a pensar em seus pelos opacos. Sem dúvida nenhuma, tratava-se de uma gatinha de gente, com músculos fracos e gordura acumulada sob os pelos.

– Você está bem? – a gatinha de gente perguntou, com os olhos arregalados em preocupação. – Você parecia estar sofrendo.

– Eu estava tendo um sonho – Pata de Folha explicou. Sua voz saiu rouca e um pouco estranha, como se fizesse dias que não falava. Lembranças do pesadelo a inundaram imediatamente: imagens de rios caudalosos e vermelhos de sangue, pássaros grandes e com garras afiadas mergulhando no céu. Por um tique-taque de coração, Pata de Folha viu Cauda de Pluma escondida na escuridão, depois envolta em luz estelar. Suas patas tremeram, sem que ela entendesse o motivo.

Lá fora, um monstro dos Duas-Pernas acordou com um rugido, o que a trouxe de volta ao ninho de madeira e à toca onde ela estava.

– Você não parece bem – a gatinha de gente comentou. – Tente tomar o café da manhã. Tem um pouco no canto de sua jaula.

Jaula? Pata de Folha estranhou a palavra. – É assim que chamam esta toca? – Do outro lado da teia que separava as duas "jaulas", a gatinha de gente acenou com a cabeça na direção de um recipiente pela metade com umas pelotas fedidas.

Pata de Folha olhou para a comida dos Duas-Pernas com aversão. – Não vou comer isso aí!

– Então pelo menos se levante e se dê um banho – a gatinha de gente sugeriu. – Você está encolhida como um rato ferido desde que o pessoal de fora a trouxe.

Pata de Folha contraiu os ombros, mas não se moveu.

– Machucaram você quando a pegaram? – a gatinha de gente perguntou, com preocupação na voz.

– Não – Pata de Folha murmurou.

– Então se levante e se lave – a outra ordenou, mais ríspida agora. – Você não vai ajudar em nada se ficar choramingando assim.

Pata de Folha não queria se levantar nem se lavar. O chão de teia arranhava suas patas, a ponto de uma estar sangrando.

Seus olhos ardiam por causa da imundície no ar que dominava o ninho em razão dos monstros lá fora. E o Clã das Estrelas não estava contribuindo com nenhum conforto para o medo desesperado que comprimia seu coração.

– Levante-se! – a gatinha de gente repetiu, com mais firmeza.

Pata de Folha virou a cabeça para olhar feio para ela, que continuou a encará-la.

– Vamos encontrar uma maneira de fugir – a gatinha de gente miou. – Se você não se levantar, não alongar os músculos e não comer e beber um pouco, vai ficar para trás. E, no que depender de mim, não deixarei nenhum gato aqui.

Pata de Folha piscou. – Você sabe como sair?

– Ainda não – a gatinha de gente admitiu. – Mas talvez você possa me ajudar a dar um jeito se parar de sentir pena de si mesma.

Pata de Folha sabia que ela estava certa. Ficar encolhida, querendo morrer, não resolveria nada. Fora que ainda não estava pronta para se juntar ao Clã das Estrelas. Era uma aprendiz de curandeira. Seu clã precisava dela na floresta. Ou no que quer que restasse da floresta.

Afastando a penúria que minava suas forças, Pata de Folha se levantou. Seus músculos gritaram em protesto, mas ela desenrolou o rabo e flexionou as pernas.

– Assim é melhor – a gatinha de gente ronronou. – Agora vire-se. Vai ter mais espaço para se esticar virada do outro lado.

Pata de Folha se virou, obediente, e estendeu as patas na direção do canto da jaula, agarrando-se à teia para ter estabilidade. Enquanto se alongava, baixando o peito e flexionando os ombros, sentia os músculos rígidos relaxarem. Já estava se sentindo um pouco melhor quando começou a se lavar, passando a língua pelo flanco.

A gatinha de gente chegou mais perto da teia e a observou com seus olhos azuis e brilhantes. – Meu nome é Almofada – ela miou. – E o seu?

– Pata de Folha.

– Pata de Folha? – Almofada repetiu. – Que nome diferente. – Ela deu de ombros e continuou falando. – Que azar você ter sido pega, Pata de Folha. Você também perdeu sua coleira? Eu não estaria aqui se não tivesse tirado a minha. Aquela porcaria! Estava me achando muito esperta por ter conseguido me livrar dela, mas se não fosse por isso o pessoal de fora teria me levado para casa, em vez de me trazer para cá. – Almofada baixou o queixo e lambeu um chumaço de pelo desgrenhado no peito. – O pessoal de casa deve estar morrendo de preocupação. Se eu não chegar até meia-noite, vão sair para o jardim, sacudindo a tigelinha de comida e me chamando. Acho simpático quanto eles se preocupam, mas posso cuidar de mim mesma.

Pata de Folha deixou escapar um ronronado surpreso. – Uma gatinha de gente cuidando de si mesma? Se não fosse pela comida dos Duas-Pernas, você morreria de fome!

– Duas-Pernas?

– Perdão. – Pata de Folha se explicou para Almofada. – O pessoal de casa.

– Bom, e de onde vem a sua comida? – ela perguntou.

– Eu caço.

– Peguei um rato uma vez... – Almofada miou, na defensiva.

– Eu pego toda a minha comida – Pata de Folha retrucou. Por um momento, esqueceu-se de que estava presa em uma jaula sufocante e só enxergou a floresta verdejante com os barulhinhos de presas. – E pego para os anciãos também.

Almofada estreitou seus olhos azuis. – Você é um daqueles gatos da floresta de que Borrão fala?

– Sou uma gata de clã – Pata de Folha revelou.

Almofada pareceu confusa. – Uma gata de clã?

– Há quatro clãs na floresta – Pata de Folha explicou. – Cada clã tem seu território e seus costumes próprios, mas vivemos todos sob o Clã das Estrelas. – Ela viu os olhos de Almofada se arregalarem ainda mais e continuou. – Os gatos do Clã das Estrelas são nossos ancestrais guerreiros. Eles moram em Tule de Prata. – Seu rabo se ergueu rumo ao teto, para apontar o céu. – Todos os gatos de clã um dia vão se juntar ao Clã das Estrelas.

– Borrão nunca mencionou nenhum clã – Almofada murmurou.

– Quem é Borrão?

– Um gato de outro jardim. Muito tempo atrás, um amigo dele fugiu para se juntar aos gatos da floresta... aos *clãs*, quero dizer.

– Meu pai nasceu como um gatinho de gente – Pata de Folha miou. – Mas deixou seus Duas-Pernas para se juntar ao Clã do Trovão.

Almofada pressionou o corpo contra a teia brilhante que separava as duas. – Qual é o nome do seu pai?

Pata de Folha olhou para ela. – Acha que ele pode ser o amigo do seu amigo?

Almofada assentiu. – Talvez. Qual é o nome dele?

– Estrela de Fogo.

Almofada balançou a cabeça. – O amigo do Borrão chamava Ferrugem, e não Estrela de Fogo – ela concluiu, com um suspiro.

– Mas meu pai nem sempre foi Estrela de Fogo – Pata de Folha miou. – Esse é seu nome no clã. Seu nome de líder. Ele teve de fazer por merecê-lo, assim como teve de fazer por merecer seu nome de guerreiro.

Almofada olhou para ela, pensativa. – Então nomes são importantes para os clãs?

– Muito importantes. Cada filhote recebe um nome que significa alguma coisa, que reconhece a maneira como ele difere de todos os seus companheiros de clã. – Ela ficou em silêncio por um momento. – Acho que dá para dizer que recebemos o nome que merecemos.

– O que seu pai fez para merecer o nome Estrela de Fogo?

– Os pelos dele são alaranjados como o fogo – Pata de Folha explicou. – Quando ele chegou ao Clã do Trovão, a líder lhe deu o nome de Fogo… – Ela se interrompeu, vendo que Almofada a encarava admirada.

– Só *pode* ser o amigo de Borrão! – a gatinha de gente comentou, sem ar. – Ele sempre dizia que Ferrugem tinha os pelos mais alaranjados que já vira. E agora Ferrugem é o líder de seu clã! Nossa, mal posso esperar para contar a Borrão!

Pata de Folha se perguntou se Almofada teria outra chance de falar com Borrão, ou se ela mesma voltaria a ver o pai, e sentiu uma pontada de tristeza. *Ah, Clã das Estrelas, ajude-nos!*

Almofada baixou os olhos para o chão como se acompanhasse os pensamentos temerosos de Pata de Folha. – A julgar por suas orelhas, acho que você pode se lavar um pouco mais – ela miou, mudando de assunto.

Pata de Folha lambeu a pata e a passou por uma orelha. Almofada prosseguiu: – Seu pai deve estar se perguntando onde você está. Aposto que está tão preocupado com você quanto o pessoal de casa comigo.

– Sim – Pata de Folha concordou, embora em segredo duvidasse que os Duas-Pernas tivessem uma ligação com seus gatos parecida com a que ela tinha com a família. Almofada parecia devotada àquele pessoal, no entanto. Soava tão preocupada com eles quanto Pata de Folha com seus companheiros de clã. – Precisamos encontrar um jeito de sair daqui. – A determinação endurecera sua voz. Estrela de Fogo já estava preocupado com Pata de Esquilo, e agora outra filha desaparecera.

Ela olhou para o buraco no alto da parede do ninho, por onde a luz do sol entrava, e se perguntou se seria grande o bastante para um gato passar. Talvez conseguisse, ainda que perdendo alguns pelos no processo. No entanto, como escaparia de sua jaula? Ela examinou o trinco que mantinha a porta fechada.

– Não adianta – Almofada miou, percebendo o que a outra estava olhando. – Já tentei passar a pata, mas não consegui segurar o trinco.

– Sabe por que os Duas-Pernas nos prenderam? – Pata de Folha perguntou, forçando-se a tirar os olhos da porta.

Almofada deu de ombros. – Devem pensar que poderíamos atrapalhar o que estão fazendo na floresta – ela miou. – Fui pega porque me embrenhei mais que de costume, perseguindo um esquilo. Um dos monstros chegou rugindo por entre as árvores, e eu entrei em pânico. Fiquei tão assustada que não vi o pessoal de fora por toda a parte. Um deles me pegou e enfiou aqui. Devia ser tolo como um filhote de cachorro para me confundir com um gato da floresta, mesmo eu estando sem a coleira! – A indignação deixou os pelos de Almofada eriçados, mas eles baixaram assim que ela viu como Pata de Folha a olhava. – Desculpe, falei sem pensar. Você é muito mais legal do que imaginei que seria – ela concluiu, desconfortável.

Pata de Folha deu de ombros. Gatos da floresta ou gatinhos de gente estavam todos no mesmo barco. – Também não costumo vir para essa parte da floresta – ela miou. – Estava procurando meus companheiros de clã Cauda de Nuvem e Coração Brilhante.

Almofada inclinou a cabeça de lado.

– Eles sumiram não faz muito tempo – Pata de Folha explicou. – Parte do clã acha que só fugiram, mas sei que não deixariam seus filhotes.

– Então você concluiu que foram pegos pelos Duas--Pernas e veio atrás deles – Almofada adivinhou.

– Eu nem sabia que os Duas-Pernas estavam capturando gatos – Pata de Folha miou. – Só segui uma pista, vindo atrás do cheiro de uma gata do Clã do Rio que desapareceu também.

Ela se interrompeu e seus pelos se eriçaram. Se Cauda de Nuvem, Coração Brilhante e Pé de Bruma tinham sido pegos pelos Duas-Pernas, talvez também estivessem ali! Ela olhou freneticamente para o ninho, conseguindo enxergar melhor agora que a luz estava mais forte. Então viu uma das formas que esperava encontrar, as manchas laranjas reconhecíveis em qualquer lugar.

– Coração Brilhante! – Um ruído silenciou a tentativa de Pata de Folha de chamar sua companheira de clã. A porta do ninho se abriu, deixando mais luz entrar. Os olhos da gata passaram rapidamente pelas outras jaulas, em busca de mais figuras conhecidas, enquanto um Duas-Pernas adentrava o ninho.

O Duas-Pernas começou a abrir jaula a jaula, para jogar algo dentro. Quando chegou a vez da sua, Pata de Folha deu um pulo para trás e ficou assistindo, tremendo de medo, ao Duas-Pernas deixar mais pelotas em um pote na frente dela e colocar uma água fedida no outro pote. Quando o Duas-Pernas passou à jaula de Almofada, a gatinha de gente roçou o corpo contra sua pata gigante, ronronando enquanto ele acariciava sua pele.

O Duas-Pernas fechou a porta de Almofada e deixou o ninho. As jaulas retornaram às sombras.

– Como pode deixar que ele a toque? – Pata de Folha sibilou.

– A gente de fora talvez seja nossa melhor chance de sair daqui – Almofada explicou. – Se conseguir convencê-los de que sou apenas uma gatinha perdida, talvez me deixem ir. Você devia fazer o mesmo.

Pata de Folha estremeceu diante da ideia de deixar qualquer Duas-Pernas tocá-la, sabendo que seus companheiros de clã reagiriam da mesma maneira. Ela tentou encontrar a jaula onde havia reconhecido os pelos macios de Coração Brilhante.

– Coração Brilhante! – Pata de Folha voltou a chamar, contorcendo o rabo em ansiedade.

– Sim? – foi a resposta cautelosa. – Quem é?

Pata de Folha colou o corpo à frente da jaula e sentiu a teia dura e fria na pele. – Sou eu, Pata de Folha!

– Pata de Folha! – alguém disse, de outra parte do ninho, e a gata emitiu um ronronado abafado ao reconhecer a voz de Cauda de Nuvem. Seus olhos foram de jaula em jaula até encontrar seus fartos pelos brancos.

– Vocês estão vivos! – Pata de Folha exclamou.

– São os gatos que você estava procurando? – Almofada perguntou.

Ela confirmou com a cabeça.

– Pata de Folha? – chamou outra voz na penumbra. – Sou eu, Pé de Bruma.

– Pé de Bruma! – Pata de Folha repetiu. – Achei mesmo que tivesse sentido seu cheiro antes de ser pega! O que você estava fazendo tão longe da fronteira do Clã do Rio?

– Eu não teria caído na armadilha dos Duas-Pernas se não estivesse tentando expulsar do meu território uma larápia do Clã do Vento – grunhiu a gata.

Um miado trêmulo soou de uma jaula um pouco mais abaixo. – Eu não sabia que era uma armadilha quando fui me esconder ali.

– Quem é você? – Pata de Folha perguntou, olhando na direção de onde a voz viera.

– Cauda de Tojo, do Clã do Vento – foi a resposta.

– Há outros gatos de clã aqui? – Pata de Folha perguntou, incerta se preferia que houvesse ou não. Embora fosse um alívio ter descoberto que seus companheiros de clã e amigos continuavam vivos, preferiria que nenhum gato da floresta tivesse sido pego, incluindo ela mesma. No entanto, ouviu apenas o mastigar constante dos outros gatos presos.

– Deve ter mais ou menos o mesmo número de vilões aqui que de gatos de clã – Pé de Bruma comentou.

– O que são vilões? – Almofada sussurrou, preocupada.

– Gatos que preferem não pertencer a um clã – Pata de Folha explicou. – Ou a Duas-Pernas.

– Eles só se preocupam consigo mesmos – Pé de Bruma acrescentou.

– Bem, veja só aonde você chegou se importando com seus companheiros de clã – murmurou uma voz próxima ao chão do ninho.

Pata de Folha apertou os olhos e viu um gato velho e desgrenhado, com as orelhas cortadas, em uma jaula lá embaixo.

– Ignore-o – Almofada sugeriu. – Ele não vai ajudar em nada.

– Você o conhece? – Pata de Folha perguntou, surpresa.

– Ele costumava revirar o lixo do pessoal de casa – Almofada explicou. – Independentemente do nome dele, não é melhor do que um rato, na minha opinião.

– Você mora no Lugar dos Duas-Pernas? – Cauda de Nuvem perguntou a Almofada. – Conhece uma gata chamada Princesa?

– Uma gata malhada com patas brancas?

– Isso. – Os olhos de Cauda de Nuvem brilharam no escuro. – É minha mãe! Como ela está?

– Ótima – Almofada respondeu. – Um cachorro se mudou para a casa ao lado e não parava de latir. Princesa mostrou rapidinho quem é que mandava. Subiu na cerca e ficou silvando até que ele saísse correndo para se esconder.

– Olha – Pé de Bruma a cortou –, agora que botamos o papo em dia, vamos procurar uma maneira de escapar?

– Alguém sabe o que os Duas-Pernas planejam fazer com a gente? – Coração Brilhante perguntou, o medo perceptível em sua voz.

– O que *você* acha que eles vão fazer com a gente? – murmurou o vilão. – Não nos pegaram e trancaram nesta cabana fedida porque gostam de gatos.

– Pelo menos estão nos dando comida – Almofada se apressou em miar. – Mesmo que não seja tão gostosa como a com que estou acostumada.

Pata de Folha olhou para ela e miou: – Vamos nos concentrar em encontrar uma saída, como Pé de Bruma sugeriu.

– Por que vocês não calam a boca? – o vilão silvou. – Vão acabar trazendo o Duas-Pernas de volta com esses miados todos.

Enquanto ele falava, passos pesados soaram do lado de fora, paralisando Pata de Folha. Quando o Duas-Pernas entrou com uma jaula nova, ela recuou para o fundo da sua. Pata de Folha não reconheceu o cheiro da recém-chegada. Ela se sentiu culpada por sentir alívio ao saber que a última vítima das armadilhas dos Duas-Pernas não era ninguém dos clãs.

Uma vilã, Pata de Folha concluiu, enquanto o Duas-Pernas colocava a jaula em cima daquela onde Cauda de Nuvem se encontrava. *E, a julgar pelos outros vilões aqui, não vai contribuir muito para um plano de fuga.*

No entanto, assim que o Duas-Pernas saiu do ninho, Pata de Folha ouviu Pé de Bruma exclamar, surpresa: – Sasha!

CAPÍTULO 3

Pata de Esquilo corria à frente de Garra de Amora Doce e Pelo de Tempestade, na direção da ravina onde ficava o acampamento do Clã do Trovão. O fedor dos monstros dos Duas-Pernas pairava no ar, e seu coração ficou pesado como uma pedra quando ela ouviu um rugido à frente.

– Eles já estão aqui! – Pata de Esquilo sussurrou. Um clarão vinha do buraco que havia sido aberto entre as árvores que margeavam a ravina. Antes, a floresta seguia até a beirada da encosta íngreme que levava ao acampamento.

Pata de Esquilo sentiu os pelos de Garra de Amora Doce roçarem os seus quando ele passou para espiar por entre as árvores. – Cuidado – murmurou, sem olhar para ela.

Uma trilha larga havia sido aberta na floresta. O solo, antes escondido por avencas e alisado pelas pegadas de muitas luas, mostrava-se irregular e enlameado, revirado tal qual o pântano. O caminho até a ravina estava bloqueado pelos monstros, que rugiam, rosnavam e mastigavam mais árvores.

Pata de Esquilo se encolheu para passar sob o musgo-renda, com as orelhas baixas.

– Meia-Noite avisou que seria ruim – Garra de Amora Doce a lembrou. Ele parecia estranhamente calmo, o que fez Pata de Esquilo chegar mais perto dele, em busca do calor reconfortante de seus pelos. – Não podemos atravessar por aqui. É perigoso demais. Vamos ter de dar a volta e alcançar o campo pelo outro lado.

– Vocês vão na frente – Pelo de Tempestade sugeriu. – Conhecem a floresta melhor do que eu. – Ele olhou para Pata de Esquilo. – Está tudo bem?

Ela ergueu o queixo. – Sim. Só quero voltar logo para o clã.

– Então vamos – miou Garra de Amora Doce, e partiu trotando rápido, para deixar para trás a devastação provocada pelos Duas-Pernas.

Eles se afastaram dos monstros e aceleraram na direção das árvores. Enquanto corria rumo à clareira arenosa onde havia treinado com outros aprendizes, Pata de Esquilo se perguntou, com tristeza, como o clã poderia ter sobrevivido, dada a proximidade dos Duas-Pernas e seus monstros. O sol estava alto no céu, e o vale de treinamento era cortado pela luz fria dos raios de sol. Ela pressionava as patas contra o solo macio e seguia à frente de Garra de Amora Doce e Pelo de Tempestade, sentindo um aperto de medo no peito enquanto avançava pela trilha que levaria a um túnel nos tojos. Sem hesitar, ela abaixou a cabeça e entrou sob os espinhos.

– Estrela de Fogo! – Pata de Esquilo gritou, irrompendo na clareira.

Estava vazia. O silêncio dominava o acampamento. Não havia nenhum movimento, e o cheiro que restava do clã era antigo.

Com as pernas trêmulas, Pata de Esquilo foi até a toca do pai, sob a pedra cinza e alta na qual ele subia para se dirigir ao clã. Por um momento de loucura, ela achou que Estrela de Fogo podia estar lá, apesar do perigo que rugia à beira da ravina. No entanto, sua cama de musgo estava úmida e cheirava a mofo, o que indicava que fazia dias que não era usada. Pata de Esquilo saiu pela fenda na rocha e foi até o berçário. Filhotes e anciãos eram sempre os últimos a deixar o acampamento, e não havia lugar mais seguro que o coração dos arbustos espinhosos que haviam protegido várias gerações de gatos do Clã do Trovão.

Não restava nada ali, a não ser o fedor de uma raposa, que quase escondia o cheiro vago dos filhotes e suas mães. Um pânico cego cresceu no peito de Pata de Esquilo. Ela ouviu um farfalhar, e logo Garra de Amora Doce estava ao seu lado.

– R-raposa – ela gaguejou.

– Está tudo bem – Garra de Amora Doce miou. – O cheiro é antigo. A raposa deve ter tentado a sorte, torcendo para que o clã tivesse deixado os filhotes para trás. Não há sinal de san... de luta – ele se corrigiu rapidamente.

– Mas para onde o clã foi? – Pata de Esquilo insistiu. Sabia que Garra de Amora Doce ia dizer "sangue". Parecia impossível que o clã todo tivesse desaparecido sem que nenhuma gota de sangue tivesse sido derramada. *Ah, Clã das Estrelas, o que aconteceu aqui?*

Os olhos de Garra de Amora Doce cintilavam de medo.

– Não sei – ele admitiu. – Mas vamos encontrá-los.

Pelo de Tempestade finalmente se juntou aos dois.

– Chegamos tarde demais? – sussurrou, rouco.

– Deveríamos ter vindo mais rápido – Pata de Esquilo se queixou.

Pelo de Tempestade balançou a cabeça cinza enquanto olhava para o berçário abandonado. – Nunca deveríamos ter ido embora – rosnou. – Deveríamos ter ficado e ajudado nossos clãs!

– *Tínhamos* de ir! – Garra de Amora Doce insistiu, projetando as garras e afundando-as no limo. – Era o que o Clã das Estrelas queria.

– Mas para onde nossos companheiros de clã foram? – Pata de Esquilo repetiu. Ela empurrou os outros gatos de volta à clareira, ouvindo que a seguiam devagar e Pelo de Tempestade xingando baixinho quando um espinho arranhou sua perna.

O guerreiro do Clã do Rio se colocou ao lado de Pata de Esquilo e ficou olhando para o acampamento por um bom tempo, ignorando o arranhão na perna traseira. – Não tem nenhuma gota de sangue. Nenhum sinal de luta – ele murmurou.

Pata de Esquilo seguiu o olhar dele e constatou que ele estava certo. Não havia nenhum sinal no acampamento de que o clã havia sido atacado. Aquilo devia indicar que estavam todos bem ao partir. – Eles devem ter ido para um lugar mais seguro – miou, esperançosa.

Garra de Amora Doce assentiu.

– Vamos farejar um pouco mais – Pelo de Tempestade sugeriu. – Talvez encontremos uma pista de para onde o clã foi.

– Vou conferir a toca de Manto de Cinza – Pata de Esquilo avisou e seguiu pelo túnel de avencas que levava à clareira da gata curandeira, porém o lugar estava tão vazio e silencioso quanto o restante do acampamento.

Pata de Esquilo margeou o espaço, enfiando o focinho no musgo-renda. Manto de Cinza às vezes abria ninhos ali para gatos doentes. No entanto, ela não identificou nenhum cheiro recente, então se virou e voltou para a pedra fendida que marcava um extremo da clareira. Era ali que Manto de Cinza fizera seu ninho e onde guardava seu estoque medicinal.

Nas sombras, embora o cheiro pungente de raízes e ervas permanecesse forte como antes, restava apenas o mais vago rastro do cheiro de Manto de Cinza, tão antigo quanto o de Estrela de Fogo na própria toca.

Decepcionada, Pata de Esquilo saiu e ficou olhando para a clareira. Uma constatação repentina e terrível revirou seu estômago: se o cheiro de Manto de Cinza era fraco, o de sua irmã era ainda mais fraco. Independentemente do que havia acontecido com o Clã do Trovão, Pata de Folha havia ido embora antes dos outros.

O grito agudo de um guerreiro soou, tirando-a de seus pensamentos. Pata de Esquilo viu um borrão de pelos escuros, depois suas pernas cederam quando um gato aterrissou em suas costas. A fúria fez seus pelos se eriçarem; suas patas arranhavam enquanto ela se debatia freneticamente. A jornada até o lugar onde o sol mergulha a havia deixado mais forte e mais magra, e ela ouviu o gato ofegar em meio ao esforço de segurá-la. Por instinto, Pata de Esquilo rolou de lado. Então sentiu garras em seu flanco quando o agressor foi para o chão com um baque.

Silvando de raiva, Pata de Esquilo se virou para encarar o outro gato, com os pelos eriçados e os lábios repuxados.

O outro gato já havia se levantado, e olhava feio para ela, com o rabo em riste. – Estava tentando roubar meus suprimentos, é?

– Manto de Cinza! – Pata de Esquilo exclamou, sem ar.

Os olhos da curandeira se arregalaram de surpresa. – Pata de Esquilo! V-você voltou! – ela gaguejou, aproximando-se para passar o focinho pela bochecha da outra. – Por onde andou? Garra de Amora Doce está com você?

– Cadê todo mundo? – Pata de Esquilo perguntou, preocupada demais com seus companheiros de clã para responder à enxurrada de perguntas de Manto de Cinza.

O som de patas se aproximando pelo túnel de avencas a interrompeu. Garra de Amora Doce e Pelo de Tempestade irromperam na clareira.

– Ouvimos barulho de briga – Garra de Amora Doce disse, ofegante, então piscou surpreso ao ver Manto de Cinza. – Vocês estão bem?

– Garra de Amora Doce! Que bom te ver! – Manto de Cinza olhou para Pelo de Tempestade e pareceu confusa por um momento. – O que você está fazendo aqui?

– Pelo de Tempestade veio com a gente – Garra de Amora Doce se limitou a dizer. – Quem atacou vocês? – Ele olhou em volta, com os pelos eriçados. – Conseguiram afugentá-los?

– Quem atacou fui eu – Manto de Cinza confessou. – Não reconheci Pata de Esquilo do alto da pedra. Achei que fosse alguém tentando roubar minhas ervas. Voltei para buscar suprimentos e…

– *Voltou?* – Garra de Amora Doce repetiu. – Onde está todo mundo?

– Tivemos de partir – Manto de Cinza explicou, com a angústia visível nos olhos. – Os monstros estavam se aproximando cada vez mais. Estrela de Fogo ordenou que deixássemos o acampamento.

– Quando? – Garra de Amora Doce perguntou, com os olhos arregalados em perplexidade.

– Dois nasceres de lua atrás.

– Para onde vocês foram? – Pata de Esquilo perguntou.

– Para as Rochas Ensolaradas. – Manto de Cinza olhava em volta, distraída. – Só voltei para buscar suprimentos. Agora que não conto mais com Pata de Folha para me ajudar a coletar ervas frescas, sempre acaba faltando…

Pata de Esquilo sentiu uma pontada no coração. – O que aconteceu com ela?

Manto de Cinza a encarou. A pena em seus olhos fez com que Pata de Esquilo tivesse vontade de dar meia-volta e fugir só para não ouvir o que viria a seguir. – Os Duas--Pernas têm espalhado armadilhas para nós – Manto de Cinza explicou. – Pata de Folha foi pega um dia antes de deixarmos o acampamento. Cauda de Castanha viu tudo, mas não conseguiu ajudar.

As pernas de Pata de Esquilo pareceram perder a força por completo. Em um momento de horror, ela compreendeu todos os sonhos em que se via confinada em um espaço apertado, com medo e no escuro.

– Aonde os Duas-Pernas a levaram? – Garra de Amora Doce perguntou, e a Pata de Esquilo pareceu que se encontrava a uma longa distância. Ela estremeceu, embora tentasse lutar contra o choque que ameaçava levar seu corpo tal qual uma correnteza.

– Não sabemos.

– Estrela de Fogo enviou uma equipe de busca?

– Ele enviou uma equipe de resgate assim que Cauda de Castanha retornou. Só que o lugar onde a armadilha se encontrava foi tomado pelos monstros derrubadores de árvores, e não havia nenhum sinal de Pata de Folha. – Manto de Cinza deu um passo à frente e pressionou a bochecha contra a de Pata de Esquilo. – Depois, não era mais seguro procurar por ela. – Pata de Esquilo se afastou. Pela maneira como Manto de Cinza continuou olhando fixamente em seus olhos, sentiu que a curandeira torcia para que ela compreendesse.

– Seu pai teve de pensar no clã como um todo – Manto de Cinza miou. – Não podia colocar mais gatos em perigo para procurar Pata de Folha. – Ela desviou o rosto, e Pata de Esquilo ouviu um arrependimento amargo em sua voz quando voltou a falar. – Eu queria ir atrás dela pessoalmente, mas sabia que não adiantaria nada. – A curandeira olhou com raiva para a perna traseira, enfraquecida por um antigo ferimento no Caminho do Trovão. Manto de Cinza sabia bem demais o que os monstros dos Duas-Pernas podiam fazer com o corpo frágil dos gatos.

Só então Pata de Esquilo notou que a pele da curandeira parecia flácida, revelando os ossos por baixo.

Garra de Amora Doce pareceu notar o mesmo. – Como o clã está se virando? – ele perguntou.

– Nada bem – Manto de Cinza admitiu. – Laricinho morreu... Nuvem de Avenca não produzia mais leite suficiente para alimentá-la. As presas estão escassas, estamos todos com fome. – A tristeza tornou sua voz trêmula. – Cauda Mosqueada morreu também. Comeu um coelho que os Duas-Pernas envenenaram para se livrar do Clã do Vento. – Sua expressão de repente se tornou alarmada. – Vocês não comeram nenhum coelho, comeram?

– Não vimos nenhum coelho – Pelo de Tempestade respondeu. – Nem mesmo no território do Clã do Vento.

O rabo de Manto de Cinza chicoteou. – Os Duas-Pernas estragaram tudo! Coração Brilhante e Cauda de Nuvem também sumiram. Achamos que, assim como Pata de Folha, eles caíram em armadilhas dos Duas-Pernas.

Garra de Amora Doce baixou os olhos para a terra fria e enlameada. – Não achei que estaria tão ruim assim! – ele murmurou. – Meia-Noite nos avisou, mas... – Pata de Esquilo ficou triste por não poder oferecer consolo. Não havia nada que ela pudesse dizer ou fazer para que o amigo se sentisse melhor.

Manto de Cinza olhava confusa para Garra de Amora Doce. – Meia-Noite avisou? – ela repetiu. – Do que você está falando?

– Meia-Noite é uma texugo – Pata de Esquilo explicou. – Foi atrás dela que fomos.

– Vocês foram atrás de uma *texugo*? – Manto de Cinza olhou em volta como se um rosto feroz com listras brancas e pretas fosse brotar da vegetação rasteira atrás deles.

Pata de Esquilo não estranhou a reação dela. Gatos não confiavam em texugos; eram animais notoriamente mal-humorados e imprevisíveis. Pata de Esquilo e seus companheiros de viagem haviam levado um tempo para superar o choque depois de descobrirem quem exatamente tinham sido instruídos a encontrar.

– No lugar onde o sol mergulha – ela explicou.

– Não estou entendendo – murmurou Manto de Cinza.

– Foi o Clã das Estrelas que nos enviou – Pelo de Tempestade miou. – Um gato de cada clã.

– Eles nos mandaram ir ao lugar onde o sol mergulha no mar à noite – Garra de Amora Doce acrescentou.

– O *Clã das Estrelas* enviou vocês? – Manto de Cinza estava sem ar. – Eu... achei que eles tivessem nos abandonado. – Ela olhou para Garra de Amora Doce. – O Clã das Estrelas falou com você?

– Em um sonho – Garra de Amora Doce admitiu, baixinho.

Pelo de Tempestade pisoteava a terra, com os pelos eriçados. – Cauda de Pluma teve o mesmo sonho.

– E Pata de Corvo e Pelo de Açafrão – Pata de Esquilo concluiu.

Manto de Cinza arregalou os olhos para os três gatos. – Você precisam contar tudo isso para Estrela de Fogo. Não temos notícias do Clã das Estrelas desde a mensagem enviada sobre fogo e tigre.

– Fogo e tigre? – Pata de Esquilo repetiu, sem entender.

– Você logo vai ficar sabendo – Manto de Cinza disse, sem encará-la. – Venham comigo agora. O clã precisa ouvir o que vocês têm a contar.

CAPÍTULO 4

– As Rochas Ensolaradas pareceram o lugar mais seguro – Manto de Cinza comentou enquanto avançava em meio ao musgo-renda.

Pata de Esquilo se surpreendeu. – Mas há tão pouco abrigo lá! As Rochas Ensolaradas eram uma encosta larga perto da fronteira com o Clã do Rio, sem árvores nem arbustos, e apenas com alguns tufos de gramíneas. Ciente de que Pelo de Tempestade estava poucos passos atrás, Pata de Esquilo baixou a voz para perguntar: – E quanto ao Clã do Rio? Eles já tentaram reivindicar as Rochas Ensolaradas. Estrela de Fogo não ficou com medo de um ataque?

– O Clã do Rio não tem nos ameaçado – Manto de Cinza respondeu. – As Rochas Ensolaradas ficam o mais longe possível dos Duas-Pernas e seus monstros destruidores de árvores, sem sair do nosso território. E fica perto das poucas presas que restam na floresta.

Apesar de mancar, Manto de Cinza os conduzia rapidamente pela floresta. No entanto, Pata de Esquilo notava sua respiração difícil através do flanco magro. Ela olhou para Garra de Amora Doce. Ele também observava a curandeira com preocupação.

– Estamos muito melhor do que ela – Pata de Esquilo sussurrou para o amigo.

– Nossa jornada nos tornou mais fortes – Garra de Amora Doce concordou.

Pata de Esquilo sentiu uma pontada de culpa porque a jornada longa e difícil os havia mantido em maior segurança, e mais nutridos, que os gatos deixados para trás. O sol se punha no céu azul-claro, e um vento fresco balançava os galhos acima deles, arrancando as últimas folhas. Ela parou para ouvir. Alguns pássaros chilreavam em um coro abafado, porém a distância se ouviam apenas os monstros, o tempo todo, zumbindo como abelhas furiosas. Seu fedor pairava no ar e se agarrava aos pelos dela, que percebeu que havia retornado a uma floresta com cheiros e ruídos que não a lembravam mais de seu lar. Aquele agora era outro lugar, onde gatos não tinham como sobreviver. *Não mais lugar para gatos. Vocês ficam, os monstros também destroem, ou gatos morrem de fome sem presa.* A profecia de Meia-Noite já estava se confirmando.

O volume cinza-claro das Rochas Ensolaradas assomava além das árvores, e Pata de Esquilo distinguiu o contorno de dois gatos avançando sobre a pedra.

Um grito a sobressaltou, e ela vislumbrou pelos brancos e avermelhados por entre a vegetação rasteira. Um tique-taque de coração depois, Cauda de Castanha e Pelo de Musgo-Renda irrompiam dos arbustos à frente deles.

– Achei que tinha sentido um cheiro familiar – Cauda de Castanha miou, sem fôlego.

Pata de Esquilo ficou olhando para os dois guerreiros. Estavam tão desgrenhados quanto Manto de Cinza. Ao lado dela, Garra de Amora Doce arregalava os olhos em choque ao ver seus corpos esquálidos.

– Achamos que vocês não iam mais voltar – Pelo de Musgo-Renda miou.

– Claro que íamos voltar! – Pata de Esquilo protestou.

– Por onde andaram? – Cauda de Castanha perguntou.

– Por muito longe – Pelo de Tempestade murmurou. – Mais longe do que qualquer outro gato da floresta já esteve.

Pelo de Musgo-Renda olhou desconfiado para o guerreiro do Clã do Rio. – Você está a caminho de casa?

– Preciso falar com Listra Cinzenta antes.

Pelo de Musgo-Renda estreitou os olhos.

– Deixe que ele venha – Manto de Cinza aconselhou. – Esses gatos têm muito a nos contar.

Pelo de Musgo-Renda retorceu os bigodes, porém baixou a cabeça e se virou para conduzi-los por entre as árvores na direção das pedras.

– Venham – Cauda de Castanha miou, indo atrás dele. – Os outros vão querer vê-los também.

Pata de Esquilo seguiu ao lado dela, procurando ignorar a ansiedade que roía seu estômago tal qual a fome. Estava começando a parecer que a jornada havia sido em vão, que o alerta de Meia-Noite viera tarde demais se o intuito era ajudar os clãs. Ela torcia para que o sinal do guerreiro moribundo os salvasse. De canto de olho, Pata de Esquilo notou que o rabo da guerreira atartarugada estava caído e seus olhos se mantinham no solo, parecendo cansados.

– Manto de Cinza contou sobre Pata de Folha – Pata de Esquilo murmurou.

– Não pude fazer nada para salvá-la – Cauda de Castanha respondeu, sem emoção na voz. – Não sei para onde a levaram. Eu queria procurá-la; porém, no dia seguinte partimos e não tive mais chance. – Ela parou e olhou para Pata de Esquilo, o brilho em seus olhos indicando uma esperança desesperada. – Você a encontrou em sua viagem? Sabe onde ela está?

Pata de Esquilo sentiu uma pontada no coração. – Não. Não a vimos.

O cheiro forte e familiar do Clã do Trovão preencheu o ar. Pata de Esquilo teve vontade de sair correndo para cumprimentar seus companheiros de clã, porém seu instinto a alertou de que devia se aproximar com cautela. Ela se manteve imóvel por um momento, torcendo para que as batidas de seu coração não soassem tão forte a ponto de todos nas Rochas Ensolaradas poderem ouvi-las.

A encosta de pedra lisa, ladeada por ravinas e depressões, erguia-se à sua frente. Árvores margeavam um lado, e na extremidade oposta, onde havia uma queda íngreme, viam-se os cumes de mais árvores, acompanhando o rio até Quatro Árvores – ou o lugar onde antes ficava Quatro Árvores. A pedra assolada pelos ventos da estação sem folhas devia ser um local de repouso gelado para o clã. Pata de

Esquilo notou manchas de sangue seco nos pelos brancos das patas de Cauda de Castanha. Ela se lembrou de como as pedras das montanhas também haviam arranhado suas patas quando eles estavam com a Tribo da Água Corrente.

Ali não havia uma clareira central onde os gatos pudessem se reunir, como havia na ravina. Eles estavam divididos em pequenos grupos: Pata de Esquilo identificou a pelagem escura de seu mentor, Pelagem de Poeira, abrigado sob uma saliência na pedra, com Pelo de Rato a seu lado. Ele parecia muito menor do que quando ela o vira pela última vez, os ombros ossudos se projetando sob os pelos desgrenhados. Pele de Geada e Cauda Sarapintada, dois anciãos do clã, estavam agachados na depressão mais profunda. Apesar das sombras, Pata de Esquilo conseguia ver que o pelo de ambos estava opaco e sem vida, salpicado de musgo e lama seca. Mais abaixo, onde a depressão se alargava, ela identificou a figura cinza-clara da companheira de Pelagem de Poeira, Nuvem de Avenca, curvada sobre os dois filhotes que lhe restavam.

– Lá embaixo é mais protegido – Manto de Cinza explicou, olhando para onde Pata de Esquilo olhava. – Só que as rainhas ainda se sentem expostas, acostumadas que estavam com um berçário envolto em arbustos espinhosos. Os aprendizes fazem seus ninhos naquela depressão ali – ela prosseguiu, apontando a direção com o focinho. Pata de Esquilo reconheceu os pelos marrons de Pata de Musaranho, filhote de uma das primeiras ninhadas de Nuvem de Avenca, encolhido para se proteger do frio.

Pata de Esquilo olhou para Garra de Amora Doce, que assentiu de leve para ela, ainda que com ansiedade nos olhos. Seus ombros estavam tensos quando ele começou a subir a encosta. Pata de Esquilo o seguiu, nervosa. Quando passou por Nuvem de Avenca, a rainha ergueu os olhos verdes ensombrecidos pela raiva.

Pata de Esquilo se encolheu. Seria possível que o clã *os* culpasse pelo que havia acontecido?

Outros gatos também os tinham visto. Garra de Espinho se içou de uma depressão próxima ao topo da encosta, com os olhos baixos; Bigode de Chuva saiu de uma fenda na beirada das pedras, com um silvo ameaçador. Os olhos cinza-escuros do guerreiro brilhavam, e não porque os recebesse de maneira calorosa.

Pelo de Tempestade olhava para as pedras em busca de Listra Cinzenta. Pata de Esquilo procurou o representante do Clã do Trovão, porém não viu nenhum sinal dele nem de seu pai. Ela reprimiu o impulso de dar meia-volta e fugir para a floresta, ou até mesmo para as montanhas. Triste, buscou os olhos de Garra de Amora Doce.

– Eles não nos querem aqui – Pata de Esquilo sussurrou.

– Eles vão compreender depois que explicarmos – Garra de Amora Doce prometeu, e ela torceu para que ele estivesse certo.

O som de passos rápidos mais atrás a levou a se virar, assustada. Um guerreiro cinza-claro, Pelo Gris, parou à frente dela. Pata de Esquilo olhou bem em seus olhos, receosa de encontrar raiva neles, porém tudo o que viu foi surpresa.

– Você voltou! – Ele manteve o rabo alto e tocou o focinho dela com o seu, em cumprimento.

Pata de Esquilo sentiu uma onda de alívio. Pelo menos um gato parecia feliz com seu retorno.

Pata de Musaranho saiu de onde estava e atravessou a pedra correndo na direção deles, com Pata Branca em seu encalço.

– Pata de Musaranho! – Pata de Esquilo exclamou, tentando soar como se tivesse passado só alguns nasceres do sol fora e não tivesse ido além das Pedras Altas. – Como anda o treinamento?

– Estamos dando duro – Pata de Musaranho respondeu, sem fôlego, quando chegou.

Pata Branca parou atrás dele. – Já teríamos assistido à nossa primeira Assembleia se os Duas-Pernas não tivessem destruído Quatro...

Pelo Gris lançou um olhar em aviso à gata branca. – Eles ainda não sabem nada a respeito – sibilou.

– Tudo bem – Garra de Amora Doce miou. – Sabemos, sim. Pé de Teia nos contou.

– Pé de Teia? – Pelo Gris estreitou os olhos. – Vocês estiveram no território do Clã do Vento?

– Precisamos passar por lá na volta – Pata de Esquilo explicou.

– Na volta de onde? – Pata de Musaranho miou, porém Pata de Esquilo não respondeu. Tinha visto Pelagem de Poeira e Pelo de Rato emergirem de sua toca improvisada. Pelo de Fuligem saiu de uma depressão atrás deles. Todos os guerreiros se aproximavam agora, como fantasmas avançando nas sombras. Pata de Esquilo reprimiu um calafrio. Recuou um pouco, roçando os pelos de Garra de Amora Doce e sentindo Pelo de Tempestade se aproximar, com a mesma cautela. Aquilo a fazia se lembrar de seu primeiro encontro com os gatos da Tribo da Água Corrente. Sentiu uma pontada de medo ao perceber que não foi só a floresta que mudou. Seu clã também estava diferente.

– Aonde é que vocês foram, afinal? – uma voz diferente perguntou. Pele de Geada havia saído da depressão dos anciãos, acima deles. Muito da maciez dos pelos brancos como a neve da velha gata havia se perdido, porém seu olhar gelado ainda fazia Pata de Esquilo estremecer.

– Fizemos uma longa jornada – Garra de Amora Doce começou a explicar.

– Não parece! – Nuvem de Avenca deixou seus filhotes e abriu caminho até a frente do grupo. – Andam comendo melhor do que nós.

Pata de Esquilo tentou não se sentir culpada em relação ao tanto de presas que havia devorado no caminho. – Nuvem de Avenca, fiquei sabendo sobre Laricinho e sinto muito...

Ela não quis ouvir. – Como saberemos que não deixaram o clã porque não suportariam uma estação sem folhas de fome conosco? – silvou.

Pata de Esquilo ouviu Pelo de Rato e Garra de Espinho miarem em concordância, porém daquela vez sua raiva superou o medo. – Como pode pensar uma coisa dessas? – cuspiu, com os pelos se eriçando.

– Bem, sua lealdade claramente não é ao clã! – Pelo de Rato rosnou, olhando para Pelo de Tempestade.

– Nossa lealdade sempre foi ao clã – Garra de Amora Doce afirmou, sem se alterar. – Por isso partimos.

– Então o que um guerreiro do Clã do Rio faz com vocês? – Pelagem de Poeira perguntou.

– Ele traz notícias para Listra Cinzenta – Garra de Amora Doce miou. – Vai partir assim que falar com ele.

– Vai partir é agora – Pelo de Rato silvou, dando um passo à frente.

Manto de Cinza se colocou entre Pelo de Rato e Garra de Amora Doce. – Contem sobre a profecia do Clã das Estrelas – ela pediu.

– Profecia? O Clã das Estrelas se pronunciou? – Os companheiros de clã de Pata de Esquilo olhavam para ela e para Garra de Amora Doce como se fossem raposas famintas.

– Precisamos falar com Estrela de Fogo primeiro – Pata de Esquilo miou baixinho.

– Onde ele está? – Garra de Amora Doce perguntou.

– Agora ele está sempre caçando – a voz de Tempestade de Areia respondeu.

Pata de Esquilo ficou aguardando sem respirar, entre a alegria e a ansiedade, enquanto a gata avermelhada avançava em sua direção e parava a uma cauda de distância para olhar para ela.

– Voltamos – Pata de Esquilo disse, procurando sinais de que era bem-vinda na expressão da mãe.

– Vocês voltaram – Tempestade de Areia repetiu, admirada.

– Tivemos de partir. O Clã das Estrelas não nos deu opção – Garra de Amora Doce disse, para defender Pata de Esquilo, que ficou grata pelo calor de seu corpo quando ele chegou mais perto. Ela queria confessar para a mãe que o Clã das Estrelas não a havia visitado em sonho, mas que insistira em ir com Garra de Amora Doce, que relutara em afastá-la do clã. O medo, no entanto, fez com que as palavras entalassem em sua garganta.

Os bigodes de Tempestade de Areia estremeceram e ela avançou. – Uma de minhas filhas retornou! – ela miou, e esfregou a bochecha contra a bochecha de Pata de Esquilo com todo o amor.

A filha sentiu uma onda de alívio. – Sinto muito por não ter dito nada, mas...

– Você voltou – Tempestade de Areia miou. – Isso é tudo o que importa. – Pata de Esquilo sentiu seu hálito quente no focinho. – Eu já estava me perguntando se voltaria a vê-la.

Pata de Esquilo ouviu um leve ronronar, produzido no fundo da garganta da mãe, que a lembrou de quando era filhote, encolhida no berçário, ao lado da irmã. *Ah, Pata de Folha, onde você está?*

Um miado grave as interrompeu. – Parece que minha aprendiz retornou – Pelagem de Poeira comentou. Parecia tão magro e miserável quanto os outros guerreiros, porém seus olhos transmitiam calor quando se aproximou para cumprimentá-la.

– Aonde quer que tenha ido, você se alimentou bem – ele comentou, arregalando os olhos para os músculos rígidos e os pelos brilhantes de Pata de Esquilo.

Garra de Amora Doce retorceu a ponta do rabo. – Tivemos sorte. Havia bastante comida no trajeto.

– Aqui, precisamos de comida mais do que qualquer outra coisa – Pelagem de Poeira miou. – Se encontraram presas, o clã precisa saber onde.

– Fica bem longe – Garra de Amora Doce avisou.

As orelhas de Pelagem de Poeira estremeceram. – Então não adianta – ele miou. – Nosso lar é aqui. Não permitiremos que os Duas-Pernas e seus monstros nos desloquem de novo. – Uma leve onda de concordância percorreu os outros gatos.

Pata de Esquilo ficou olhando para eles, horrorizada. Tinham de ir embora! Meia-Noite havia dito que os clãs precisariam encontrar um novo lar, que seria apontado pelo guerreiro moribundo. Ela supusera que o fato de o Clã do Trovão ter precisado levantar acampamento tornaria a tarefa de convencê-los um pouco mais fácil.

Então Pata de Esquilo viu uma figura no alto da pedra, delineada contra o céu rosado do crepúsculo. Muito embora as sombras tornassem impossível enxergar a cor dos pelos do gato, ela não tinha nenhuma dúvida de quem se tratava, só por seus ombros fortes e seu rabo comprido erguido em cumprimento.

– Estrela de Fogo! – Pata de Esquilo exclamou.

– Pata de Esquilo! – Ele desceu a pedra correndo, então parou. Seus bigodes se retorceram por um tique-taque de coração antes que ele esticasse a cabeça e lambesse a orelha dela. Pata de Esquilo fechou os olhos e ronronou, esquecendo brevemente o horror que engolia a floresta. Estava em casa, e isso era tudo o que importava.

Estrela de Fogo se afastou para perguntar: – Por onde andou?

– Nós temos muita coisa para contar – ela respondeu na mesma hora.

– *Nós?* – Estrela de Fogo repetiu. – Garra de Amora Doce está com você?

– Sim. Estou aqui. – Ele abriu caminho por entre os gatos e se postou ao lado de Pata de Esquilo, baixando a cabeça em sinal de respeito. O restante do clã aguardou, com os olhos brilhando à meia-luz. O próprio vento pareceu cessar, como se a floresta prendesse o fôlego.

– Bem-vindo de volta, Garra de Amora Doce. – Pata de Esquilo pensou ter identificado certa reserva nos olhos do pai, o que fez com que um calafrio percorresse seu corpo.

Um movimento de pelos cinza chamou sua atenção, nada mais que uma sombra descendo a encosta escura a toda velocidade. Era Listra Cinzenta. Ele parou ao lado de Estrela de Fogo.

– Então fogo e tigre retornaram! – ronronou.

– Fogo e tigre? – Pata de Esquilo ecoou. Do que Listra Cinzenta estava falando?

– Podemos contar a eles depois – Estrela de Fogo murmurou, olhando para o restante do clã, atento a tudo.

– Ah, sim – Listra Cinzenta miou, baixando a cabeça. Então seus olhos voltaram a se acender. – Vocês viram meus filhos? – Ele olhava esperançoso entre Pata de Esquilo e Garra de Amora Doce.

Pata de Esquilo assentiu. – Eles foram conosco – ela explicou. – Pelo de Tempestade...

– Estou aqui. – Ele abriu caminho por entre os gatos.

As orelhas de Listra Cinzenta estremeceram em surpresa e prazer. – Pelo de Tempestade! – Ele correu até o filho e ronronou, encantado. – Você está a salvo! – Então voltou a olhar para Pata de Esquilo e Garra de Amora Doce. – Estão todos a salvo. Não acredito.

Pata de Esquilo sentiu um aperto no coração.

– Onde está Cauda de Pluma? – Listra Cinzenta perguntou, olhando para além de Pelo de Tempestade, como se esperasse que a gata cinza-clara estivesse aguardando ao pé das pedras.

Pata de Esquilo ficou olhando para as próprias garras. Pobre Pelo de Tempestade. Era quem tinha a pior notícia a dar, tanto ao Clã do Rio quanto ao Clã do Trovão.

– Onde ela está? – Listra Cinzenta insistiu, parecendo intrigado.

– Ela não está conosco – o filho respondeu, olhando bem nos olhos do pai. – Morreu na viagem.

Listra Cinzenta ficou olhando para ele incrédulo.

Estrela de Fogo ergueu o queixo e disse ao clã: – Listra Cinzenta e Pelo de Tempestade devem ser deixados a sós, para viver o luto.

Pata de Esquilo sentiu uma onda de gratidão pelo pai. Pelo menos assim poderiam explicar tudo a Listra Cinzenta longe do escrutínio dos outros. Enquanto Estrela de Fogo levava o clã encosta acima, ela se aproximou de Garra de Amora Doce.

Listra Cinzenta olhava para a pedra sob suas patas como se segurasse uma víbora e não se atrevesse a soltá-la, com medo de ser mordido.

– Não conseguimos salvá-la – Pelo de Tempestade contou, roçando o focinho no ombro do pai de maneira carinhosa.

Listra Cinzenta virou a cabeça na direção de Garra de Amora Doce. – Você não deveria tê-la levado! – Seus olhos brilhavam de raiva.

Pata de Esquilo balançou o rabo. – Não é culpa dele! Foi o Clã das Estrelas que escolheu Cauda de Pluma para a jornada, e não Garra de Amora Doce!

Listra Cinzenta fechou os olhos. Seus ombros caíram, de modo que ele pareceu ter metade do seu tamanho real. – Perdão – murmurou. – Mas é tão injusto. Ela era tão parecida com Arroio de Prata...

Sua voz foi carregada pelo vento. Pelo de Tempestade aproximou o focinho do flanco do pai. – Cauda de Pluma morreu de maneira corajosa e nobre, digna de uma grande guerreira – ele contou. – O Clã das Estrelas a escolheu para a jornada, e a Tribo da Caça Sem Fim a escolheu para cumprir a profecia deles. Você deve se orgulhar dela. Salvou todos nós, e não apenas a Tribo.

– A Tribo? – Listra Cinzenta repetiu.

Pata de Esquilo conseguia ouvir os gatos subindo a encosta, seus murmúrios cada vez mais altos e impacientes, até que Estrela de Fogo os silenciou: – Sei que todos querem saber por onde Garra de Amora Doce e Pata de Esquilo andaram. Deixem que eu ouça primeiro, e em seguida compartilharei tudo com vocês.

– Quero saber por que minha aprendiz foi embora – Pelagem de Poeira rosnou.

– E quanto à tal profecia? – Pelo de Rato perguntou. – Precisamos saber do que se trata!

Garra de Amora Doce levou o focinho à orelha de Pata de Esquilo. – Acho que é melhor nos juntarmos a eles – o gato disse, então se virou para Pelo de Tempestade: – Você vem conosco?

– Obrigado, Garra de Amora Doce – Pelo de Tempestade respondeu –, mas gostaria de ir para casa. – Ele olhou para Listra Cinzenta. – Eles vão lhe contar toda a história, mas eu queria que soubesse que deve se orgulhar muito de Cauda de Pluma. Ela morreu para nos salvar.

Listra Cinzenta piscou, mas não disse nada.

Pelo de Tempestade se virou para Pata de Esquilo e Garra de Amora Doce. – Sei que vai ser difícil – murmurou –, porém temos de dar sequência ao que sabemos que é certo. Lembrem-se do que Meia-Noite nos disse. Estamos fazendo isso por todos os clãs.

Garra de Amora Doce baixou solenemente a cabeça. Pata de Esquilo se inclinou para a frente para pressionar o focinho contra a bochecha de Pelo de Tempestade. – Vejo você amanhã, em Quatro Árvores – ela sussurrou. Suas patas tremeram com a dor da despedida de um de seus amigos mais próximos. Fazia mais de uma lua que ela não pensava nele como alguém do Clã do Rio nem em si mesma como alguém do Clã do Trovão. Os dois eram apenas membros de clãs lutando para concluir sua jornada e salvar todos os gatos da floresta.

Enquanto Pelo de Tempestade descia a encosta, Pata de Esquilo viu Pelo de Rato e Garra de Espinho a observando com olhar reprovador ela, mais do alto. Sabia que seu afeto por um guerreiro do Clã do Rio devia parecer desleal, porém estava triste e cansada demais para se dar ao trabalho de explicar o que a jornada até o lugar onde o sol mergulha havia significado para os seis gatos que a haviam integrado – e os cinco que haviam retornado.

– Muito bem – Estrela de Fogo miou. – Os guerreiros mais velhos ouvirão comigo o que Pata de Esquilo e Garra de Amora Doce têm a dizer. Você também, Manto de Cinza. – Ele apontou com o focinho para a saliência que antes servira de esconderijo para Pelagem de Poeira e Pelo de Rato. – Nós nos encontraremos ali.

Desdenhosa, Pelo de Rato se virou e começou a subir a encosta em direção à saliência. Listra Cinzenta e Pelagem de Poeira a seguiram. Estrela de Fogo, Manto de Cinza e Tempestade de Areia seguiram logo atrás, mas Pata de Esquilo ficou parada por um momento, sentindo a brisa contra os pelos. Não se importava com o frio – na verdade, quanto mais frio sentisse, mais perto estaria de compartilhar do sofrimento de seus companheiros de clã. Nem era preciso um vento muito forte para atravessar os pelos desgrenhados deles.

De repente, ela ouviu Garra de Espinho soltar um rugido baixo. Virou-se, assustada, e viu Pelo de Tempestade ao pé da encosta, com um peixe gordo na boca.

– Qual é o problema? – Garra de Espinho rosnou. – Seu próprio clã não o quer de volta?

O guerreiro do Clã do Rio largou o peixe diante das patas do outro. – Trouxe um presente do Clã do Rio.

– Não precisamos dos seus presentes! – Pele de Geada cuspiu.

Pata de Esquilo ouviu um bater de patas baixo às suas costas.

– Ele o trouxe com boa intenção, Pele de Geada – Estrela de Fogo falou, em tom de alerta. – Obrigado, Pelo de Tempestade.

Pelo de Tempestade não respondeu; só olhou com tristeza para o líder do Clã do Trovão e depois, brevemente, para Pata de Esquilo. Então baixou a cabeça e desapareceu em meio aos juncos que levavam à água, deixando o peixe para trás.

A barriga de Pata de Esquilo roncou. Ela não comia desde que haviam deixado o território dos Duas-Pernas, no extremo do pântano.

– Vocês terão de esperar até mais tarde para tentar caçar um ou dois ratos – Estrela de Fogo miou, ao ouvir a barriga da filha. – Precisamos alimentar Nuvem de Avenca e os anciãos primeiro. Vocês terão de se acostumar com a fome, agora que voltaram.

Pata de Esquilo assentiu, procurando se adaptar. Tinha crescido caçando sempre que sentia fome e dividindo as presas apenas com os amigos.

Estrela de Fogo chamou Garra de Espinho. – Divida o peixe entre Nuvem de Avenca e os anciãos – ele disse, antes de se virar na direção da saliência na pedra.

Ao entrar debaixo da pedra, Pata de Esquilo percebeu que ela chegava muito mais longe do que imaginara. Pedras lisas protegiam as laterais da caverna, porém um vento frio entrava pela frente, misturando no processo o cheiro de muitos gatos. Ela sentiu saudade da ordem e do conforto do antigo acampamento, então fechou os olhos, desejando ver, ao abri-los, os galhos densamente entrelaçados da toca dos aprendizes à sua volta, em vez de apenas pedra fria e dura.

– Todos os guerreiros dormem aqui – Pelagem de Poeira murmurou na orelha dela, como se soubesse o que ela estava pensando. – Não há muitos lugares apropriados por aqui.

Pata de Esquilo abriu os olhos e sentiu a fúria percorrendo seu corpo até as patas enquanto avaliava seu entorno. Os Duas-Pernas haviam reduzido seu clã àquilo! O mínimo que ela poderia fazer era levá-los de volta para um lugar seguro, onde houvesse comida fresca e lugares apropriados para todos os gatos dormirem.

– Pelo menos temos algum abrigo – Tempestade de Areia murmurou, embora seus pelos arrepiados sugerissem que estava morrendo de frio.

Estrela de Fogo se sentou nos fundos da caverna. Tempestade de Areia e Listra Cinzenta se acomodaram um de cada lado dele. A tristeza mantinha o corpo do representante do Clã do Trovão curvado. Manto de Cinza se sentou ao lado dele, a preocupação visível em seus olhos.

– Agora – Estrela de Fogo começou, enrolando o rabo sob as patas traseiras – contem tudo desde o começo.

Pata de Esquilo sentiu o ardor dos olhos questionadores dos companheiros de clã na pele. Garra de Amora Doce passou o rabo pelo flanco dela antes de encarar Estrela de Fogo.

– O Clã das Estrelas me visitou em um sonho e ordenou que eu fosse ao lugar onde o sol mergulha – ele explicou. – N-não acreditei nele a princípio, mas depois descobri que um gato de cada clã teve o mesmo sonho: Pata de Corvo, do Clã do Vento, Cauda de Pluma, do Clã do Rio, e Pelo de Açafrão, do Clã das Sombras.

Estrela de Fogo inclinou a cabeça de lado. Garra de Amora Doce prosseguiu: – Disseram-nos para ir até Meia-Noite e ouvir o que ela tinha a dizer.

– E o que *meia-noite* disse? – Pelagem de Poeira perguntou, admirado.

Os olhos verdes de Estrela de Fogo pousaram em Pata de Esquilo, que teve de se esforçar para não se encolher. – Você também teve esse sonho? – ele perguntou.

– Não – ela confessou. – Mas eu tive de... Eu quis ir...

Pata de Esquilo procurou as palavras certas para explicar por que havia partido, porém não queria revelar a Estrela de Fogo que procurava um motivo para fugir da briga deles. Então ficou em silêncio, com a cabeça baixa.

– Foi bom Pata de Esquilo ter ido! – Garra de Amora Doce a defendeu. – Ela esteve à altura de qualquer outro guerreiro!

Depois do que pareceram ser nove vidas, Estrela de Fogo assentiu. – Continue, Garra de Amora Doce.

– Seguimos para o lugar onde o sol mergulha, com a ajuda de Pata Negra. Ele tinha ouvido outros vilões falando do lugar da água sem fim.

– O caminho foi longo – Pata de Esquilo miou. – Várias vezes, achamos que estávamos perdidos.

– Pata Negra indicou a direção que deveríamos tomar, mas não sabíamos exatamente como chegar lá – Garra de Amora Doce explicou. – Não podíamos desistir, porque estávamos sob as ordens do Clã das Estrelas.

– Muito embora não soubéssemos *por que* estávamos indo para lá – Pata de Esquilo acrescentou.

Garra de Amora Doce projetou suas garras, que rasparam contra o chão duro. – Só estávamos tentando cumprir nosso dever para com o clã – ele murmurou.

– Um solitário nos ajudou a atravessar o Lugar dos Duas-Pernas – Pata de Esquilo acrescentou, pensando no senso de direção um tanto errático de Bacana.

– Até que, finalmente, acabamos chegando ao lugar onde o sol mergulha. Era diferente de tudo o que já tínhamos visto – Garra de Amora Doce miou. – Despenhadeiros altos e arenosos, com cavernas embaixo, a água azul-escura até onde a vista alcançava batendo contra as margens. Fazia tanto barulho que de início até nos assustamos um pouco.

– Então Garra de Amora Doce caiu. Eu o resgatei, mas fomos parar em uma caverna. E foi lá que encontramos Meia-Noite – Pata de Esquilo disse, suas palavras soando um tanto quanto incoerentes.

– Como assim, vocês "encontraram meia-noite"? – Pelagem de Poeira perguntou.

Garra de Amora Doce ajeitou as patas. – Meia-Noite é uma texugo – ele explicou afinal. – O Clã das Estrelas queria que a encontrássemos para que ouvíssemos o que ela tinha a dizer.

– E o que ela tinha a dizer? – Estrela de Fogo perguntou, com as orelhas estremecendo.

– Que os Duas-Pernas destruiriam a floresta toda e nos fariam passar fome – Pata de Esquilo miou. Seu coração agora martelava tão forte quanto da primeira vez que ela ouvira o aviso de Meia-Noite.

– Ela ordenou que conduzíssemos os clãs para fora da floresta, para um novo lar – Garra de Amora Doce acrescentou.

– Um novo lar? – Tempestade de Areia repetiu, parecendo descrente.

– Então devemos deixar a floresta só porque uma texugo de que nunca ouvimos falar acha que é uma boa ideia? – Pelagem de Poeira perguntou.

Pata de Esquilo fechou os olhos. Então o Clã do Trovão ignoraria o aviso de Meia-Noite? Teriam sido em vão a jornada deles e a morte de Cauda de Pluma?

– Ela disse como encontraríamos esse novo lar? – Listra Cinzenta perguntou, inclinando-se sentado na direção deles, com a ponta do rabo contraída.

As palavras de Meia-Noite ecoavam mais uma vez na mente de Pata de Esquilo, que se pegou repetindo-as. – "Não ficarão sem guia", ela disse. "Ao retornar, fiquem na Pedra do Conselho quando o Tule de Prata brilhar no céu. Guerreiro Moribundo o caminho mostrará."

– Vocês já foram à Pedra Grande, atrás do sinal? – Estrela de Fogo perguntou.

Garra de Amora Doce balançou a cabeça. – Combinamos de encontrar Pelo de Açafrão, Pelo de Tempestade e Pata de Corvo lá amanhã. A ideia é levar nossos líderes, caso consigamos convencê-los...

– Você vai? – Pelo de Rato perguntou, com as orelhas baixas.

– Com toda a certeza – Estrela de Fogo respondeu.

Pelagem de Poeira arregalou os olhos para o líder. – Não está mesmo pensando em tirar o clã da floresta, está?

– No momento, não sei o que farei – Estrela de Fogo admitiu. – Mas não sei se o clã conseguirá sobreviver à estação sem folhas. – Ele encarou Pelagem de Poeira, e Pata de Esquilo notou que seus olhos brilharam por um momento. – Não permitirei que meu clã sofra, se houver algo a fazer para impedir. Não podemos ignorar essa mensagem, independentemente de como chegou a nós. Talvez seja nossa única esperança de sobrevivência. Se haverá um sinal, quero estar lá para vê-lo.

O líder do Clã do Trovão endireitou o corpo e olhou para Garra de Amora Doce. – Amanhã, irei com você a Quatro Árvores.

CAPÍTULO 5

– SASHA! – PÉ DE BRUMA VOLTOU A CHAMAR. – É mesmo você?

Não houve resposta.

Pata de Folha pressionou o focinho contra a teia para dar uma espiada. Ela ouvira falar de Sasha muitas vezes, e estava curiosa para conhecer a vilã que, durante o tempo que passara no Clã do Rio, tivera Asa de Mariposa e Geada de Falcão com Estrela Tigrada. Na penumbra do ninho de madeira, no entanto, Pata de Folha só conseguia enxergar um amontoado de pelos ocre encolhidos nos fundos da jaula que o Duas-Pernas havia acabado de trazer.

– Sasha, você está bem? – Pé de Bruma perguntou, alvoroçada.

– Dê-lhe tempo para se recuperar – Almofada aconselhou. – Os novatos ficam sempre quietinhos.

– Não preciso de tempo para me recuperar – Sasha silvou, furiosa. – Como se atrevem a me colocar aqui? Se eu tivesse como sair, deixaria aquele Duas-Pernas em frangalhos!

– O que você estava fazendo na floresta? – Pé de Bruma perguntou.

– Eu queria ver meus filhos – Sasha respondeu. – Ouvi dizer que os Duas-Pernas estavam destruindo a floresta e quis conferir se eles estavam seguros.

– Vi Asa de Mariposa não faz muito tempo – Pata de Folha miou. – Ela estava bem. Vai se tornar uma curandeira.

– Quem está falando? – Sasha perguntou.

– Pata de Folha. Sou aprendiz de curandeira do Clã do Trovão – Pata de Folha disse a ela. – Asa de Mariposa é minha amiga.

– Você também conhece Geada de Falcão? – Sasha perguntou. – Ele está bem?

Pata de Folha não respondeu. Suas patas formigaram quando ela pensou no outro filhote de Sasha. Seus olhos eram azuis e gelados como o céu na estação sem folhas, e seus ombros eram largos e poderosos como os de guerreiros com o dobro de sua idade e experiência. Da última vez que Pata de Folha o vira, ele ameaçara arrastar Cauda de Castanha de volta ao acampamento do Clã do Rio, depois que ela havia atravessado a fronteira sem querer. Quem o convencera a deixar Cauda de Castanha ir embora fora justamente Asa de Mariposa.

– Geada de Falcão estava bem quando o vi pela última vez – Pé de Bruma disse de sua jaula.

– Ainda bem – Sasha miou baixinho.

O alívio em sua voz surpreendeu Pata de Folha. – Ela parece tão preocupada quanto uma rainha de clã ficaria!

– Pata de Folha sussurrou para Almofada através da teia que as separava.

– Claro. – Almofada também ouvira toda a conversa. – São os filhotes dela. Sasha é como qualquer outra gata, afinal.

– Mas entregou os dois para serem criados pelo Clã do Rio – Pata de Folha exclamou, quase se esquecendo de falar baixo.

– Ela não quis que seu próprio clã os criasse? – Almofada perguntou, parecendo intrigada.

– Sasha não é uma gata de clã – Pata de Folha explicou. – É uma vilã.

– Curioso me chamarem assim só porque prefiro não viver entre vocês – Sasha rosnou, tendo ouvido aquilo. – Mas não me importo. Só quero que meus filhotes estejam bem.

– Desculpe – Almofada miou. – Este ninho é tão pequeno que fica difícil não se envolver. – Ela olhou para a jaula do seu outro lado, onde um vilão preto e esfarrapado se mantinha encolhido, sem dar nenhum sinal de ter ouvido a conversa. – Com alguns gatos, pelo menos – Almofada disse, enfática.

Pata de Folha sabia que ela tinha tentado ser simpática com o gato preto, porém a única coisa que conseguiu arrancar dele foi o nome: Carvão.

– Você é uma gatinha de gente, não é? – Sasha perguntou a Almofada, direta e reta. – É educada demais para ser uma vilã e gorda demais para ser de um clã.

Pata de Folha viu Almofada se eriçar toda. – Ela é nossa amiga – miou, apressando-se a defendê-la.

– Eu não disse que não era – Sasha miou. – Só estou tentando entender quem é quem neste lugar.

Pé de Bruma explicou: – A maioria são vilões, mas há alguns gatos da floresta aqui também. – Cauda de Tojo, Coração Brilhante e Cauda de Nuvem miaram em cumprimento. – Até onde sabemos, Almofada é a única gatinha de gente – Pé de Bruma concluiu.

– Alguém já pensou em uma maneira de escapar deste buraco de raposa? – Sasha perguntou.

– Ainda não – Pé de Bruma admitiu.

– Nem o Clã das Estrelas nos deu qualquer pista – Pata de Folha acrescentou.

– Clã das Estrelas! – Sasha repetiu, e mesmo no escuro Pata de Folha soube que ela retorcia os lábios. – Vocês, gatos de clã, ainda acreditam nessa besteira, mesmo depois de tudo o que aconteceu na floresta?

– Claro que sim! – Pata de Folha silvou.

– Bom, então faça uma prece por mim, pequena – Sasha disse, de maneira inesperada. – Porque acho que vamos precisar de toda a ajuda possível.

O sol alto passara e o calor tépido da tarde já começava a se esvair quando Almofada gritou para os outros gatos:

– O Duas-Pernas está voltando!

Além do rugido distante dos monstros dos Duas-Pernas, Pata de Folha ouviu passos do lado de fora, e imediatamente se encolheu no fundo de sua jaula. A porta do ninho se abriu e o Duas-Pernas entrou com a comida.

– De jeito nenhum você vai conseguir convencer o Duas--Pernas a nos deixar fugir só ronronando para ele – Pata de Folha sussurrou para Almofada enquanto o Duas-Pernas abria as jaulas para colocar mais comida nos potinhos.

– Tenho certeza disso. – Almofada deu de ombros. – Mas ele confiar em mim não vai fazer mal também.

Enquanto ela falava, ouviu um silvo forte vindo da jaula ao lado. O Duas-Pernas pulou para longe da porta aberta da jaula de Carvão. Sangue escorria por sua pata dianteira enquanto ele andava de um lado para o outro do ninho, furioso. Pata de Folha se esforçou para ver Carvão, do outro lado da jaula de Almofada. Tudo o que conseguiu distinguir foi sua forma escura bem próxima ao chão. Ela sentiu o coração batendo nos ouvidos quando olhou para o Duas-Pernas, por cima do ombro. Ele havia parado de gritar, e agora lançava um olhar ameaçador na direção de Carvão. De repente, com um grito feroz, o Duas-Pernas enfiou a pata de novo na jaula. Pata de Folha ouviu o gato urrar de dor. Murmurando, o Duas-Pernas fechou a porta da jaula com tudo.

Pata de Folha estremeceu. O que o Duas-Pernas havia feito?

Quando ele abriu a jaula de Almofada e colocou mais comida em seu pote, a gatinha de gente se encolheu. Não ia ronronar agora.

Assim que o Duas-Pernas foi embora, Pata de Folha gritou: – Você está bem, Carvão?

Um gemido abafado saiu da jaula atrás da de Almofada. – Aquele Duas-Pernas nojento!

Pata de Folha farejou o ar e sentiu o cheiro pungente de sangue.

– Parece feio – Almofada sussurrou para Pata de Folha. – Tem sangue no chão da jaula.

– Onde dói? – Pata de Folha perguntou a Carvão.

– Cortei a perna – o vilão respondeu. – O Duas-Pernas me jogou contra algo afiado, com aquelas patas de texugo dele.

Pata de Folha procurou pensar rápido. O que Manto de Cinza usava para interromper o sangramento? – Alguém consegue ver alguma teia de aranha? – ela perguntou. – Por favor. Temos de ajudá-lo!

– Tem uma aqui perto – Cauda de Tojo respondeu. – Acho que consigo alcançar. Espere aí.

Pata de Folha viu a pata ocre de Cauda de Tojo despontar da jaula abaixo dela, de um buraco entre as grades laterais. Uma teia de aranha grande se estendia do chão do ninho ao topo da jaula dele. Cauda de Tojo conseguiu enfiar a pata nos fios entrelaçados e puxá-los. Depois os ergueu o máximo possível na direção de Pata de Folha.

Ela se deitou na jaula e enfiou a pata por entre as grades do chão. Sentiu a pele arranhando, porém cerrou os dentes e se esticou um pouco mais, até conseguir pegar a teia grudenta de Cauda de Tojo. Então puxou a pata de volta e começou a passar a teia a Almofada. – Dê isso a ele! – Pata de Folha pediu.

Almofada assentiu, mas não disse nada, porque segurava um punhado de teia na boca. Quando ela a puxou, alguns fios se prenderam nas grades, desperdiçando material precioso.

– Cuidado! – Pata de Folha gritou.

– Tem sangue pingando da jaula de cima para a minha – um vilão mais abaixo avisou. – Ele deve estar bem machucado.

O coração de Pata de Folha acelerou. – Carvão! Você está bem?

– Não para de sangrar – Carvão disse, com a voz trêmula.

– Pegue a teia de Almofada – Pata de Folha ordenou. – Pressione contra o ferimento tanto quanto aguentar.

Ela ouvia a respiração dificultosa de Almofada enquanto a gatinha de gente passava a teia de aranha para a jaula ao lado, e depois o som das patas de Carvão arranhando o chão.

– Não se desespere, Carvão! – Pata de Folha miou. – Só pressione a teia contra o ferimento.

– Já está encharcada de sangue – Carvão disse, ofegante.

– Tudo bem – Pata de Folha garantiu. – Isso vai impedir mais perda de sangue. É só continuar pressionando.

Ela aguardou. Um silêncio recaiu sobre o ninho. A mente de Pata de Folha girava, e ela se forçou a respirar fundo e devagar.

– Ele está bem? – Coração Brilhante perguntou depois de um tempo.

– Parou de pingar sangue em mim – o vilão da jaula de baixo de Carvão miou.

– Carvão? – Pata de Folha chamou. – Como você está?

Um suspiro entrecortado escapou da jaula do gato. – Melhor – ele murmurou. – Não está mais ardendo.

Pata de Folha sentiu uma onda de alívio. – Mantenha a teia no lugar por mais algum tempo – ela disse. – Depois pode lamber o ferimento com cuidado, para limpar. Não seja vigoroso demais, para que não volte a sangrar.

– Muito bem, Pata de Folha – Almofada sussurrou de sua jaula.

Pata de Folha piscou. Pela primeira vez desde que havia sido pega não se sentia totalmente impotente. Ela fechou os olhos e agradeceu ao Clã das Estrelas. Nunca havia ajudado um vilão, porém sabia que seus ancestrais guerreiros aprovariam aquilo. Não era mais sendo leal a um único clã que se sobrevivia.

Ela percebeu que sua barriga estava roncando. Talvez devesse seguir o conselho de Almofada para manter suas forças. Prendendo a respiração para não sentir aquele fedor terrível, ela pegou algumas pelotas que o Duas-Pernas havia deixado. *Imagino que eu deva ser grata por não ter precisado me esforçar por isto*, Pata de Folha pensou, enquanto se forçava a mastigar a comida seca.

– É nojento – ela murmurou.

– Já comi coisa melhor – Almofada concordou. – O pessoal de casa tentou me dar algo parecido uma vez, mas deixei bem claro o que eu pensava, e eles nunca mais se atreveram a isso.

Pata de Folha quase engasgou de surpresa. – Você consegue obrigar seus Duas-Pernas a fazerem o que quiser?

– Não é difícil treiná-los – Almofada miou, então se sentou e começou a lavar as patas.

Do outro lado do ninho, Sasha perguntou: – Não consegue treinar o vira-lata que machucou Carvão para que seja mais gentil?

– Duvido – Almofada respondeu. – Esse pessoal de fora é muito diferente do pessoal de casa.

Pata de Folha viu o rosto de Coração Brilhante aparecer por entre as grades de sua jaula. As manchas avermelhadas em meio a seus pelos brancos pareciam quase pretas na penumbra, e não dava para ver que um lado de seu rosto tinha cicatrizes terríveis do ataque de um cão, muitas luas antes. – O que acham que vão fazer conosco? – Coração Brilhante sussurrou.

– Talvez planejem nos transformar em gatinhos de gente – Pata de Folha arriscou. Ainda que não gostasse da ideia, pelo menos isso lhe daria uma chance de escapar para retornar ao clã.

De sua jaula, Sasha desdenhou. – Acho que não. Não somos o tipo de gato fofo e mimado de que os Duas-Pernas gostam.

Pata de Folha olhou para Almofada, torcendo para que não tivesse se ofendido. Para sua surpresa, a gatinha de gente assentia.

– Sasha tem razão. Esse pessoal não gosta de gatos, sejam de clã, sejam vilões ou gatinhos de gente. Podem acreditar em mim: conheço o tipo de... como é que vocês falam? Duas-Pernas? Conheço o tipo de Duas-Pernas do pessoal de casa. Esses aí querem se livrar de nós.

Pata de Folha tentou engolir em seco, porém sua boca de repente ficou ressecada, e as pelotas pareceram entalar em sua garganta. Em uma tentativa de não vomitar, ela tomou um pouco da água suja. Sua vontade era se encolher nos fundos da jaula e mergulhar em sonhos, porém não podia confiar no Clã das Estrelas para tirá-la daquele lugar. Tinha fé de que seus ancestrais guerreiros acompanhavam a destruição da floresta, porém seu instinto lhe dizia que se viam impotentes contra a crueldade dos Duas-Pernas. No momento, Pata de Folha só podia contar com a própria inteligência. Precisava encontrar uma maneira de escapar. Não podia decepcionar Almofada nem seus companheiros de clã.

Ela pensou no modo como Cauda de Tojo esticara a pata para fora da jaula até alcançar a teia de aranha. – Almofada! – Pata de Folha miou. – Você me disse que tentou abrir o trinco da jaula.

– Sim, mas não consegui segurar direito – ela confirmou.

– E vocês? – Pata de Folha perguntou aos outros gatos. – Alguém consegue abrir o trinco?

– O meu é duro demais – respondeu Cauda de Tojo.

– Tem uma abertura na minha teia – Cauda de Nuvem disse. – Quase consigo colocar as duas patas para fora, mas de qualquer maneira não alcanço o trinco.

– É perda de tempo – Sasha rosnou. – Vamos encarar os fatos: não temos como sair daqui.

Do lado de fora, os monstros dos Duas-Pernas continuavam rugindo, fazendo o ninho estremecer. Pata de Folha não conseguia acreditar que não havia nenhuma maneira de fugir, independentemente do que Sasha pensasse. Se ela própria desistisse, não restaria esperança. Enquanto ouvia os Duas-Pernas conversando bruscamente no crepúsculo, Pata de Folha estendeu uma pata por entre a teia da frente de sua jaula e começou a arranhar o trinco que a fechava.

CAPÍTULO 6

A LUA MINGUANTE LANÇAVA LUZ SUFICIENTE por entre os galhos sem folhas para cobrir a floresta com um véu prateado e lúgubre. Pata de Esquilo avançava em meio às árvores e avencas cobertas de gelo ao lado de Garra de Amora Doce.

– Vai estar frio em Quatro Árvores – ela comentou, torcendo para que a irmã estivesse aquecida onde quer que estivesse.

Pelo menos não faltará luz – Garra de Amora Doce miou baixinho. – Com o brilho do Tule de Prata.

Eles seguiam Estrela de Fogo e Manto de Cinza pela floresta. Mesmo o ritmo sendo mais lento do que aquele com que os dois gatos mais jovens haviam se acostumado, em sua longa jornada, Manto de Cinza tinha dificuldade de acompanhá-lo. O frio e a fome a faziam mancar ainda mais.

– Se houver um sinal, quanto tempo acha que demoraremos para partir? – Pata de Esquilo perguntou, porque queria ter a chance de encontrar a irmã antes que os clãs deixassem a floresta.

– Não sei – Garra de Amora Doce respondeu. – Você viu o que aconteceu ontem à noite. Estrela de Fogo não pode forçar o clã a partir. Como qualquer outro gato, ele tem uma obrigação com o código do guerreiro, e mesmo sendo o líder precisa obedecer à vontade do clã.

O estômago de Pata de Esquilo se revirou quando ela se lembrou da reação do clã. Sob as estrelas, encolhido por causa do vento gelado que castigava a encosta, Estrela de Fogo havia transmitido a mensagem que ela e Garra de Amora Doce haviam recebido. Uma onda de gritos surpresos se espalhou entre os gatos reunidos.

– Não podemos deixar a floresta! – Pele de Geada disse. – Vamos todos morrer!

– Vamos todos morrer se ficarmos! – Cauda de Castanha apontou.

– Mas este é o nosso lar – Cauda Sarapintada disse, e sua voz falhou.

Pata de Musaranho, pelo menos, parecia animado. – Para onde vamos? – perguntou.

A lembrança do miado comovente de Azevinhozinho fez os pelos de Pata de Esquilo se arrepiarem outra vez. – Não temos de ir, temos?

– E se Pelagem de Poeira estiver certo? – Pata de Esquilo perguntou para Garra de Amora Doce enquanto saltavam sobre uma toca de raposa abandonada, uma bocarra preta se abrindo nas sombras. – O que ele disse faz sentido. Por que seguiriam o conselho de uma texugo que nem conhecem?

– Mas o *Clã das Estrelas* nos mandou atrás de Meia--Noite – Garra de Amora Doce argumentou. – O que a texugo nos disse deve ser verdade.

Pata de Esquilo achava que ele tentava convencer a si mesmo daquilo tanto quanto a ela.

– Temos de torcer para que haja um sinal esta noite, em Quatro Árvores – ela disse. – Se o Clã das Estrelas tem algo a dizer ao nosso clã, ou a *qualquer outro*, não somos nós os responsáveis por isso. – Pata de Esquilo estremeceu ao pensar no que seria o "guerreiro moribundo" que Meia-Noite mencionara, mas, se indicasse o que deveriam fazer a seguir, talvez conseguissem salvar os clãs afinal.

A viagem até Quatro Árvores foi mais demorada que de costume, não apenas por causa do ritmo mais lento, mas porque eles precisavam contornar as partes da floresta que os Duas-Pernas haviam destruído e tomar cuidado ao passar pelos muitos trechos de lama e árvores caídas. Depois de um tempo, Pata de Esquilo evitava olhar para as áreas vazias e devastadas.

– Como qualquer gato pode achar que este ainda é nosso lar? – murmurou.

Garra de Amora Doce apenas balançou a cabeça e continuou seguindo Estrela de Fogo rumo ao declive que levava a Quatro Árvores.

Por um momento, pareceu o início de qualquer outra Assembleia a que Pata de Esquilo havia assistido. Quando ela fechou os olhos, quase conseguiu ouvir os gatos murmurando abaixo, os quatro clãs se encontrando em paz e trocando lambidas sob a lua cheia. No entanto, não havia lua cheia no céu e não se tratava de uma Assembleia. Pata de Esquilo abriu os olhos e espiou além do declive. Quando seus olhos se ajustaram à escuridão, ela perdeu o ar. Ainda que Pé de Teia tivesse avisado que os Duas-Pernas haviam cortado os quatro grandes carvalhos, ela não se permitira imaginar o que aquilo significava. Nem em nove vidas preveria algo tão terrível quanto o que via agora.

Os quatro carvalhos gigantes que antes guardavam a Pedra Grande tinham sido arrancados pela raiz do solo. Seus troncos haviam sido destroçados por garras gigantes. Pata de Esquilo sentia o cheiro amargo da seiva que escorria como sangue de cada pedaço de madeira mutilado.

O coração da floresta – e as raízes da vida dos quatro clãs – tinha sido extirpado. Nada nunca mais seria igual.

Pata de Esquilo se perguntou como seus ancestrais guerreiros suportariam olhar do Tule de Prata para a clareira arruinada. – Pé de Teia nos disse que haviam destruído as Quatro Árvores, mas não achei que... – Sua voz desapareceu no ar quando o pai a olhou com pena.

– Venha – ele miou, guiando-os declive abaixo.

Pata de Esquilo escolheu seu caminho por entre os pedaços de árvore. A seiva grudava em seus pelos, a serragem no ar fazia seus olhos e sua garganta coçarem. Piscando, ela examinou a clareira, depois concluiu, descrente: – A Pedra Grande sumiu!

Garra de Amora Doce parou no mesmo instante e olhou para onde ela olhava. – Como uma coisa dessas pode ter acontecido? – ele perguntou, ofegante, diante do enorme buraco que havia no local onde a pedra ficava.

– E-eu achei que ela tivesse raízes, como as árvores – Pata de Esquilo murmurou, atordoada. – Achei que eram tão profundas que nada seria capaz de movê-la.

– Aqui! – Estrela de Fogo chamou de um canto da clareira.

Ele e Manto de Cinza estavam quase até a barriga na lama ao lado de uma rocha cinza e grande. Parecia estranha e desajeitada, e sua forma não lembrava nada em especial, porém após um momento Pata de Esquilo percebeu que essa rocha era a Pedra Grande de cabeça para baixo.

O rabo de Garra de Amora Doce se agitou. – Foram os Duas-Pernas que fizeram isso! – ele cuspiu. – Devem ter usado os monstros para movê-la.

Sob o luar frio e impassível, Pata de Esquilo viu sulcos na pedra, onde as garras dos monstros a haviam arranhado. Aquilo era pior que perder cada árvore da floresta; todo gato sabia que as árvores eram seres vivos que envelheciam e morriam, tal qual eles, porém a Pedra Grande se encontrava ali havia muitas luas, desde antes de os gatos chegarem, e deveria ter durado incontáveis luas mais.

Uma voz áspera soou na clareira. – Não haverá mais Assembleias. – Pata de Esquilo reconheceu o miado de Estrela Preta, e as sombras se movimentando entre os pedaços de árvore lhe informaram o que o cheiro de seiva havia disfarçado: havia outros gatos ali. Lembrando-se da preocupação de Pelo de Rato com uma emboscada, ela se esforçou para enxergar na penumbra e identificou, com uma pontada de alívio, Pelo de Açafrão, Pata de Corvo e Pelo de Tempestade entre os presentes.

– Pelo de Açafrão! – Garra de Amora Doce gritou e correu para cumprimentar a irmã. Pata de Esquilo notou que Estrela de Fogo produziu um rosnado no fundo da garganta, em desaprovação. Suas próprias patas se coçaram em frustração. Como o pai poderia questionar a lealdade dele se sabia que estavam trabalhando juntos para salvar os clãs?

Cada gato havia chegado com o líder e o curandeiro de seu clã. Pata de Esquilo ficou surpresa ao perceber outros dois ali, no entanto: Pelo de Lama, o curandeiro ancião do Clã do Rio, havia levado sua aprendiz, Asa de Mariposa, e o irmão dela, Geada de Falcão, fora junto. Pata de Esquilo reconheceu os dois com base nas descrições de Pata de Folha. O gato marrom-escuro não olhava para a Pedra Grande, e sim para os outros gatos, com os olhos azuis gélidos sem expressão ao luar.

– Não pode ser verdade! – Pelo de Lama silvou, olhando para a Pedra Grande. Seu pelo estava completamente arrepiado, e seu rabo estremecia como um rato prestes a morrer. Asa de Mariposa tentou acalmá-lo com algumas lambidas rápidas no ombro, porém ele não parava de tremer. Manto de Cinza avançou meio sem jeito entre os pedaços de madeira, a pata ferida quase sem tocar o chão, e pressionou o corpo contra o dele.

Pata de Esquilo seguiu o pai, que se juntava aos outros gatos sob a Pedra Grande. Ela olhou para Pata de Corvo,

Pelo de Tempestade e Pelo de Açafrão, desesperada para saber como seus clãs os haviam recebido, porém eles se mantiveram em silêncio, por causa dos líderes.

– Como subiremos agora? – Estrela Alta perguntou, com a voz trêmula, enquanto olhava para a face íngreme da rocha que assomava sobre eles. Mesmo nas sombras, o líder branco e preto do Clã do Vento parecia tão frágil que Pata de Esquilo ficou surpresa que tivesse conseguido concluir a viagem até ali.

– Podemos nos agarrar a essas ranhuras – Estrela de Leopardo disse, esticando as patas dianteiras na direção dos longos sulcos que as garras haviam gravado na pedra dura.

Ela empurrou a lama com as patas traseiras e se içou. Estrela Preta subiu em seguida. Parecia forte e determinado, porém o movimento fazia seus pelos brancos e opacos sobrarem sobre o corpo ossudo. Estrela Alta ficou só olhando, seu corpo magro agora parecendo menor do que nunca.

– Estarei logo atrás de você – Estrela de Fogo miou.

Estrela Alta assentiu e pulou sobre a ranhura mais baixa, tentando se agarrar à rocha escorregadia. Estrela de Fogo pulou em seguida, seu ombro segurando o líder do Clã do Vento para que não voltasse a escorregar.

– Não deveríamos subir também, para ver o guerreiro moribundo de Meia-Noite? – Pata de Esquilo sussurrou, enquanto os líderes desapareciam em cima da pedra e os curandeiros davam a volta.

– Acho que não importa quem vai ver – Garra de Amora Doce respondeu, claramente preocupado.

– Ela não disse que precisava ser a gente – Pelo de Tempestade concordou. – Só disse que precisávamos vir.

– Pelo menos teremos a chance de conversar – Pelo de Açafrão murmurou. – Estrela Preta disse que está pronto para deixar a floresta.

Pata de Esquilo piscou. – É mesmo? Que bom! – Ela só queria que seu retorno tivesse sido igualmente simples. – Estrela de Fogo ainda não se decidiu.

As orelhas de Pelo de Açafrão estremeceram. – Para ser sincera, acho que Estrela Preta já estava decidido a partir antes que eu comunicasse o que Meia-Noite disse.

– E como ele reagiu quando você contou? Estela Preta acreditou em você? – Pata de Esquilo perguntou.

A guerreira atartarugada não respondeu.

Garra de Amora Doce chegou mais perto da irmã. – Foram duros com você?

Pelo de Açafrão balançou a cabeça. – Agiram como se eu fosse uma desconhecida. – A tristeza fazia seus olhos cintilarem. – Os filhotes de Papoula Alta ficaram com medo de mim.

– Não foi fácil para nós também – Pata de Esquilo miou. – Parecia que não fazíamos mais parte do clã.

– Claro que fazemos parte do clã – Garra de Amora Doce lhe assegurou. – Só vai demorar um pouco para que as coisas voltem ao normal.

Pelo de Tempestade desdenhou daquilo. – As coisas nunca mais vão voltar ao normal! Vi o que os Duas-Pernas fizeram nos territórios do Clã do Vento e do Clã do Trovão.

Imagino que tenha acontecido o mesmo no território do Clã das Sombras. – Ele olhou para Pelo de Açafrão, que assentiu com tristeza. – Ainda nem chegaram ao território do Clã do Rio e tudo já mudou. – O rabo de Pelo de Tempestade se agitou. – Pé de Bruma sumiu. Geada de Falcão é o representante agora.

– Pé de Bruma sumiu? – Pata de Esquilo perguntou, surpresa.

– Foi pega pelos Duas-Pernas? – Garra de Amora Doce perguntou.

Pelo de Tempestade pareceu intrigado. – Por que os Duas-Pernas a pegariam?

– Eles pegaram Pata de Folha! – Pata de Esquilo contou. – Cauda de Castanha viu, mas conseguiu fugir.

– Cauda de Tojo sumiu também – Pata de Corvo miou, olhando de um gato para o outro.

– Nenhum gato do Clã das Sombras sumiu, mas imagino que seja questão de tempo – Pelo de Açafrão miou. – Mas os Duas-Pernas invadiram uma parte tão grande do nosso território que estamos morrendo de fome. Quase não restam presas, e a estação sem folhas acabou de começar.

Garra de Amora Doce se sentou com cuidado no chão enlameado. – Não vejo como os clãs possam ficar na floresta, seja por causa da mensagem de Meia-Noite, seja por causa da fome.

– Os Duas-Pernas ainda não tocaram no território do Clã do Rio – Pelo de Tempestade o lembrou. – E Geada de Falcão acredita que nunca tocarão. Ele praticamente me chamou de traidor por me preocupar com os outros clãs, e disse que eu não deveria ter me juntado à jornada. – A tristeza fez seus olhos brilharem. – Ele disse que Cauda de Pluma ainda estaria viva se eu não tivesse deixado que ela se envolvesse com os problemas dos outros clãs.

– Não foi a jornada que matou Cauda de Pluma. Foi o longo tempo que passamos com a Tribo – Pata de Corvo silvou.

Pelo de Tempestade estremeceu e baixou os olhos para as próprias patas.

– Tínhamos de ajudá-los! – Pata de Esquilo falou, olhando intrigada para Pata de Corvo. De início, ela o achara arrogante e impaciente, porém ao longo da jornada ele se tornara muito mais suportável, e ao fim ela o considerava um de seus amigos mais próximos. Agora, no entanto, ele estava tão irritável quanto antes. Seria possível que a jornada e a importância da mensagem que tinham levado cada qual a seu clã não significassem nada para Pata de Corvo?

– O que o Clã do Vento disse quando você contou tudo? – Garra de Amora Doce perguntou.

– Eles aceitaram as palavras de Meia-Noite sem questioná-las – Pata de Corvo murmurou, com a voz monótona. – É nossa última chance de sobrevivência. Não achei que o clã poderia estar pior do que quando parti, porém estava. Não resta nada para comer no pântano. Com muita sorte, um pássaro. Às vezes, um rato, um só, para alimentar a todos. Os filhotes *nunca* passaram fome como estão passando agora.

– Então Estrela Alta quer partir?

Pata de Corvo encarou Garra de Amora Doce. – Ah, sim. Ele quer que o clã vá embora assim que possível. Seu maior medo... – Pata de Corvo se interrompeu para engolir em seco. – Seu maior medo é não estarmos fortes o bastante para conseguir

– Ah, Pata de Corvo! – Pata de Esquilo exclamou, perdoando-o na mesma hora pelas palavras duras dirigidas a Pelo de Tempestade. – Sinto muito.

– Não precisamos de sua pena – o aprendiz do Clã do Vento rosnou. – Lutarei com todas as minhas forças para garantir que meu clã sobreviva. – Pata de Corvo manteve os olhos gelados fixos nela.

Pata de Esquilo sentiu a raiva fermentar no estômago. – Do que está falando? Por que age como se fosse o único que pode salvar seu clã? Esqueceu que estamos nisso juntos? Ou esqueceu que éramos em seis ao início da jornada?

– Pata de Esquilo! – Garra de Amora Doce a conteve com um movimento do rabo. – Não é hora de brigar.

Ela ficou em silêncio, emburrada. Pata de Corvo desviou o rosto, mas cravou as patas na terra fria.

Pelo de Açafrão olhou para a pedra. De onde se encontravam, eles não conseguiam ver seus líderes, que estavam escondidos além da borda do topo. – Tudo seria mais fácil se soubéssemos para onde devemos ir – ela miou. – Acham que o sinal virá?

– Talvez seja tarde demais – murmurou Pelo de Tempestade. – Passamos um longo tempo nas montanhas. – Ele

olhou para Pata de Corvo. – Podem acreditar que eu preferiria que não tivéssemos demorado tanto.

– *Todos* concordamos na hora – Garra de Amora Doce o lembrou.

Pata de Corvo olhava para as próprias patas, em silêncio.

Eles ouviram um grito mais acima, depois a voz de Estrela de Fogo ecoando: – Acho que deveríamos esperar um pouco mais.

– Por quê? Qual seria o sentido disso? – retrucou Estrela Preta. Seu corpo esquálido apareceu, delineado pelas estrelas, na beirada da pedra. – Foi uma perda de tempo ter vindo aqui. Não haverá nenhum sinal esta noite. E por acaso precisamos de um para saber que a floresta foi destruída? É só olhar em volta!

Pata de Esquilo e os outros recuaram quando o líder do Clã das Sombras pulou da pedra e aterrissou ao lado deles na lama. Estrela de Leopardo o seguiu.

– Mas ainda nem é lua alta! – Estrela de Fogo protestou, olhando para baixo, ainda de cima da pedra.

Estrela de Leopardo olhou para ele e miou: – Mesmo que o Clã das Estrelas mande um sinal, pouco importa ao Clã do Rio.

Independentemente de sua frustração com o egoísmo de Estrela de Leopardo, Pata de Esquilo entendia por que ela não compartilhava da preocupação dos outros líderes. Seu pelo brilhante provava que Estrela de Leopardo e seus companheiros de clã vinham se alimentando bem como sempre, e que seu sono não era interrompido por monstros rosnando e devorando tudo a caminho de seu acampamento.

– A fome logo fará com que mude de ideia – Pata de Corvo silvou.

– Mas imagino que vocês queiram saber o que o Clã das Estrelas acha que devemos fazer – Estrela de Fogo insistiu.

– Está frio demais para ficar esperando – Estrela Preta miou. – Meus pelos andam mais ralos do que eu gostaria. Isso não tem nada a ver com o Clã das Estrelas, e sim com os Duas-Pernas roubando nossas presas.

– Vocês não podem ir embora! – Estrela de Fogo gritou, enquanto o líder do Clã das Sombras se afastava, pulando de tronco em tronco.

– Não haverá nenhum sinal hoje à noite – Estrela Preta disse por cima do ombro. – Olhe só para este lugar. Foi destruído!

– O Clã das Estrelas não nos abandonará! – Estrela de Fogo pulou da pedra e seguiu desajeitado pelos troncos, atrás do líder do Clã das Sombras.

Estrela Preta o encarou, com os pelos eriçados. – Eu não disse que o Clã das Estrelas nos abandonou! Porém meu clã prefere confiar no julgamento de seu líder do que em rumores envolvendo um punhado de guerreiros inexperientes e uma *texugo.*

– Mas o Clã das Estrelas vai nos mostrar o caminho! – Estrela Alta foi até a beirada da Pedra Grande e meio que pulou, meio que caiu. Pata de Corvo se apressou a estender as patas dianteiras para ajudar. Estrela Alta aterrissou de maneira desajeitada na lama, mas conseguiu ficar de quatro e dispensou Pata de Corvo. – Eles saberão para onde podemos ir com o propósito de nos manter longe desses perigos.

– Somos perfeitamente capazes de encontrar novos lares sozinhos – Estrela Preta disse com uma certeza fria.

– Você já tem um lugar em mente, não é? – Manto de Cinza perguntou, agachada ao lado de Pelo de Lama.

– Vamos para o Lugar dos Duas-Pernas, onde o Clã de Sangue costumava reinar – ele anunciou. – Ainda tenho um de seus guerreiros entre meus anciãos. Ele vai nos mostrar como conseguir comida e abrigo. Com a morte de Flagelo, seremos os gatos mais fortes de lá.

– Vocês não podem fazer isso! – Estrela de Fogo miou. – Restariam apenas três clãs na floresta!

– Logo não haverá uma *floresta* – Estrela Preta retrucou, sério. – Tudo o que restará serão os corpos dos gatos mortos. Esta é uma batalha na qual não consigo enxergar como ajudaria nos unir aos outros clãs. A questão não é lutar contra um inimigo em comum, e sim encontrar presas para alimentar as bocas com que já contamos. Sinto muito, mas iremos sós.

Ele se virou para ir embora, porém Estrela de Fogo se colocou em seu caminho. Estrela Preta arreganhou os dentes afiados.

– Não podemos deixar que briguem! – Pata de Esquilo sibilou para Garra de Amora Doce.

– Eu sei – ele concordou, então pulou para um pedaço de tronco e se colocou ao lado do líder do seu clã. – Estrela de Fogo, você precisa convencer o Clã das Sombras a vir conosco! É o que o Clã das Estrelas deseja. Se não houver um sinal, como Meia-Noite disse, precisamos voltar ao lugar onde o sol mergulha e perguntar se ela sabe para onde devemos seguir.

– Quer que todos partam para um lugar desconhecido só porque acha que o Clã das Estrelas mandou *você* para lá? – Estrela de Leopardo rosnou. – Desde quando toma decisões por todos os clãs? – Seus olhos passaram por Pata de Esquilo, Pelo de Açafrão e Pelo de Tempestade. – Aliás, por que deveríamos confiar em qualquer um de vocês? Estão todos envolvidos com o Clã do Trovão!

As garras de Pelo de Açafrão se tornaram imediatamente visíveis. – Você está questionando minha lealdade ao meu clã?

– Minha irmã morreu na jornada para trazer essa mensagem! – Pelo de Tempestade sibilou.

Pata de Esquilo se perguntou se o Clã das Estrelas observava tudo e pensava que aqueles clãs tão irascíveis não *mereciam* ser salvos.

– Parem! – uma voz fraca os interrompeu, e Estrela Alta se aproximou com passos trôpegos. – Se brigarmos, o sinal nunca virá.

– Quantas vezes terei de dizer? Não precisamos de um sinal – Estrela Preta grunhiu. – O Clã das Sombras vai deixar a floresta. Já sabemos para onde ir.

Estrela de Fogo não discutiu com ele. Em vez disso, virou-se para Estrela de Leopardo. – E você, o que pretende fazer?

– Nosso clã não tem por que viajar para um lugar distante seguindo as palavras de um punhado de guerreiros sonhadores – Estrela de Leopardo respondeu. – O rio continua cheio de peixes. Seria tolice partir. Os problemas dos outros clãs não nos dizem respeito.

– Se isso não diz respeito a vocês, por que Cauda de Pluma foi mandada pelo Clã das Estrelas? – Manto de Cinza perguntou, miando baixinho.

– Cauda de Pluma seria a única apta a responder isto, e ela está morta – Estrela de Leopardo retrucou.

Geada de Falcão se postou ao lado da líder. – Se não conseguem mais sobreviver na floresta, concordo que devam partir – ele miou, olhando para os gatos de modo geral, incluindo Estrela Alta. – Afinal, que tipo de líder deixaria seu clã morrer de fome?

Pata de Esquilo ficou surpresa com a ousadia com que ele se dirigia aos líderes dos outros clãs. Afinal, não era muito mais velho que ela.

Garra de Amora Doce olhou feio para Geada de Falcão. – Você só quer que a gente vá embora para roubar nosso território!

– Se não estiverem mais aqui, não precisarão mais dele.

Os pelos de Garra de Amora Doce se eriçaram. – Se tivesse nascido em um clã, talvez você se sentisse diferente.

– Seja respeitoso, Garra de Amora Doce! – Estrela de Fogo o repreendeu. – Geada de Falcão não é responsável pelo próprio nascimento.

Garra de Amora Doce abriu a boca, pronto para discutir, mas pareceu pensar melhor e baixou os olhos para as patas. Pata de Esquilo pensou ter visto os bigodes de Geada de Falcão se retorcerem em satisfação e ficou com raiva dele. Como se atrevia a tripudiar?

– Isso não está nos ajudando em nada – Estrela Alta miou, aborrecido.

– Os quatro clãs devem permanecer juntos – Estrela de Fogo insistiu. – Vivemos sob o Tule de Prata desde que qualquer gato é capaz de se lembrar. Temos os mesmos ancestrais. Como o Clã das Estrelas manterá sua vigília se estivermos separados? – Estrela Preta desceu do tronco onde se encontrava e deixou os outros líderes para trás, fazendo sinal para que Nuvenzinha, o curandeiro do Clã das Sombras, o seguisse.

Pelo de Açafrão olhou para os amigos, desconfortável. – Tenho de ir – ela sussurrou para Pata de Esquilo.

– E quanto ao sinal? – a outra a lembrou. Pelo de Açafrão estremeceu, e não foi só pelo frio. Onde estava o sinal que deveria salvá-los?

A dúvida fez os olhos da guerreira do Clã das Sombras cintilarem. – Desculpe, mas não posso esperar. – Ela correu atrás de Estrela Preta e Nuvenzinha. O lugar ficou parecendo ainda mais vazio e exposto sem os três gatos do Clã das Sombras.

– Boa sorte, Estrela de Fogo – Estrela de Leopardo miou, então olhou para onde Asa de Mariposa e Pelo de Lama se encontravam. – Ele está bem o bastante para viajar?

– Claro que sim! – Pelo de Lama retrucou, levantando-se com dificuldade. – Cheguei até aqui, não foi?

– Então vamos – Estrela de Leopardo ordenou, então se virou e conduziu seus gatos para fora dali.

Pelo de Tempestade roçou o corpo no de Pata de Esquilo ao passar. – Tentarei falar com você e Garra de Amora Doce em breve – sussurrou.

– O que faremos sem o sinal? – Pata de Esquilo perguntou, preocupada.

Pelo de Tempestade a encarou com desalento. – Não sei – ele disse, então olhou para a Pedra Grande, arrancada de seu antigo lugar. – Talvez o Clã das Estrelas não tenha mais poder aqui.

Pata de Esquilo o encarou, horrorizada. Isso poderia ser verdade?

Estrela de Fogo ficou apenas olhando enquanto os gatos do Clã do Rio partiam. – Não tenho como obrigá-los – disse com um suspiro.

– Então devemos ir apenas nós – Estrela Alta miou, sentando-se para recuperar o fôlego. – Estrela de Fogo, preciso encontrar um novo território para meu clã antes da próxima lua cheia. Estamos famintos. – Pata de Esquilo sentia um aperto no coração enquanto o líder do clã falava. – Estamos fracos demais para fazer a jornada sozinhos. Viajem conosco, por favor. Ajudem-nos, como fizeram quando trouxeram o Clã do Vento de volta do exílio que nos foi forçado por Estrela Partida.

As orelhas de Estrela de Fogo estremeceram. – Não podemos partir sem os outros clãs – ele disse, triste. – Sempre houve quatro clãs na floresta. Aonde quer que terminemos, precisamos continuar juntos. Ou como saberemos que o quinto clã virá até nós?

O quinto clã? Perguntando-se a que o pai se referia, Pata de Esquilo olhou para Garra de Amora Doce. Ele parecia tão intrigado quanto ela.

– O Clã das Estrelas sempre estará conosco – Estrela Alta argumentou, então Pata de Esquilo compreendeu que aquele era o quinto clã.

Ela viu a raiva se insinuar nos olhos cansados do líder do Clã do Vento. – Você é orgulhoso demais, Estrela de Fogo. Dá para ver que o Clã do Trovão está passando fome tanto quanto o Clã do Vento. Se insistir em continuar na floresta até que os dois outros clãs decidam partir, seus companheiros morrerão.

Estrela de Fogo desviou o rosto. – Sinto muito, Estrela Alta – ele miou. – Quero ajudar vocês, mas meu coração me diz que o Clã do Trovão não pode partir até que todos os clãs concordem em ir junto. Teremos de continuar tentando convencê-los.

Estrela Alta balançou o rabo. – Certo – silvou. – Não podemos viajar sem vocês, então vamos esperar. Não o culpo pela fome que estamos passando, porém sua escolha de não nos ajudar agora é uma decepção. – Estrela Alta partiu, com Casca de Árvore a seu lado, pronto para apoiar o líder do Clã do Vento caso cambaleasse nas patas que não pareciam fortes o bastante nem para levá-lo até o outro lado da clareira e muito menos até o pântano.

Pata de Esquilo se virou para Garra de Amora Doce. – Por que não houve nenhum sinal? – ela perguntou.

Ele a encarou. – Você acha que Meia-Noite estava errada? – Seus olhos arregalados refletiam a lua. – No fim das contas, ela não disse nada que não conseguimos ver com os próprios olhos agora. – Seu rabo apontou para a clareira devastada, para as árvores caídas em volta. – *Todos* sabemos que a floresta está sendo destruída pelos Duas-Pernas. Talvez Estrela Preta esteja certo e cada clã deva tentar proteger a si mesmo, em vez de ficar esperando um sinal.

Pata de Esquilo precisou se esforçar para controlar o pânico que ameaçava tomar conta de seu peito. – Você não pode estar falando sério! Temos de acreditar que Meia-Noite estava certa – ela miou. – O Clã das Estrelas nos mandou ir falar com ela, e só pode ser porque quer que salvemos os clãs.

– Mas e se não formos capazes? – Garra de Amora Doce murmurou.

Pata de Esquilo o encarou, desalentada, com a mente de repente repleta de imagens de árvores caídas, monstros rugindo, sangue escorrendo das Rochas Ensolaradas até o rio. – Não desista, Garra de Amora Doce! – sussurrou. – Não fizemos toda aquela viagem e perdemos Cauda de Pluma à toa. *Precisamos* salvar os clãs!

CAPÍTULO 7

Pata de Esquilo se encolheu ao lado de Pata de Musaranho e procurou não pensar na toca quentinha e forrada de musgo onde os aprendizes dormiam antes. Pelo menos a depressão onde se encontravam agora oferecia algum abrigo da brisa fria da noite. Era estranho dormir longe de Garra de Amora Doce, depois da longa jornada que haviam feito juntos, porém Pata de Musaranho parecia feliz em recebê-la de volta. Suas patas doíam de cansaço. Ela fechou os olhos e trouxe o rabo para junto do focinho para se reconfortar. De início, não conseguia parar de pensar no encontro desastroso em Quatro Árvores; porém, logo os sonhos se infiltraram em seus pensamentos despertos e a atraíram para o sono.

Um vento frio soprava na floresta. Pata de Esquilo estava sozinha entre as árvores e sentia o cheiro de uma presa. Ela ergueu o focinho e farejou o ar. Tinha um rato gordo no meio das folhas. Era a presa com mais carne que encontrava desde que retornara à floresta, o que a fez lamber os lábios, com fome. Garra de Amora Doce ficaria satisfeito em receber sua parte.

Pata de Esquilo se agachou e se aproximou em silêncio da criatura inocente. Sua cabeça estava coberta por uma folha de carvalho, o que a impedira de notar a gata. Ia ser fácil. De repente, Pata de Esquilo ouviu passos rápidos vindos de trás. Com medo, o rato disparou e foi se enfiar sob as raízes de uma árvore. A gata deu meia-volta, furiosa.

Havia uma gata atartarugada com olhos cor de âmbar atrás dela. – Olá, Pata de Esquilo. Tenho algo para lhe mostrar.

– Você acabou de me fazer perder a melhor presa do dia! – Pata de Esquilo retrucou. Nunca havia visto aquela gata, embora pelo cheiro fosse do Clã do Trovão. Ela parou e inclinou a cabeça de lado. – Quem é você?

– Folha Manchada.

Pata de Esquilo piscou. Sabia tudo sobre a antiga curandeira do Clã do Trovão, que tinha morrido havia muito tempo. Por que a visitava agora?

Ela deu um passo à frente para tocar o nariz da outra gata em cumprimento, porém quando o fez a imagem se desfez.

Perplexa, Pata de Esquilo olhava para as árvores. Ela ergueu as orelhas, tentando perceber qualquer movimento, e quando não encontrou nada se virou para voltar a caçar. O cheiro de presa no ar era tentador demais. Talvez Folha Manchada só quisesse cumprimentá-la, e nada mais.

Pata de Esquilo se embrenhou mais na floresta, seguindo um caminho que levava às Rochas das Cobras. Enquanto rastejava por entre a vegetação rasteira, a floresta pareceu mudar. Ela não reconhecia mais as árvores à sua volta, e já deveria ter chegado às Rochas das Cobras. Será que ela tinha pegado o caminho errado? Pata de Esquilo acelerou o passo e correu entre árvores que nunca havia visto.

Uma vozinha em sua cabeça a lembrou de que era apenas um sonho. Ela não estava perdida de verdade. Então piscou, em uma tentativa de acordar. Quando abriu os olhos, continuava naquela estranha floresta. Sua preocupação cresceu, e seu coração começou a bater como um pica-pau em um tronco. Pata de Esquilo continuou correndo, torcendo para encontrar alguma referência conhecida, porém a floresta foi ficando cada vez mais escura e silenciosa, e ela sentia que as próprias árvores a observavam. Não parecia haver mais nada vivo ali – ela não ouvia nenhuma presa e não sentia o cheiro de seus companheiros ou de gatos de qualquer outro clã.

– Folha Manchada! Ajude-me!

Ninguém respondeu.

As árvores eram mais densas ali, e as sombras entre os troncos a engoliram. Ela mal conseguia ver onde colocava as patas.

– Não tenha medo.

A voz suave parecia ecoar de todas as direções ao mesmo tempo. Pata de Esquilo deu meia-volta, tentando descobrir de onde vinha. Sentiu um cheiro vago do Clã do Trovão, então viu os pelos claros de Folha Manchada brilhando entre as árvores, como a lua ao longe no céu manchado.

– Estou perdida, Folha Manchada! – ela gritou.

– Não está, não – a antiga curandeira assegurou-lhe, gentil. – Siga-me.

Aliviada e ofegante, Pata de Esquilo ziguezagueou entre os troncos de árvores. À medida que avançava, as sombras pareciam se retrair e a floresta ficava mais iluminada, embora fosse impossível ver a lua no céu.

– Siga-me – Folha Manchada repetiu, então se virou e foi na direção das árvores, correndo com tanta confiança que parecia estar seguindo um caminho invisível. Pata de Esquilo ia atrás dela.

Folha Manchada corria como o vento, e Pata de Esquilo começou a sentir que voava em meio às árvores, como um pássaro. Tomada de entusiasmo, ela mal notou quando a floresta voltou a parecer familiar. Então viu o Grande Plátano, elevando-se ao céu. E ali estavam as Rochas das Cobras, um aglomerado de pedras redondas e arenosas dominado pelas cobras na estação das folhas verdes, mas que oferecia boas presas no clima mais frio. Folha Manchada pulou até o alto das pedras, depois desceu pelo outro lado e entrou na floresta. Pata de Esquilo se apressava em segui-la.

Elas continuaram avançando, até Pata de Esquilo farejar o Caminho do Trovão. Então, sem aviso, Folha Manchada parou. Pata de Esquilo brecou, por pouco não trombando com a curandeira, e olhou para onde ela olhava. À frente, todas as árvores haviam sido arrancadas, e o chão era lama até alcançar o Caminho do Trovão. Ninhos de madeira dos Duas-Pernas margeavam a clareira, e havia monstros encolhidos e em silêncio por perto.

– Por aqui – Folha Manchada miou, então conduziu Pata de Esquilo pelo solo escorregadio e sulcado até os ninhos.

– Que silêncio – Pata de Esquilo sussurrou. A estranha quietude, no entanto, a tranquilizava, e ela seguiu Folha Manchada pelo terreno aberto sem temer.

A antiga curandeira parou ao lado de um ninho de madeira. Pata de Esquilo olhou para ela, surpresa. – Que lugar é este? – ela miou. – Por que você me trouxe aqui?

Folha Manchada retorceu o rabo com listras marrons e douradas. – Espie pelo buraco. Veja as jaulas.

Jaulas? Essa palavra soava estranha aos ouvidos de Pata de Esquilo. Ela notou um buraco na parede, mais ou menos do tamanho de uma raposa. Então apoiou as patas dianteiras na parede do ninho, sentindo a barriga raspar na madeira, e espiou.

Havia fileiras de tocas feitas do que parecia ser uma teia brilhante e fria empilhadas contra as paredes. Deviam ser as tais "jaulas". Pata de Esquilo identificava uma forma escura e macia encolhida em cada uma delas. *Gatos!* Seu coração acelerou quando os cheiros inundaram sua narina: Clã do Rio, Clã do Vento, vilões. Ela ficou olhando pelo buraco, sem fôlego. Então sentiu o cheiro quente do Clã do Trovão e se sobressaltou ao reconhecer a irmã encolhida em uma jaula, perto do teto do ninho de madeira.

– Pata de Folha! – Pata de Esquilo apoiou as pernas traseiras na parede em uma tentativa de escalar até o buraco.

– Você não pode entrar, Pata de Esquilo. – Folha Manchada ficou de pé nas patas traseiras também. – Isto é um sonho. Mas, quando você acordar, Pata de Folha continuará aqui.

– Então poderei resgatá-la?

– Espero que sim – Folha Manchada respondeu.

– Mas como? – Pata de Esquilo perguntou, voltando ao chão.

– Pare de se remexer, pelo amor do Clã das Estrelas! – Pata de Musaranho murmurou.

Os olhos de Pata de Esquilo se abriram. Ela estava deitada na fenda estreita nas Rochas Ensolaradas. Estava escuro, e mal se delineavam as formas suaves dos gatos dormindo à sua volta. Pata de Esquilo se sentou e olhou para fora. Uma camada de gelo fazia a pedra lisa brilhar. Mais além, via-se o contorno das árvores sem folhas, pretas e pontiagudas contra o céu.

– Qual é o problema? – Pata de Musaranho perguntou, sonolento.

– Descobri onde Pata de Folha está! – Pata de Esquilo sussurrou. – Tenho de ir salvá-la.

Pata de Musaranho abriu os olhos. – Descobriu como?

– Folha Manchada me contou em um sonho!

– Tem certeza?

– Claro que tenho! – Pata de Esquilo retrucou.

As orelhas de Pata de Musaranho estremeceram. – Você não pode desaparecer sem avisar a ninguém aonde vai – ele a alertou. Não disse "de novo", porém Pata de Esquilo imaginou que era o que estava pensando.

– Posso acordar Estrela de Fogo – ela miou. – Agora que sei onde Pata de Folha está, ele pode mandar uma equipe de resgate.

– Não no meio da noite – Pata de Musaranho disse. – Está frio demais. Fora que foi apenas um sonho.

– Foi mais do que um sonho – Pata de Esquilo insistiu.

– Mas você não é uma curandeira – Pata de Musaranho argumentou. – Ninguém concordaria com uma missão de resgate no meio da noite por causa de um sonho seu. – Seus olhos cor de âmbar permaneciam gentis. – De manhã talvez ouçam você. Então se acalme e volte a dormir.

Pata de Esquilo suspirou, sabendo que ele tinha razão. Voltou a se deitar, com a visão do ninho de madeira repleto de jaulas ainda na cabeça.

Pata de Musaranho se deitou ao lado dela e pousou o rabo no flanco da gata, para reconfortá-la. – Iremos atrás dela amanhã – ele prometeu, fechando os olhos.

Sua respiração se tornou mais lenta quando ele mergulhou no sono outra vez. Pata de Esquilo permaneceu acordada, olhando para a faixa estreita do Tule de Prata que conseguia enxergar pela fresta. Uma gata do Clã das Estrelas a havia visitado para informar onde Pata de Folha estava! Ela sabia que Folha Manchada criara um vínculo especial com seu pai quando ele chegara à floresta. Seria possível que quisesse ajudar as filhas de Estrela de Fogo porque ainda o amava?

Pata de Esquilo abriu os olhos e se sentou, sobressaltada. Uma luz clara entrava pela fenda, embora o ar estivesse frio, e ainda mais porque não restava nenhum outro aprendiz ali. Depressa, ela se espreguiçou e saiu. O sonho continuava fresco em sua mente. Ela precisava contá-lo ao pai para que uma equipe de resgate fosse montada.

Pata de Musaranho estava se lavando na pedra íngreme diante da toca.

– Onde está Estrela de Fogo? – Pata de Esquilo perguntou.

– Fazendo a ronda com Listra Cinzenta – ele respondeu, esfregando a bochecha com a pata.

Ela retorceu o rabo em frustração. – Por que você não me acordou?

– Porque você não dormiu bem, lembra? – Pata de Musaranho miou. – Achei que seria melhor você descansar e se juntar a mim em outra ronda mais tarde. Estrela de Fogo concordou.

– Você contou sobre meu sonho? – As orelhas de Pata de Esquilo se ergueram. – O que foi que ele disse? Quando vai mandar a equipe de resgate?

– N-não contei – Pata de Musaranho gaguejou. – Achei que você teria se esquecido. Não passou de um sonho, afinal.

Pata de Esquilo olhou feio para ele. – Foi uma mensagem do Clã das Estrelas!

– Desculpe. – Pata de Musaranho ajeitou as patas e ficou olhando para o chão.

Os pelos de Pata de Esquilo voltaram a baixar.

– Não, eu que peço desculpa. – Ela suspirou. – Não foi culpa sua eu ter dormido demais.

– Tudo bem. – Pata de Musaranho deu de ombros. – Você realmente viu Pata de Folha em seu sonho?

Pata de Esquilo confirmou com a cabeça. – E os outros gatos desaparecidos. Ou pelo menos senti o cheiro do Clã do Vento e do Clã do Rio.

– Isso é incrível! – Ele olhou mais adiante, os bigodes estremecendo. – Parece que a caça foi bem-sucedida hoje. Pelo menos assim Estrela de Fogo vai estar de bom humor.

Pata de Esquilo se virou para ver Garra de Amora Doce chegando com um arganaz na boca. Ele o levou até onde Nuvem de Avenca estava, vendo os filhotes brincarem ao sol. Ela aceitou a oferta com um piscar de seus olhos cor de folha, como se não tivesse forças para agradecer devidamente. Com uma pontada de desconforto, Pata de Esquilo notou quão pequenos os filhotes dela estavam. Pareciam mal ter idade suficiente para deixar o berçário, muito menos percorrer todo o trajeto até o lugar onde o sol mergulha. Na estação sem folhas, em geral os filhotes já estavam fortes e saudáveis, prontos para encarar a mais cruel das estações. Se Pata de Esquilo e Garra de Amora Doce conseguissem convencer o clã a deixar a floresta, quantos gatos chegariam a ver seu novo lar?

Ela balançou a cabeça. Não queria saber de ir a lugar nenhum antes de resgatar Pata de Folha.

– Garra de Amora Doce! – Ela desceu a pedra correndo. – Sei onde Pata de Folha está! O Clã das Estrelas me apareceu em um sonho! Os Duas-Pernas a prenderam em um ninho pequeno, perto das Rochas das Cobras. Temos de ir salvá-la.

As orelhas dele se ergueram. – É mesmo? – Garra de Amora Doce passou os olhos pelas Rochas Ensolaradas. – Já falou com Estrela de Fogo? Ele montou uma equipe de resgate?

Pata de Esquilo balançou a cabeça. – Ele saiu. Mas, se vier comigo, podemos resgatá-la.

Garra de Amora Doce piscou. – Você perdeu o juízo? De um ninho dos Duas-Pernas? Não teríamos chance sozinhos.

As patas dela se coçaram em frustração. – Mas o Clã das Estrelas quer que a resgatemos *agora*! – Pata de Esquilo insistiu. – Por que acha que Folha Manchada escolheu agora para aparecer? Pata de Folha deve estar em mais perigo do que nunca.

– Vamos esperar que Estrela de Fogo retorne. Ele saberá o que fazer.

Pata de Esquilo não conseguia acreditar no que ouvia. – Isso significa que você não vai me ajudar?

– Isso significa que não vou deixar você partir em uma missão assim perigosa! – Garra de Amora Doce retrucou.

A frustração a deixou com vontade de arrancar as próprias orelhas. – Você está é com medo!

Garra de Amora Doce se eriçou todo. – E se tentarmos resgatar Pata de Folha e formos pegos? – ele pontuou. – Quem mais sabe o caminho pelas montanhas? Quem guiaria o Clã do Trovão até seu novo lar?

– Você não se comportou assim durante a viagem! Concordou em voltar e resgatar Pelo de Tempestade!

A frustração ficou evidente nos olhos dele. – Sim, e veja o que aconteceu com Cauda de Pluma por causa disso!

– Mas é a minha irmã! – Pata de Esquilo insistiu, agitando o rabo. – Você não entende?

Ele piscou. – Só estou pedindo que aguarde até Estrela de Fogo voltar…

– Mas você não vai me ajudar agora! – Pata de Esquilo disse, sem conseguir disfarçar o desespero na voz.

Os olhos de Garra de Amora Doce se suavizaram. – Vamos aguardar o retorno de Estrela de Fogo. Ele vai mandar uma equipe. Precisamos de mais guerreiros…

Pata de Esquilo não quis ouvir mais nada. – Não achei que fosse ser você, entre todos os gatos, a me decepcionar – ela cuspiu e fugiu para as árvores.

Quando chegou à vegetação, o som de passos rápidos a fez parar e olhar em volta. Torcia para que fosse Garra de Amora Doce correndo atrás dela para dizer que havia mudado de ideia. No entanto, era Cauda de Castanha.

– Ouvi o que você disse – ela comentou, ofegante. – Se o Clã das Estrelas lhe contou onde Pata de Folha está, só pode ser porque quer que a resgatemos o mais rápido possível!

– Foi o que pensei – Pata de Esquilo respondeu. – Só que Garra de Amora Doce não quer ajudar.

– Eu ajudo – Cauda de Castanha ofereceu, e a tristeza nublou seu rosto. – Não consegui impedir os Duas-Pernas de levarem Pata de Folha, mas farei o que for preciso para ajudá-la agora.

– Está falando sério? – Pata de Esquilo se esforçou para ignorar a pontada de ciúme que sentiu; Pata de Folha tinha todo o direito de fazer amizade com outros gatos no tempo que ela passara fora.

– Claro!

– Então vamos – ela gritou. – Agora!

Pata de Esquilo se embrenhou na floresta antes que um dos guerreiros mais velhos as visse e ordenasse que se juntassem a um dos grupos de caça, ou pior ainda: contassem a Estrela de Fogo o que ela planejava, caso a tivessem ouvido. Cauda de Castanha a acompanhou. As duas passaram depressa pela ravina sem nem olhar para o acampamento abandonado e seguiram para o Grande Plátano. Os monstros continuavam ali, devorando mais e mais da floresta. Se eles não tomassem cuidado, cairiam na ravina e se estilhaçariam no choque com as Pedras Altas, Pata de Esquilo pensou, esperançosa.

– Fique abaixada – ela avisou bem no instante em que o rugido ficou mais alto, porém Cauda de Castanha já tinha se abaixado para passar sob o musgo-renda.

– Graças ao Tule de Prata ainda restam algumas árvores para nos escondermos – a outra comentou.

As duas seguiram até as Rochas das Cobras. Pata de Esquilo estava determinada a seguir o caminho exato que Folha Manchada lhe mostrara no sonho. E torcia para que o sol fraco não tentasse nenhuma cobra a sair. Elas atravessaram as pedras em segurança e retornaram às árvores, seguindo na direção do Caminho do Trovão.

O fedor odioso dos monstros dos Duas-Pernas fizeram suas narinas arderem um tique-taque de coração antes que ela ouvisse os rugidos à frente. Quando chegou à beira da clareira enlameada, ela respirava forte e suas patas tremiam. O medo a dominava da ponta das orelhas ao rabo.

Cauda de Castanha parou ao lado de Pata de Esquilo e espiou além de um arbusto espinhoso. – O que vamos fazer agora?

– Não sei – Pata de Esquilo admitiu. A clareira estava cheia de Duas-Pernas gritando e monstros revirando o solo, indo para um lado e para o outro. Era uma visão muito diferente daquela do sonho dela, muito embora estivesse segura de que seguira o trajeto certo. Não havia nem sinal da quietude e do silêncio que encontrara com Folha Manchada. O barulho e a agitação, no entanto, levaram-na a fincar as patas em determinação. O Clã das Estrelas a havia conduzido até ali mesmo sabendo dos perigos que correria. Deviam acreditar nela.

– Pata de Folha está bem ali. – Pata de Esquilo apontou com o rabo para o ninho de madeira ao qual Folha Manchada a levara. Havia um monstro à porta, rugindo baixo consigo mesmo, muito menor do que os monstros devoradores de árvores. Suas patas pretas e redondas estavam parcialmente mergulhadas na lama.

– Olha – ela silvou de repente. – Deixaram a porta aberta!

Pata de Esquilo congelou quando um Duas-Pernas saiu do ninho com uma jaula na mão. Dentro, havia um gato malhado e sarnento, com os olhos arregalados de medo. O

Duas-Pernas o enfiou na barriga do monstro à espera, depois voltou ao ninho de madeira e saiu carregando outra jaula.

Horrorizada, Pata de Esquilo viu a figura encolhida dentro. – Pata de Folha! – Sem parar para pensar, ela disparou na direção da irmã.

Pata de Folha sem dúvida a viu também, porque gritou, enquanto o Duas-Pernas enfiava sua jaula na barriga do monstro: – Fuja, Pata de Esquilo!

O miado assustou o Duas-Pernas, que virou na mesma hora e viu Pata de Esquilo. Com os olhos brilhando em triunfo, ele deixou a jaula de lado e correu na direção da outra gata. Pata de Esquilo se esforçou para parar, e suas patas escorregaram um pouco quando ela tentou retornar à segurança das árvores. O Duas-Pernas a perseguiu com as patas da frente estendidas, as pernas compridas mais rápidas que as da gata, que se esforçava para se segurar na lama escorregadia. *Ajude-me, Clã das Estrelas!*

Bem quando o coração de Pata de Esquilo estava quase explodindo de medo, Cauda de Castanha irrompeu dos arbustos com um rosnado terrível. Ela correu na direção do Duas-Pernas e arranhou as patas estendidas dele até que uivasse de dor. Depois agarrou o cangote de Pata de Esquilo com os dentes e a arrastou na direção das árvores. Sem fôlego, a outra voltou a se colocar de quatro, e Cauda de Castanha a soltou. As duas dispararam juntas. Quando chegaram à segurança dos arbustos espinhosos, Pata de Esquilo parou.

– Continue correndo! – Cauda de Castanha silvou. – Eles não desistem fácil. – Ela empurrou Pata de Esquilo com força mais para dentro dos arbustos.

A outra sentiu os espinhos arranharem sua pele. – E quanto a Pata de Folha?

– Quer se juntar a ela? – Cauda de Castanha cuspiu. – Continue correndo!

Assustada demais para pensar direito, Pata de Esquilo obedeceu e correu atrás da guerreira.

Foi só quando chegaram às Rochas das Cobras que Cauda de Castanha desacelerou, respirando pesado. Pata de Esquilo se colocou ao lado dela, chocada demais para falar.

– O que, em nome do Clã das Estrelas, está acontecendo aqui? – O miado grave de Listra Cinzenta ecoou pelas pedras quando ele emergiu de um musgo-renda, seguido de perto por Garra de Espinho e Bigode de Chuva. O representante do Clã do Trovão ficou olhando para as duas gatas trêmulas. – O que aconteceu com vocês? Parece que viram o fantasma de Estrela Tigrada!

– É Pata de Folha! – Pata de Esquilo exclamou. – Nós a encontramos, mas os Duas-Pernas a estavam colocando na barriga de um monstro. Vão levá-la embora. Sei que vão!

Listra Cinzenta estreitou os olhos e abriu a boca para falar, então parou e olhou para os arbustos atrás dele. – Garra de Amora Doce? É você?

– Sim. – Os galhos estremeceram e Garra de Amora Doce saiu deles. – Estou procurando Pata de Esquilo. – O gato piscou quando a viu ao lado de Cauda de Castanha. – Você está bem?

– Encontrei Pata de Folha! – Pata de Esquilo silvou. – Os Duas-Pernas vão levá-la! Precisamos salvá-la agora ou nunca mais a encontraremos.

Listra Cinzenta olhou para Garra de Amora Doce, depois para Bigode de Chuva e para Garra de Espinho. Os guerreiros do Clã do Trovão mantiveram o queixo erguido e flexionaram os ombros fortes.

– Não vamos permitir que Duas-Pernas levem nossos gatos se pudermos impedir – Bigode de Chuva rosnou.

– Não vamos desistir sem luta – Garra de Espinho concordou. A mensagem ficou clara. Aquela ainda era sua floresta. Eles podiam não ter sido capazes de protegê-la dos Duas-Pernas e seus monstros, mas pelo menos aquela batalha podiam vencer.

Listra Cinzenta estreitou os olhos cor de âmbar para Pata de Esquilo. – Muito bem – ele miou. – Mostre onde ela está.

– Por aqui. – Pata de Esquilo voltou a subir nas Rochas das Cobras, e Cauda de Castanha a seguiu, depois Listra Cinzenta, Garra de Espinho, Bigode de Chuva e Garra de Amora Doce. Ouvir os passos deles deu confiança a Pata de Esquilo. Com cinco guerreiros do Clã do Trovão a seu lado, ela tinha de conseguir salvar a irmã!

Quando chegaram aos arbustos espinhosos que margeavam as árvores, Listra Cinzenta ordenou que os gatos parassem: – Fiquem abaixados!

Para alívio de Pata de Esquilo, o monstro menor continuava aguardando do lado de fora do ninho de madeira, enquanto o Duas-Pernas saía com mais jaulas. – Pata de Folha já está na barriga do monstro – ela sussurrou.

– Certo – murmurou Listra Cinzenta. – Garra de Espinho, você e eu atacaremos o Duas-Pernas. Temos de mantê-lo distraído enquanto Cauda de Castanha, Garra de Amora Doce e Bigode de Chuva soltam os gatos.

– E quanto a mim? – Pata de Esquilo perguntou.

– Você fica aqui, de vigia – Listra Cinzenta ordenou. – Avise se mais Duas-Pernas aparecerem.

Pata de Esquilo olhou para ele em choque. – Mas...

Listra Cinzenta a ignorou.

– A maioria já deve estar dentro do monstro. Garra de Amora Doce e Cauda de Castanha, quero que entrem e soltem os gatos. Bigode de Chuva, você entra no ninho e solta os que restarem.

Pata de Esquilo olhou feio para Listra Cinzenta. – Vou tirar minha irmã daquele monstro!

O representante de pelos cinza a observou por um longo momento, durante o qual Pata de Esquilo sentiu que havia se esquecido de como respirar. – Muito bem – Listra Cinzenta concordou afinal. – Mas, se algo der errado, volte para a proteção das árvores o mais rápido possível.

Pata de Esquilo assentiu. Quando reparou em Garra de Amora Doce, a preocupação nublava seus olhos. *Corri riscos maiores que este em nossa jornada até o lugar onde o sol mergulha*, ela quis dizer a ele. *Pare de me tratar como um filhote.*

– Certo – Listra Cinzenta miou, voltando a se virar para o monstro. – O Duas-Pernas vai pegar outra jaula. Estaremos prontos para surpreendê-lo quando sair.

Ele se afastou das árvores, correndo pela lama sem chamar a atenção. Garra de Espinho, Cauda de Castanha,

Bigode de Chuva e Garra de Amora Doce saíram dos arbustos espinhosos e foram atrás dele, disparando pela terra revirada. Pata de Esquilo fechava a fila, sentindo a lama grudar em suas patas e até nos pelos de sua barriga.

A algumas caudas de distância da porta aberta, Listra Cinzenta silvou: – Esperem! – Os gatos pararam sobre a lama.

O Duas-Pernas saiu do ninho de madeira. Carregava outra jaula e não viu os seis gatos que o aguardavam para uma emboscada.

– Agora! – Listra Cinzenta gritou e pulou em cima do Duas-Pernas.

O inimigo soltou a jaula ao sentir garras se cravando em sua perna traseira. A porta se abriu com o som de um galho quebrando. Pata de Esquilo reconheceu os pelos cinza da gata lá dentro. Era Pé de Bruma! A guerreira do Clã do Rio saiu e atacou a outra perna do inimigo, silvando de raiva. Garra de Espinho se juntou ao ataque, agarrando o Duas-Pernas como se estivesse trepando em uma árvore. O Duas-Pernas gritava de agonia, pulando com um gato em cada perna.

– Vamos, Pata de Esquilo! – Garra de Amora Doce gritou, então pulou na boca aberta do monstro, seguido de perto por Cauda de Castanha. Pata de Esquilo ouvia o sangue correndo em seus ouvidos enquanto via Bigode de Chuva entrando no ninho. Ela torcia para que não houvesse outro Duas-Pernas aguardando lá dentro. Então respirou fundo e se lançou dentro do monstro.

Havia fileiras de jaulas na escuridão. O cheiro de medo era avassalador, e por um momento a deixou paralisada. Como iam resgatar todos aqueles gatos? Então ela viu Pata de Folha colada à trama da jaula.

– Pata de Esquilo! Aqui! – a irmã chamou.

– Estou indo! – Pata de Esquilo foi até ela e usou os dentes contra o trinco da frente da jaula. – Acho que está cedendo! – O trinco começou a se soltar como a asa de um pombo. Pata de Esquilo puxou o mais forte que pôde, até a jaula se abrir e ela mesma ser jogada no chão da barriga do monstro em consequência.

Pata de Folha desceu e esfregou rapidamente o focinho no da irmã. – É mesmo você! – ela disse.

– Folha Manchada me contou onde você estava – Pata de Esquilo explicou, colocando-se de quatro.

Pata de Folha piscou, depois balançou o corpo. – Me conte tudo depois. Vamos, temos de soltar os outros gatos! – Ela correu até a jaula mais próxima e começou a puxar o trinco.

Pata de Esquilo se virou para outra e quase quebrou os dentes tentando abri-la, mas acabou conseguindo, e um vilão de pelos emaranhados escapou. Sem dizer nada, ele deixou a barriga do monstro e disparou na direção da floresta.

– De nada – Pata de Esquilo murmurou antes de seguir para a jaula seguinte.

Gatos desconhecidos surgiam à sua volta à medida que Garra de Amora Doce, Cauda de Castanha e Pata de Folha abriam uma jaula depois da outra. Eram em sua maioria vilões, que sumiam assim que se viam livres. Pata de Esquilo sentiu que um gato a empurrava para ir mais fundo na barriga do monstro. Era Pé de Bruma. A guerreira do Clã do Rio seguiu direto para a última jaula.

– Sasha! – Pé de Bruma gritou, e começou a arranhar o trinco.

– Assim é melhor – Pata de Esquilo explicou, afastando-a um pouco para usar os dentes. O trinco logo se abriu e Sasha saiu.

– Vá embora daqui – Pé de Bruma a incentivou.

Sasha hesitou, olhando para as jaulas que continuavam fechadas.

– Nós damos um jeito – Pé de Bruma prometeu.

Os pelos de Sasha estavam eriçados; seus olhos azuis, arregalados de medo. Ela tremia tanto que mesmo que tentasse não conseguiria abrir uma jaula. Finalmente, assentiu e deixou a barriga do monstro.

Faltava soltar apenas alguns gatos. Os olhos de Pata de Folha percorreram o interior do monstro.

– Cauda de Nuvem e Coração Brilhante continuam lá dentro! Vá ajudá-los. Preciso soltar Almofada.

– Quem é Almofada? – Pata de Esquilo perguntou.

– Conto depois. Depressa! Vá soltar Coração Brilhante e Cauda de Nuvem!

Pata de Esquilo pulou para fora da barriga do monstro e correu na direção do ninho de madeira. Seu coração deu um pulo quando ela viu que outro Duas-Pernas havia chegado para ajudar. Garra de Espinho deixou a perna do primeiro escapar sem querer e aterrissou pesadamente na lama, mas logo se pôs de quatro e correu para ajudar Listra Cinzenta no ataque.

Em sua entrada no ninho, Pata de Esquilo quase foi derrubada por um gato malhado marrom que fugia, mas conseguiu sair do caminho a tempo. Ela procurou por Cauda de Nuvem e Coração Brilhante.

Cauda de Nuvem já estava livre e ajudava Bigode de Chuva com o trinco da jaula de Coração Brilhante. – Não estamos conseguindo abrir! – Cauda de Nuvem gritou, elevando a voz em pânico.

– Experimente com os dentes – Pata de Esquilo falou.

Cauda de Nuvem mordeu com vontade, e Pata de Esquilo notou que ele tremia com o esforço, mas de nada adiantava. Ouviram-se vozes de mais Duas-Pernas lá fora, e Listra Cinzenta entrou no ninho.

– Há muitos Duas-Pernas. Precisamos dar o fora daqui. – Ele empurrou Pata de Esquilo na direção da porta. – Volte para a floresta!

– Mas Coração Brilhante continua presa!

– Eu cuido dela! – Listra Cinzenta prometeu, empurrando Pata de Esquilo com o focinho. – Agora saia daqui!

Ele pulou e tirou do caminho Bigode de Chuva e Cauda de Nuvem, que ainda tentavam soltar Coração Brilhante. – Para a floresta! Agora!

Cauda de Nuvem não se moveu: com as pernas rígidas, olhava horrorizado para a jaula de Coração Brilhante, cujo rosto em pânico estava pressionado contra a jaula.

– Vamos! – Bigode de Chuva gritou, e empurrou o guerreiro branco na direção da porta. Pata de Esquilo olhou por cima do ombro para Listra Cinzenta, que cravava a mandíbula potente no trinco, depois seguiu os outros.

Quando saiu do ninho, um Duas-Pernas a atacou, porém ela conseguiu dar meia-volta e fugir pela lateral da cabana de madeira. Havia Duas-Pernas em toda parte, uivando de raiva. Pata de Esquilo viu Cauda de Nuvem e Bigode de Chuva correndo na direção das árvores e procurou ir atrás deles, enfiando-se no emaranhado de arbustos espinhosos. Bigode de Chuva continuou correndo na direção da floresta, mas Cauda de Nuvem parou e se virou para ver o que acontecia perto do ninho. Pata de Esquilo se agachou ao lado dele e olhou para a clareira. Pata de Folha e uma gata malhada que ela não conhecia corriam em sua direção.

– Depressa! – ela gritou, porque um Duas-Pernas se aproximava das duas, suas patas enormes dando passadas largas na lama. Enquanto assistia a tudo, torcendo para que as gatas vencessem os Duas-Pernas, os pelos brancos e avermelhados de Coração Brilhante chamaram a atenção de Pata de Esquilo, da frente do ninho. Listra Cinzenta havia conseguido abrir a jaula!

A gata do Clã do Trovão disparou na direção das árvores, as cicatrizes em seu rosto parcialmente escondidas por manchas de lama. Ela passou correndo pelo Duas-Pernas que perseguia Pata de Folha e o desequilibrou de tal maneira que ele foi ao chão com um grito.

Pata de Folha e a gata malhada alcançaram a segurança dos arbustos e passaram sob os espinhos.

– Nem consigo acreditar que você salvou a gente! – a gata malhada comentou, ofegante.

Pata de Esquilo já esfregava o focinho na bochecha da irmã, sentindo seu cheiro familiar. – Desculpe por quase não termos chegado a tempo – sussurrou.

– Achei que nunca mais fosse ver você! – Pata de Folha estava sem fôlego. – Onde está Garra de Amora Doce?

Pata de Esquilo ficou preocupada na mesma hora e farejou o ar. Sentiu o cheiro fresco de medo de Garra de Espinho e Cauda de Castanha. Depois reconheceu um tufo de pelos malhados escuros enganchado em um arbusto, o sangue ainda úmido onde havia arranhado a pele, e estremeceu de alívio. Se Garra de Amora Doce havia chegado até ali, devia ter escapado.

– Ele está bem – Pata de Esquilo miou. – Pé de Bruma conseguiu fugir?

– Assim que o último gato foi solto, ela disparou na direção das árvores – Pata de Folha contou.

– Então todos escaparam! – Pata de Esquilo comentou, suspirando aliviada.

Assim que ela falou, no entanto, Coração Brilhante alcançou os arbustos, com os olhos arregalados em terror. – Listra Cinzenta!

– Onde ele está? – Pata de Esquilo perguntou.

Cauda de Nuvem quase derrubou Coração Brilhante quando pulou em cima dela.

– Eu não devia ter deixado você! – ele gritou, lambendo seu rosto cheio de cicatrizes.

– Onde está Listra Cinzenta? – Pata de Esquilo repetiu.

– Os Duas-Pernas! – Coração Brilhante conseguiu dizer, afastando-se de Cauda de Nuvem.

O coração de Pata de Esquilo pulou para a garganta. – O que foi?

– Um deles o pegou!

Pata de Esquilo olhou na direção do ninho. Um Duas-Pernas fechava a barriga do monstro. Ele silvava e cuspia na direção dos outros, que olhavam desvairados para a clareira, depois entrou na frente. O monstro rugiu, ganhando vida e espirrando lama de baixo de cada uma de suas patas pretas e gordas ao sair do lugar. Então Pata de Esquilo viu algo que fez seu estômago se revirar. Um rosto solitário observava de dentro do monstro, um rosto que ela conhecia desde filhote. Ele olhava desesperado para as árvores enquanto o monstro acelerava e se afastava.

– Listra Cinzenta! – Pata de Esquilo arquejou.

CAPÍTULO 8

Pata de Folha viu o monstro se afastando e abriu a boca para berrar, porém nenhum som saiu. A floresta girava à sua volta. Ela piscou, lutando contra a vontade de se deitar para nunca mais levantar.

Os Duas-Pernas correram na direção das árvores, gritando e movimentando as patas.

Os gatos ainda não estavam seguros.

Garra de Amora Doce surgiu em meio à vegetação rasteira atrás deles. – Rápido! Fujam! – Ele correu até Pata de Esquilo e deu um empurrão nela.

Pata de Esquilo tirou os olhos horrorizados da clareira e os voltou para Garra de Amora Doce. – E quanto a Listra Cinzenta?

– Não há nada que possamos fazer por ele agora. Depressa! Temos de sair daqui!

– Para onde vamos? – Almofada perguntou, olhando para as árvores.

– Sigam-me – Garra de Amora Doce ordenou.

Pata de Folha não via Garra de Amora Doce desde que ele partira com Pata de Esquilo. Um gato muito diferente retornara – um guerreiro experiente e confiante, que dava ordens com tranquilidade apesar do enorme perigo que corriam. Não era o momento de descobrir por onde eles tinham andado desde a lua anterior. Pata de Folha descolou as patas da lama e rastejou pela vegetação rasteira atrás de Pata de Esquilo e Almofada. Cauda de Nuvem passou por ela, com Coração Brilhante o seguindo tão de perto que seus pelos chegavam a se tocar.

O alívio inundou Pata de Folha quando ela reconheceu a pelagem de Cauda de Castanha e Bigode de Chuva em meio às árvores à frente. Pé de Bruma estava com eles. Todos os gatos tinham sido libertados – porém eles haviam perdido Listra Cinzenta no processo.

Ela ouviu os Duas-Pernas se embrenhando na floresta. Por cima do ombro, viu como se atrapalhavam com os arbustos, desviando sem jeito das árvores e tropeçando nos galhos espinhosos. Pata de Folha sabia que não tinham mais como pegá-la. Aquele território era seu, e ela podia correr por ele tão rápido quanto qualquer criatura, com seu corpo ágil adaptado para perpassar a vegetação rasteira tal qual o vento.

Os gatos desceram as Rochas das Cobras. Os Duas-Pernas haviam ficado bem para trás, e Pata de Folha desacelerou o ritmo. Almofada a alcançou. Sem fôlego, elas adentraram a clareira coberta de folhas ao lado do Grande Plátano. Havia outros estirados no chão, exaustos. Cauda de Nuvem lambia as orelhas de Coração Brilhante como se nunca mais fossem ficar limpas. Pé de Bruma os observava, seu flanco cinza-claro subindo e descendo com a respiração pesada.

Almofada olhou em volta, nervosa. – É seguro aqui?

– Os Duas-Pernas não vão nos alcançar – Pata de Folha a tranquilizou.

– Mas e quanto a raposas e texugos? – Almofada perguntou, com os olhos arregalados. – A floresta não é repleta de criaturas pavorosas?

– Como linces? – Pata de Folha brincou, de maneira pouco vigorosa, então deixou o corpo cair sobre as folhas macias ao lado dos outros gatos do Clã do Trovão.

Bigode de Chuva se sentou. Seu pelo cinza estava todo eriçado e havia sangue escorrendo ente suas garras de uma das patas dianteiras. – Tem certeza de que pegaram Listra Cinzenta?

Pata de Esquilo baixou as orelhas. – O monstro o levou embora. Vi com meus próprios olhos.

– Ele lutou como um gato do Clã do Tigre – Garra de Espinho comentou. – Não é possível que o tenham pego!

– Havia Duas-Pernas demais – Pata de Esquilo explicou.

Pé de Bruma aproximou a cabeça da gata e murmurou: – Devo minha vida a ele. Achei que nunca fôssemos escapar. – Ela olhou para Pata de Esquilo e concluiu: – Você nos salvou.

Pata de Esquilo endireitou o corpo. – Não fui só eu. Todos arriscamos nossas vidas. Liderados por Listra Cinzenta.

Pata de Folha estreitou os olhos para avaliar a irmã. Aquela era a resposta de uma guerreira, e não de uma aprendiz. Ela notou que Pata de Esquilo estava muito mais esguia e forte – e em uma forma muito melhor que os guerreiros esqueléticos do Clã do Trovão. Pata de Folha abaixou a cabeça para lamber seus pelos desgrenhados e cheios de falhas. Pela primeira vez, sentiu-se desconfortável ao lado da irmã, sem saber o que dizer, considerando tudo o que acontecera desde a última vez que tinham se visto.

– O que os Duas-Pernas vão fazer com ele? – Cauda de Castanha perguntou, preocupada.

Pata de Folha quis tranquilizá-la, mas não soube o que dizer. Se não fosse por seus corajosos companheiros de clã, estaria no lugar de Listra Cinzenta.

– Que o Clã das Estrelas o ajude – murmurou Garra de Espinho.

– O Clã das Estrelas não tem poder nenhum sobre os Duas-Pernas – Pata de Esquilo retrucou.

– O Clã das Estrelas esteve conosco hoje – Pata de Folha a lembrou. – Foi quem deu a você a força necessária para enfrentar os Duas-Pernas. Eles cuidarão de Listra Cinzenta.

Cauda de Castanha se levantou e tocou o focinho de Pata de Folha com o seu. – Agradeço ao Clã das Estrelas por não ter permitido que os Duas-Pernas levassem você também – ela murmurou. – Pata de Esquilo a viu presa naquele lugar em um sonho. E insistiu para que viéssemos salvá-la.

– Não fui a única a ser salva por vocês – Pata de Folha miou, olhando com gratidão para seus companheiros de clã.

– Você salvaram todos nós – Almofada concordou, indo se colocar ao lado de Pata de Folha.

Cauda de Castanha se afastou de Pata de Folha para olhar bem para a gatinha de gente. – Quem é você? – perguntou. – Não é uma gata da floresta, mas tampouco parece uma vilã.

– Esta é Almofada – Pata de Folha miou. – Ela não deixou que eu ficasse só me lamentando e me fez acreditar que havia uma saída.

Cauda de Castanha farejou o ar. – Você é uma gatinha de gente?

Bigode de Chuva se endireitou para olhar para a gata malhada. Garra de Espinho baixou as orelhas.

– Sim, sou uma gatinha de gente – Almofada confirmou.

Garra de Amora Doce se levantou e foi até Almofada. Pata de Folha percebeu que a amiga tentou não se encolher diante do guerreiro de ombros largos, cujos pelos estavam sujos de lama e sangue. – Quer que lhe mostremos o caminho de volta para o Lugar dos Duas-Pernas? – ele ofereceu.

– Ainda não é seguro retornar – Pata de Folha lembrou. – Os Duas-Pernas podem estar nos procurando na floresta.

Coração Brilhante olhou em volta com nervosismo.

– Está tudo bem – Cauda de Nuvem garantiu a ela. – Aqui eles não têm como nos alcançar.

– Mas estaríamos ainda mais seguros no acampamento – miou Pata de Esquilo. – Por que Almofada não vem conosco por enquanto?

A gatinha de gente ficou olhando incerta para os outros. Apesar de toda a coragem que demonstrara quando estavam presos, ela agora parecia se sentir ameaçada pelos gatos selvagens a respeito dos quais havia ouvido falar em histórias sanguinolentas.

– Você será bem-vinda – Pata de Folha miou, então olhou para Garra de Amora Doce e Bigode de Chuva, torcendo para estar certa.

– Estrela de Fogo não mandaria embora uma gata em dificuldades – Garra de Amora Doce concordou.

– Seus Duas-Pernas não vão sentir sua falta? – Cauda de Castanha perguntou, mordaz, o que fez Pata de Folha olhar para ela, surpresa.

– Vão, claro. – Almofada transferiu o peso de uma pata para outra algumas vezes. Parte do ardor de antes havia retornado a seus olhos azuis. – Mas acho que não seria seguro viajar sozinha por aquela parte da floresta, e não quero colocar mais de vocês em perigo.

– Você voltará para casa assim que possível – Pata de Folha prometeu.

– Então é melhor irmos – Cauda de Castanha disse com um suspiro, e olhou para Garra de Amora Doce. – Como vamos contar a Estrela de Fogo sobre Listra Cinzenta?

Pata de Folha engoliu em seco. Listra Cinzenta era o representante do Clã do Trovão, um de seus guerreiros mais corajosos e experientes e o melhor amigo de Estrela de Fogo. Como o clã iria se virar sem ele?

Um silêncio triste imperava enquanto os gatos avançavam pela floresta. Pata de Folha notou que Garra de Espinho parecia estar levando-os para as Rochas Ensolaradas. Por que não ir para a ravina? Ela olhou para Pata de Esquilo, intrigada.

– O clã teve de abandonar o antigo acampamento – a irmã explicou. – Os Duas-Pernas estavam perto demais.

Pata de Folha engoliu em seco. – As coisas pioraram tanto assim?

– Infelizmente sim – Garra de Espinho respondeu, sério.

– Mas não haverá abrigo para todos nas Rochas Ensoladas – Cauda de Nuvem miou.

– Como estão os filhotes? – Coração Brilhante perguntou, ansiosa.

– Não tão bem alimentados como deveriam – Pata de Esquilo admitiu.

– Precisamos ir embora antes que eles fiquem ainda mais fracos – Garra de Amora Doce murmurou.

Pata de Folha se perguntou o que ele queria dizer, e ficou ainda mais confusa quando Garra de Espinho trocou um olhar significativo com o outro gato. Garra de Amora Doce e Pata de Esquilo haviam acabado de retornar à floresta. Por que já estavam falando em partir?

– Estamos chegando? – Almofada perguntou, mais para trás.

Pata de Folha conseguia ouvir os murmúrios do rio através das árvores sem folhas. Estavam se aproximando da fronteira do Clã do Rio, e as Rochas Ensolaradas não estavam muito distantes. – Sim, não falta muito – disse à gatinha de gente.

Garra de Espinho ia na frente, e Pata de Folha e os outros o seguiram através de um aglomerado de musgo-renda. Eles saíram no alto da inclinação que levava à fronteira com o Clã do Rio. Pata de Folha viu a água correndo lá embaixo. Era inesperadamente reconfortante descobrir que o rio continuava ali, apesar do que os Duas-Pernas haviam feito com o restante da floresta.

Pé de Bruma foi até a beirada da água, então parou e se virou para os outros gatos. – Sou grata aos guerreiros do Clã do Trovão por me resgatarem. Sofro a perda de Listra Cinzenta com vocês – ela disse. Seus olhos azuis se nublaram por um momento, depois ela se virou e atravessou a água corrente com passadas vigorosas para chegar ao outro lado.

Os gatos do Clã do Trovão seguiram para as Rochas Ensolaradas. Pata de Folha apertou o ritmo, impaciente para reencontrar seu clã e ansiosa para descobrir o que havia acontecido com seu antigo lar na ravina. Almofada acelerou também, mantendo-se a seu lado. Pelo modo como suas orelhas estremeciam, Pata de Folha sabia que ela estava ao mesmo tempo nervosa e empolgada para conhecer o clã.

– Tem certeza de que não vão se importar por eu ter voltado com vocês? – Almofada sussurrou.

Pata de Folha mal a ouviu. Tinha acabado de ver Estrela de Fogo sentado no alto da pedra cinza e larga. O sol iluminava seu pelo avermelhado, destacando o corpo agora ossudo. Ele estava magro e parecia cansado, com os olhos semicerrados. Como Pata de Folha ia dizer ao pai que Listra Cinzenta tinha sido capturado durante seu resgate? A ideia feriu seu coração tal qual um espinho.

A brisa devia ter carregado seu cheiro, porque de repente Estrela de Fogo se virou e olhou para baixo. Então se levantou e correu na direção dos recém-chegados, com o rabo para cima. – Pata de Folha! – ele disse, parando ofegante. – Você está salva! – Estrela de Fogo lambeu suas orelhas e ronronou.

– Senti tanta saudade – Pata de Folha miou, pressionando o rosto contra o calor familiar da pele dele.

– Só posso agradecer ao Clã das Estrelas pelo retorno das duas – Estrela de Fogo miou, tomado pela emoção.

Garra de Amora Doce e Pata de Esquilo aguardavam ao pé da pedra junto aos outros guerreiros do Clã do Trovão. Almofada preferiu permanecer entre as árvores.

Cauda de Nuvem e Coração Brilhante passaram correndo por eles, para buscarem seu filhote. – Pata Branca! – Cauda de Nuvem chamou. – Estamos de volta!

A aprendiz de pelos da cor da neve estava cochilando em um abrigo na pedra. Ao ouvir aquelas vozes, ergueu a cabeça e se pôs de quatro. – Vocês escaparam! – Pata Branca exclamou, descendo a pedra para cumprimentar os pais e ronronando de alegria ao parar. Cauda de Nuvem a envolveu com o rabo, enquanto Coração Brilhante a lambia com tanta vontade que a filha se abaixou com um gritinho abafado.

Tempestade de Areia chegou correndo da saliência na lateral das Rochas Ensolaradas. Então desceu a pedra e tirou Estrela de Fogo do caminho. – Pata de Folha! Machucaram você?

– Não – a filha respondeu, enquanto a mãe tentava tirar o fedor do ninho dos Duas-Pernas de sua pele com lambidas entusiasmadas. – Estou bem, de verdade.

– Como você conseguiu escapar? – Estrela de Fogo perguntou.

– Pata de Esquilo nos resgatou – Pata de Folha explicou, tentando manter o equilíbrio enquanto a mãe a limpava com avidez.

– Tive um sonho esta noite – Pata de Esquilo contou, dando um passo à frente. – Folha Manchada me mostrou onde Pata de Folha estava presa.

– E por que você não me contou? – Estrela de Fogo perguntou, olhando admirado para a filha.

– Você não estava – Pata de Esquilo explicou. – E não dava para esperar. Então Cauda de Castanha e eu fomos atrás de Pata de Folha sozinhas...

– Não tivemos tempo de voltar para o acampamento para pedir ajuda – Cauda de Castanha a cortou. – Os Duas--Pernas já estavam começando a levar os gatos que tinham capturado na floresta.

– Não daríamos conta de resgatar todos sozinhas – Pata de Esquilo prosseguiu. – Mas encontramos Listra Cinzenta e Garra de Amora Doce perto das Rochas das Cobras.

– E Garra de Espinho e Bigode de Chuva – Garra de Amora Doce acrescentou. – Listra Cinzenta liderou o resgate. Avaliou o perigo e decidiu que valia a pena tentar salvar todos os gatos que os Duas-Pernas mantinham presos.

– Listra Cinzenta. Claro que ele faria alguma tolice. – Estrela de fogo olhou em volta, à procura do velho amigo. – Onde ele está?

Foi como se a pedra sob Pata de Folha se inclinasse. Tempestade de Areia interrompeu o banho na filha, sentindo que havia algo de errado.

Com a cabeça inclinada, Estrela de Fogo a encarou. – Por que ele não voltou com vocês?

Pata de Folha percebeu quando o pai decifrou sua expressão. De repente, uma sombra pareceu recair sobre o rosto dele. – Os Duas-Pernas o pegaram – ela se forçou a dizer, e as palavras pareceram pedras lançadas no ar frio.

– Colocaram Listra Cinzenta dentro de um monstro e o levaram embora – Pata de Esquilo explicou, rouca.

– Levaram Listra Cinzenta? – Estrela de Fogo sussurrou. Ele se sentou, mantendo o rabo junto ao corpo. As pernas de Pata de Folha tremiam. O pai nunca havia parecido tão distante, impossibilitando qualquer possibilidade de reconfortá-lo.

– D-deveríamos ter montado uma equipe maior antes de atacar – Garra de Amora Doce gaguejou, olhando com tristeza para seu líder. – Eu deveria tê-lo impedido. Sinto muito.

Estrela de Fogo olhou para o gato marrom-escuro à sua frente. Uma chama parecia arder em seus olhos, e por um momento Pata de Folha ficou com medo de que o pai fosse descontar sua dor no jovem guerreiro. Ao lado dela, as garras de Pata de Esquilo se projetaram. Será que ela enfrentaria o pai para defender Garra de Amora Doce? Enquanto Pata de Folha se perguntava a respeito, Garra de Amora Doce encarava o líder do clã sem hesitar.

– Você trouxe minha filha, Cauda de Nuvem e Coração Brilhante de volta – Estrela de Fogo disse, quase parecendo estar tentando se convencer de que não devia culpar Garra de Amora Doce pelo que havia acontecido. – Listra Cinzenta encontrará o caminho de volta até nós.

– Mas eles o prenderam em um monstro – Bigode de Chuva murmurou.

Estrela de Fogo ficou olhando para o guerreiro cinza, o olhar vazio. – Ele retornará. Tenho de acreditar nisso, ou tudo estará perdido.

Tempestade de Areia se aproximou de Estrela de Fogo e pressionou a bochecha em seu ombro. Ele só se virou e seguiu devagar na direção da saliência à sombra. De repente, pareceu muito mais velho.

Ela foi atrás do líder do clã. Sua voz ecoou pela pedra. – Nossas filhas voltaram. É um milagre que nunca achamos que fosse acontecer.

Estrela de Fogo olhou para Tempestade de Areia e admitiu: – Listra Cinzenta teria se sacrificado por elas sem pensar duas vezes.

– Ele sempre foi um bom amigo – Tempestade de Areia murmurou, sentando-se ao lado de Estrela de Fogo e envolvendo-o com o rabo.

– Pata de Folha! – Almofada chamou da sombra das árvores. – Está tudo bem?

Ela não respondeu. Continuou olhando para o pai, sentindo uma tristeza tão grande que mal conseguia respirar. Então sentiu o rabo da irmã passando gentilmente pela lateral de seu corpo.

– Não se preocupe – Pata de Esquilo murmurou. – Estrela de Fogo vai ficar bem, desde que acredite no retorno de Listra Cinzenta.

– Mas ele foi colocado dentro de um monstro – Bigode de Chuva insistiu, como se a imagem não saísse de sua cabeça.

– Estrela de Fogo terá de escolher outro representante antes da lua alta – Pelo de Rato miou, muito séria.

Os olhos de Pata de Esquilo brilharam de raiva. Ela se virou com tudo na direção de Pelo de Rato, assustando Pata de Folha. – Estão todos agindo como se Listra Cinzenta estivesse morto! Ele não está! Vocês ouviram o que Estrela de Fogo disse. Ele *vai* voltar. Não podemos perder a esperança.

CAPÍTULO 9

Um lamento ecoou pela fenda na pedra, despertando Pata de Folha. Por um momento, ela pensou que ainda estava na jaula, que sua fuga não passara de um sonho. Então sentiu os cheiros da floresta e do rio, trazidos pela brisa gélida, e lembrou que estava nas Rochas Ensolaradas, no novo acampamento do Clã do Trovão. Abriu os olhos e olhou para baixo. Sua exalação se condensava no ar.

– O que foi? – sussurrou Almofada, que havia dormido a seu lado, com os aprendizes. Pata de Folha sentiu que o pelo macio da gatinha de gente se eriçava agora.

– Achei que tivesse sido Nuvem de Avenca – ela miou. – Mas daqui só consigo ver Pelagem de Poeira.

O guerreiro listrado estava na rocha inclinada e coberta de gelo, delineado pela luz do início da manhã. Um filhote pendia de sua mandíbula.

Pelagem de Poeira o levou embora, e ouviu-se novamente o lamento de Nuvem de Avenca da concavidade onde ficava o berçário improvisado.

Pata de Folha se levantou e, tomando cuidado para não escorregar na pedra gelada, correu até Nuvem de Avenca.
– O que aconteceu?

– Azevinhozinho morreu! – Nuvem de Avenca sussurrou. – Pelagem de Poeira foi enterrá-la. – Ela puxou o filhote que lhe restava para mais perto da barriga. – Quando acordei, ela estava fria. Gelada! – O sofrimento fazia sua voz falhar. – Lambi e lambi, mas Azevinhozinho não acordou.

Pata de Folha sentiu a tristeza envolver seu coração. Que tipo de curandeira era se não havia notado que Azevinhozinho estava tão perto da morte?

– Ah, Nuvem de Avenca – ela miou. – Sinto muito.

Um a um, os membros do clã se reuniram em volta do berçário, sob um silêncio sombrio. Almofada ficou entre eles, com uma compaixão evidente nos olhos. Para alívio de Pata de Folha, seus companheiros de clã a ignoravam. Agora tinham um inimigo em comum: os Duas-Pernas que capturavam gatos e destruíam a floresta.

Manto de Cinza chegou ao berçário. – Vá buscar sementes de papoula – ela ordenou. – Nuvem de Avenca não pode desperdiçar a pouca energia que lhe resta sofrendo.

Pata de Folha correu até a fenda onde Manto de Cinza guardava seu reduzido estoque de remédios e pegou a folha onde as sementes de papoula estavam embrulhadas. Ela desejava de todo o coração que ainda estivessem na ravina, onde os curandeiros se mantinham sempre bem abastecidos. A julgar pela folha murcha sob sua pata, devia haver ali apenas duas ou três doses de sementes de papoula. Não havia esperança de conseguir mais com a chegada iminente da estação sem folhas.

O chamado de Estrela de Fogo a assustou. – Pata de Folha! – Ela se virou e deu com o pai subindo a pedra com Garra de Amora Doce e Pelo de Rato. – Como Nuvem de Avenca está? – perguntou.

– Manto de Cinza me mandou buscar sementes de papoula para acalmá-la – Pata de Folha explicou.

– Não achei que tudo fosse ficar tão ruim tão rápido assim – Estrela de Fogo miou. – Ah, Clã das Estrelas! O que posso fazer para ajudar esses gatos? – Ele ergueu os olhos para o Tule de Prata, que desaparecia à luz da manhã.

– A noite foi muito fria – Pelo de Rato comentou. – A pobrezinha não tinha carne suficiente no corpo para sobreviver.

– Betulinha sobreviveu – Pata de Folha os lembrou. – Precisamos fazer todo o possível para que Nuvem de Avenca consiga alimentá-lo de maneira apropriada.

– As noites só vão ficar mais frias, e quando a neve cair... – Estrela de Fogo deixou a frase morrer no ar, enquanto olhava para a copa das árvores além das Rochas Ensolaradas.

Garra de Amora Doce olhou para Pata de Folha, inquieto. – Se formos deixar a floresta, é melhor fazermos isso depressa – ele miou. – Antes que a neve venha e a travessia das montanhas fique mais difícil.

Pata de Folha estreitou os olhos. Desde que a irmã lhe contara sobre o aviso de Meia-Noite, estava dividida. Sabia que muitos de seus companheiros de clã não acreditavam que o Clã das Estrelas queria que partissem, porém confiava que a irmã e Garra de Amora Doce desempenhariam um papel no destino do clã. Não queria deixar a floresta, que era seu lar, e temia que o clã não estivesse forte o bastante para a viagem; porém, como ignorar a vontade do Clã das Estrelas?

– Você já sabe como me sinto. Não podemos ir sem os outros clãs – Estrela de Fogo pontuou. Pata de Folha concordou com o pai em silêncio. Independentemente das dificuldades que enfrentassem, precisavam ficar todos juntos, em nome do Clã das Estrelas.

– Vou levar isto para Nuvem de Avenca – ela murmurou, pegando a folha com as sementes.

Quando chegou à entrada, Cauda de Castanha estava saindo, com os olhos carregados de tristeza. Ela nem levantou a cabeça ao passar. Pata de Folha notou que caminhava com cuidado na pedra congelada, como se suas patas doessem. Ela entrou na concavidade e deixou as sementes de papoula diante das patas de Manto de Cinza. Nuvem de Avenca estava deitada, com os olhos arregalados voltados para o nada. Betulinha estava encolhido ao lado da mãe, chocado ou com fome demais para miar. Para surpresa de Pata de Folha, Almofada também estava ali.

– Obrigada – Manto de Cinza sussurrou, então usou os dentes para abrir a folha com todo o cuidado.

– Não é melhor você ficar lá fora? – Pata de Folha sugeriu com delicadeza a Almofada.

– Achei que talvez pudesse ajudar – ela respondeu. – Perdi uma ninhada uma vez.

– Uma ninhada inteira? Que triste!

– Eles não morreram – Almofada se apressou em explicar. – O pessoal de casa só mandou os filhotes para outras famílias. Mas foi muito duro para mim.

– E esses são os Duas-Pernas para quem você quer voltar? – Pata de Folha miou, sem conseguir acreditar. – Como pôde perdoá-los?

– É comum gatinhos de gente não criarem seus filhos. Não esperamos nada diferente disso. – Almofada piscou. – O pessoal de casa é bonzinho. Escolheu uma boa casa para cada gatinho. Ninguém sabe que sinto falta deles.

Manto de Cinza silenciou as duas com um olhar de repreensão. Nuvem de Avenca voltou a ficar inquieta, contorcendo-se na pedra fria e soltando gemidos baixos. – Azevinhozinho está com o Clã das Estrelas agora – Manto de Cinza sussurrou para ela. – Nunca mais passará frio ou fome.

– Fiz tudo o que eu podia – Nuvem de Avenca se lamentou. – Por que não me levaram no lugar dela?

O miado grave de Estrela de Fogo chegou da entrada do berçário. – Porque não restaria ninguém para cuidar de Betulinha. Você precisa ser corajosa, Nuvem de Avenca.

Pata de Folha levantou a cabeça. Almofada baixou as orelhas. Ainda não havia conhecido o líder do Clã do Trovão.

– Sinto muito sobre Azevinhozinho – Estrela de Fogo prosseguiu. – Vamos garantir que Betulinha sobreviva.

Nuvem de Avenca o encarou. – Betulinha *tem* de sobreviver – ela silvou.

Manto de Cinza colocou uma semente de papoula no chão ao lado dela. – Aqui. Coma isto. Vai ajudar com a dor.

Nuvem de Avenca olhou para a semente, incerta.

Almofada se esticou para cheirar o pontinho preto. – Coma – ela aconselhou, empurrando-a com a pata para mais perto de Nuvem de Avenca. – Você vai precisar reservar todas as suas forças para o filhote que lhe resta.

Estrela de Fogo a observou com curiosidade. – Tempestade de Areia disse que Pata de Folha trouxe um gatinho de gente consigo. É você?

– Sim. Sou Almofada. Vamos, Nuvem de Avenca, coma a semente de papoula.

– Já deve ter visto que o clã não tem muito a oferecer em termos de segurança – Estrela de Fogo comentou. – Porém, viajar sozinha seria ainda mais perigoso. Quando tivermos guerreiros livres, você será escoltada de volta para casa. Até lá, pode ficar conosco.

– Obrigada – Almofada murmurou.

Os olhos de Estrela de Fogo retornaram a Nuvem de Avenca.

– Ela vai ficar bem?

– Só precisa descansar – Manto de Cinza disse a ele.

– E Betulinha?

– Ele sempre foi o mais forte dos três. – A curandeira se inclinou para lamber a bolinha de pelo que começava a apertar a barriga da mãe em busca de leite.

– Faça o seu melhor – Estrela de Fogo disse, então se virou e foi embora.

Os ombros de Almofada caíram. – É difícil acreditar que seu pai já foi um gatinho de gente – murmurou para Pata de Folha.

– Nunca penso realmente a esse respeito – ela admitiu. – Não que o conhecesse na época. Nasci depois que ele já tinha virado o líder do clã. – Pata de Folha olhou para Almofada. – Você vai ficar bem aqui?

– Claro. – Almofada pareceu surpresa que a outra duvidasse. Ela passou o rabo com carinho pelo flanco de Pata de Folha, virou e se agachou ao lado de Nuvem de Avenca. – Podem ir – Almofada miou para Pata de Folha e Manto de Cinza. – Outros gatos precisam de vocês. Não posso fazer muito pelo restante do clã, mas pelo menos posso cuidar de Nuvem de Avenca.

Manto de Cinza olhou incerta para a gatinha de gente, porém Almofada a tranquilizou: – Vou fazer com que Nuvem de Avenca coma a semente. E posso cuidar de Betulinha enquanto ela estiver dormindo. Ele vai sentir falta da irmã.

– Está bem – Manto de Cinza concordou. – Mas me chame se Nuvem de Avenca se alterar.

Almofada assentiu, e Pata de Folha saiu atrás de Manto de Cinza, olhando para trás apenas para oferecer uma piscadela em agradecimento à amiga.

O clã estava dividido em pequenos grupos na parte exposta da pedra, todos com expressões muito sérias. De repente, Pata de Folha sentiu vontade de correr sozinha para as árvores. Parecia que o sofrimento do clã para o qual havia retornado não podia ser aliviado, e ela queria distância daquilo, mesmo que por um período curto.

Pata de Folha desceu a pedra na direção das árvores. Alcançou a vegetação rasteira e inspirou fundo o cheiro terroso da floresta, grata por senti-lo. Ela sentiu os cheiros familiares de Pata de Esquilo e Garra de Amora Doce e, quando inclinou a cabeça de lado para ouvir, identificou as vozes de ambos miando com urgência mais adiante. Pata de Folha avançou pelos arbustos espinhosos e encontrou os dois em uma pequena clareira, próximo à fronteira com o território do Clã do Rio.

– Eu disse a Estrela de Fogo que precisamos partir em breve – Garra de Amora Doce miou. – É melhor não tentar atravessar as montanhas depois que a neve cair. E não vamos sobreviver até o renovo se ficarmos aqui.

– Mas como você sabe que é pelas montanhas que temos de ir? – Pata de Esquilo perguntou. – Não recebemos nenhum sinal na Pedra Grande. Um guerreiro deveria indicar o caminho, mas ninguém apareceu.

– Sem o sinal, não temos nem como saber se esperam que partamos mesmo – Garra de Amora Doce murmurou. – Talvez Meia-Noite estivesse errada.

– Como assim? – Pata de Esquilo miou. – Foi o Clã das Estrelas que nos mandou ir atrás dela!

Pata de Folha ficou paralisada, a não ser pelo rabo tremendo. Ela fechou os olhos, torcendo por um sinal de que o Clã das Estrelas estava ouvindo, depois voltou a abri-los, impaciente. Por que estava sendo tão fraca? Se o Clã das Estrelas tivesse um sinal, ia mandá-lo. Até então, eles teriam de se virar sozinhos.

– Pata de Esquilo? – ela chamou. – Garra de Amora Doce? Sou eu. – Pata de Folha avançou pelos arbustos espinhosos para se juntar aos companheiros de clã. A dupla se distanciou e se virou para ela, cautelosa.

Garra de Amora Doce pareceu inquieto. – Você ouviu nossa conversa?

– Sim.

– E o que acha? – Ele a encarou. – Meia-Noite pode ter se equivocado?

Parte dela *queria* que Meia-Noite tivesse se equivocado. Pata de Folha preferia continuar vivendo na floresta onde havia nascido. Aquele era o lar do Clã das Estrelas também. No entanto, por que mais eles teriam ordenado que Garra de Amora Doce e os outros fizessem uma jornada tão perigosa? Eles não arriscariam a vida dos gatos por nada. – É do Clã das Estrelas que vocês duvidam ou de si mesmos? – ela murmurou.

Garra de Amora Doce balançou a cabeça, cansado. – A viagem foi bastante difícil. Não achamos que as coisas poderiam estar ainda piores aqui. Tínhamos certeza de que o Clã das Estrelas apontaria o caminho, mas isso não aconteceu, e não podemos nos dar ao luxo de esperar. Afastar o clã de seu lar é uma enorme responsabilidade...

– E não sabemos quando devemos partir ou aonde ir – Pata de Esquilo acrescentou.

– Mas a decisão precisa ser de Estrela de Fogo – Pata de Folha os lembrou. – Vocês só podem contar a ele o que viram e ouviram.

Garra de Amora Doce assentiu.

– Quando foi que você se tornou assim sábia? – Pata de Esquilo perguntou à irmã, com carinho.

– Quando foi que você se tornou assim corajosa e nobre? – Pata de Folha brincou, batendo com o rabo na flanco da irmã. Estar com ela novamente a deixava feliz. Então Nuvem de Avenca e Listra Cinzenta retornaram à sua mente, e seu coração pesou.

– Se Estrela de Fogo decidir partir, o que acontecerá com Listra Cinzenta? – Pata de Folha perguntou.

Pata de Esquilo pareceu triste. – Ele vai nos encontrar, onde quer que estejamos.

– Espero que sim – Pata de Folha miou. – Mas, até que isso aconteça, quem será o representante?

– Listra Cinzenta ainda é o representante – Garra de Amora Doce miou.

– Mas ele não está aqui, e o clã precisa de uma liderança forte mais do que nunca – Pata de Folha argumentou.

– Estrela de Fogo não pode nomear um novo representante enquanto acreditar que Listra Cinzenta está vivo – Garra de Amora Doce insistiu.

Pata de Folha balançou a cabeça. Ainda que discordasse dele, admirava sua lealdade.

– Não vamos discutir por causa disso – Pata de Esquilo pediu. – Já temos muita coisa com que nos preocupar. – Ela olhou para a irmã. – Tem algo que eu gostaria de ter pedido para Listra Cinzenta explicar antes que o levassem.

Pata de Folha inclinou a cabeça de lado. – O quê?

– Achei estranho na hora, e Estrela de Fogo o silenciou antes que ele pudesse se explicar...

As orelhas de Garra de Amora Doce se ergueram. Pata de Esquilo prosseguiu:

– Quando retornamos, Listra Cinzenta nos recebeu dizendo "O fogo e o tigre retornaram". – Ela piscou. – Me pareceu tão esquisito.

Pata de Folha olhou para as patas, sem saber o que dizer. Deveria contar a Pata de Esquilo e Garra de Amora Doce sobre o aviso agourento de Manto de Cinza? Ou os dois ficariam melhor sem aquilo pairando sobre suas cabeças? Afinal, já tinham muito com que se preocupar.

– Você sabe de alguma coisa, não é? – Pata de Esquilo perguntou.

Pata de Folha ficou inquieta e sentiu uma pontada de frustração por não conseguir esconder nada da irmã. – Manto de Cinza recebeu uma mensagem do Clã das Estrelas.

Garra de Amora Doce se inclinou para a frente. – Achei que o Clã das Estrelas não se pronunciasse havia muito.

– Foi pouco antes de vocês partirem – Pata de Folha explicou. – O Clã das Estrelas a avisou que fogo e tigre destruiriam o clã.

– Fogo e tigre? – Pata de Esquilo repetiu. – O que isso tem a ver com a gente?

Uma orelha de Pata de Folha estremeceu. – Você é filha de Estrela de *Fogo*. – Ela se virou para Garra de Amora Doce. – E você é filho de Estrela *Tigrada*.

Os olhos de Pata de Esquilo se arregalaram. – Então somos fogo e tigre?

Pata de Folha assentiu.

– Mas como podem acreditar que vamos destruir o clã? – Pata de Esquilo resmungou. – Arriscamos nossa vida para ajudar a salvá-lo.

– Eu sei. – Pata de Folha baixou a cabeça. – E ninguém acha que realmente fariam isso. Bom, na verdade, apenas Estrela de Fogo, Manto de Cinza, Tempestade de Areia, Listra Cinzenta e eu sabemos a respeito... – Ela estava desesperada para tranquilizar a irmã. – Todos acreditamos que vocês nunca fariam nada para nos prejudicar. – Só então Pata de Folha se deu conta de que Garra de Amora Doce não dizia nada. Só a encarava, com os olhos escuros de preocupação, o que a fez sentir um medo inexplicável. – Garra de Amora Doce?

– Como podem ter certeza de que não destruiremos o clã? – ele rosnou.

– C-como assim?

– É claro que não destruiremos! – Pata de Esquilo miou, virando-se para ele em meio a raiva e confusão.

– Não de propósito – Garra de Amora Doce miou. – Mas somos nós, fogo e tigre, que queremos levar o clã para longe de casa, em uma longa e perigosa viagem, mesmo sem saber para onde ir.

Um calafrio percorreu a espinha de Pata de Folha. A profecia de Manto de Cinza de repente parecia mais assustadora que antes. Se o clã deixasse a floresta, seguindo Pata de Esquilo e Garra de Amora Doce, que terrível destino o aguardaria?

Quando os três gatos retornaram às Rochas Ensolaradas, o sol da estação sem folhas já estava baixo no céu. Cada gato trazia consigo uma presa: Pata de Folha havia caçado um rato, Garra de Amora Doce tinha um estorninho na mandíbula e Pata de Esquilo carregava um tordo gordo.

Pata de Folha queria ir dormir para esquecer o comentário perturbador de Garra de Amora Doce. No entanto, era uma curandeira, e não poderia descansar enquanto não soubesse que o clã estava bem. Enquanto seguia a irmã pedra acima, ela se perguntou se Almofada havia conseguido convencer Nuvem de Avenca a comer a semente de papoula.

Pelo de Musgo-Renda as recebeu. – A pilha de presas está ali. – Ele apontou com o rabo para uma pilha escassa mais acima na rocha. Pelo Gris montava guarda ao lado, atento a possíveis aves de rapina no céu. Os dias em que a pilha de presas ficava na entrada do acampamento, bem armazenada e sem precisar de vigilância eram coisa do passado.

Pata de Folha deixou sua contribuição na pilha, chocada com quão baixa era. Não havia comida suficiente para todos, e ela decidiu que passaria aquela noite em jejum. Estava cansada demais para comer, de qualquer maneira.

Ela seguiu na direção de Manto de Cinza e Pelo de Rato, que estavam deitadas sob uma saliência. A curandeira parecia exausta, tão necessitada de suas ervas medicinais quanto seus companheiros de clã.

– Como está Nuvem de Avenca? – Pata de Folha perguntou.

Manto de Cinza levantou a cabeça. – Descansando. Almofada está cuidando muito bem dela.

– Nada mal para uma gatinha de gente – Pelo de Rato acrescentou, com um retorcer de rabo. – Quando chegou, parecia nervosa, e achei que não fosse se adaptar. Mas parece que vai se sair bem por aqui. Pelo menos por um tempo.

Pata de Folha piscou para a gata marrom-escura, agradecida, depois voltou a se virar para Manto de Cinza. Havia algo que precisava perguntar, muito embora temesse a resposta. – Será que Nuvem de Avenca vai perder seu último filhote?

Manto de Cinza a tranquilizou: – Betulinha está forte o bastante por enquanto. E, com uma única boca para Nuvem de Avenca alimentar, ele ficará com mais leite.

– Mas Betulinha não sobreviverá à estação sem folhas se permanecermos aqui – Pelo de Rato comentou. Seus olhos deixaram transparecer sua preocupação quando ela viu Pelagem de Poeira se aproximando. – Espero que ele não tenha me ouvido. Já sofreu o bastante por hoje.

– Ouvi sim, Pelo de Rato – Pelagem de Poeira miou, cansado. – E concordo. Temos de partir.

Pata de Folha olhou para ele, em choque. A morte de Azevinhozinho parecia ter consumido o que lhe restava de forças.

Pelagem de Poeira ergueu a voz de modo que seu miado grave ecoou pelas pedras. Todos os gatos se viraram para ele, surpresos.

– Precisamos deixar a floresta quanto antes! – Pelagem de Poeira insistiu, com os olhos brilhando, então virou a cabeça para Garra de Amora Doce. – A mensagem do Clã das Estrelas foi o único sinal de esperança que recebemos.

Pelo de Rato se levantou. – Antes de partir, vamos precisar de um novo representante.

Enquanto ela falava, Estrela de Fogo surgiu nos limites da floresta, carregando um melro magricela. Não havia dúvida de que a tinha ouvido. Seus olhos cintilavam quando ele deixou o pássaro na pilha de presas e começou a subir a pedra. – O Clã do Trovão já tem um representante. Quando Listra Cinzenta retornar, não encontrará outro gato em seu lugar. – Ele se virou para Pelagem de Poeira. – Fico feliz que concorde que precisamos partir. Mas ainda não podemos ir, não sem os outros clãs.

– Resta-me um único filhote – Pelagem de Poeira miou. – Se ficarmos, ele também morrerá. Provavelmente todos morreremos.

– Então precisamos nos esforçar mais para persuadir os outros clãs a partir – Estrela de Fogo insistiu.

– Os outros clãs podem partir quando estiverem prontos – Pelagem de Poeira retrucou. – Nós já estamos.

Estrela de Fogo retribuiu o olhar do guerreiro. – Ainda não podemos ir – ele repetiu.

– Nuvem de Avenca precisa descansar – Manto de Cinza acrescentou, baixinho.

Estrela de Fogo reconheceu seu apoio assentindo brevemente.

Garra de Amora Doce encarou Pelagem de Poeira. – Sei que está de luto por dois filhotes. E que teme pelo último. Mas Estrela de Fogo tem razão. O Clã das Estrelas não ia querer que partíssemos sem os outros clãs. – Ele se virou para os outros gatos. – O Clã das Estrelas escolheu um gato de cada clã para trazer a mensagem de Meia-Noite de volta. Precisamos trabalhar juntos para sobreviver, sem considerar as diferenças entre os clãs. O Clã das Estrelas queria que vivêssemos a mesma jornada e que aprendêssemos a ajudar uns aos outros. Ele também deve querer que viajemos juntos agora.

Estrela de Fogo subiu a pedra e se colocou ao lado do jovem guerreiro. – Precisamos enviar mais equipes de caça. Não sofremos nenhuma ameaça por parte dos outros clãs no momento. O Clã do Rio tem mais comida à disposição do que nós. Não há motivo para que nos ataquem. – Ele olhou para os gatos famintos e esqueléticos em volta. – Vamos todos nos dedicar à caça a partir de agora. Daremos um jeito de encontrar comida suficiente na floresta até que chegue a hora de partir. Sim, Pelagem de Poeira, *vamos* partir. Visitarei o Clã do Rio e o Clã das Sombras e tentarei de novo convencê-los.

Um alívio inundou Pata de Folha quando os gatos começaram a assentir em concordância. Então Pelo de Rato se adiantou, e o coração dela deu um pulo no peito.

– E quanto a Listra Cinzenta? – Estrela de Fogo estremeceu, e a gata prosseguiu: – Ele voltando ou não, precisamos de um novo representante em sua ausência. Alguém que cumpra seus deveres.

– Sim – Pelagem de Poeira concordou. – Você ainda não nomeou ninguém. – Ele olhou para Garra de Amora Doce. – Você deveria escolher alguém jovem. Alguém que o Clã das Estrelas claramente aprova.

Pata de Folha olhou em volta. Pelo Gris, Pata Branca, Pele de Geada e Cauda de Nuvem também estavam olhando para Garra de Amora Doce. Até mesmo Garra de Espinho parecia se concentrar no jovem gato, como se ele pudesse ser aquele a ocupar o lugar de Listra Cinzenta. Pelo de Rato e Bigode de Chuva eram os únicos que não pareciam apoiá-lo.

– Pelo de Musgo-Renda tem bastante experiência – Pelo de Rato sugeriu. – Ele é jovem, forte e fez por merecer seu nome de guerreiro inúmeras vezes.

Bigode de Chuva assentiu em concordância. – Pelo de Musgo-Renda seria um bom representante.

– Por que estamos falando sobre isso? Listra Cinzenta não morreu! – Estrela de Fogo cuspiu. – Ele ainda é nosso representante. – Os pelos eriçados ao longo de sua espinha serviram de alerta para que os outros gatos não insistissem. Estrela de Fogo se sacudiu e piscou para se acalmar. – Mas você tem razão. Alguém precisa cumprir os deveres de Listra Cinzenta. Então, até que ele retorne, os guerreiros mais antigos se encarregarão disso. – Ele olhou para Pelo de Musgo-Renda. – Você organizará as novas equipes de caça. Tempestade de Areia vai organizar o trabalho no acampamento. Garra de Amora Doce me ajudará a convencer o Clã das Sombras e o Clã do Rio a partirmos todos juntos. – Estrela de Fogo seguiu na direção da saliência. Quando passou por Pata de Folha, disse: – Preciso falar com você. A sós.

Pata de Folha o seguiu inquieta até uma depressão. Ela olhou para Almofada lá embaixo, ainda no berçário improvisado. A gatinha de gente estava lavando Betulinha, ignorando os miados de reclamação do filhote. Nuvem de Avenca dormia ao lado deles. Com certo alívio pelo fato de a gata que mais precisava de descanso estar de fato descansando, Pata de Folha se abaixou para passar sob a saliência e entrar na caverna ensombrecida.

Estrela de Fogo olhou com urgência nos olhos da filha. – Pata de Folha, você precisa me dizer se recebeu algum sinal do Clã das Estrelas.

– Não, nada – ela respondeu, surpresa com a intensidade do pai. – E quanto a Manto de Cinza?

– Também não. – Estrela de Fogo piscou. – Eu estava torcendo para que eles tivessem falado com você.

Pata de Folha ficou desconfortável. Embora fosse uma satisfação o pai confiar tanto nela, sentia-se mal por ele pensar que o Clã das Estrelas talvez tivesse recorrido a ela, e não à curandeira do clã.

– Por que esse silêncio todo? – Estrela de Fogo perguntou, parecendo zangado e batendo as garras contra a pedra fria. – Será que estão tentando dizer que cada clã precisa cuidar de si mesmo, em vez de todos deixarem a floresta juntos?

– Senti o mesmo quando os Duas-Pernas me capturaram – Pata de Folha admitiu. – O Clã das Estrelas não me visitou nenhuma vez em meus sonhos no tempo em que fiquei presa naquela jaula fedida. Foi como se eu estivesse completamente sozinha. Mas eu não estava. – Ela voltou a retribuir o olhar solene do pai. – Meus companheiros de clã vieram em meu resgate.

Estrela de Fogo arregalou os olhos enquanto ela falava. – O Clã das Estrelas não vai fazer nada para manter os clãs juntos porque ele não precisa fazer isso. Ser um dos quatro clãs, não dos dois, não dos três, mas dos quatro, está em nosso coração, tal qual a habilidade de caçar ou se esconder nas sombras da floresta. Não importa o que os outros clãs digam, eles não podem dar as costas para as divisões, as diferenças e as rivalidades que nos unem. A linha que nos separa do Clã do Rio e do Clã do Vento também é a linha que conecta todos nós. O Clã das Estrelas sabe disso, e cabe a nós ter fé nessa conexão.

Estrela de Fogo ficou olhando para a filha como se a visse pela primeira vez. – Queria que você tivesse conhecido Folha Manchada – ele murmurou. – Você me faz lembrar dela.

Tocada por aquelas palavras, Pata de Folha baixou os olhos. Sentia que não era o momento certo para contar ao pai que Folha Manchada havia falado com ela em vários sonhos. Já bastava Estrela de Fogo considerá-la uma companheira digna da antiga curandeira do Clã do Trovão, que continuava sua caminhada incansável pelas estrelas, observando seus companheiros do alto.

Ela só esperava de todo coração que Folha Manchada e seus outros ancestrais guerreiros os acompanhassem quando os clãs finalmente abandonassem a floresta.

CAPÍTULO 10

Estrela de Fogo conduziu a equipe rio acima, mantendo-se próximo à fronteira, tanto que era possível sentir o cheiro tentador das presas no território do Clã do Rio. Pata de Esquilo seguia logo atrás dele, ao lado de Garra de Amora Doce, enquanto Pelo Gris fechava a fila. Fazia dias que ela e Garra de Amora Doce não deixavam o acampamento juntos. Estrela de Fogo levara o guerreiro malhado consigo em sua visita ao Clã do Rio e ao Clã das Sombras, para insistir que deixassem a floresta. Ele havia feito o seu melhor, porém tanto Estrela de Leopardo quanto Estrela Preta se recusavam a acreditar que seu futuro estava ligado ao dos outros clãs e em algum lugar distante da floresta que sempre fora seu lar.

Haviam se formado nuvens durante a noite, e uma garoa congelante caía, recusando-se a evoluir para chuva de verdade mas ainda assim deixando tudo encharcado. Os pelos de Pata de Esquilo grudavam de maneira incômoda ao corpo conforme a umidade encharcava seu pelo. As árvores brilhavam molhadas à luz pálida dos galhos nus, dos quais pingava água nas folhas caídas no chão, transformando as pilhas soltas e secas em moitas escorregadias.

De repente, Estrela de Fogo parou e ergueu o nariz para farejar o ar. Pata de Esquilo respirou fundo, torcendo para que ele tivesse identificado o cheiro de um rato, de um tordo ou de um arganaz. No entanto, ela mesma não sentia cheiro de presa vindo daquele lado do rio, somente de algo que parecia estranho e familiar ao mesmo tempo.

– Acho que reconheço esse cheiro – ela sussurrou para Garra de Amora Doce.

– É cheiro de vilão – Garra de Amora Doce rosnou.

– Silêncio! – Estrela de Fogo ordenou. Após um momento, ele disparou com os pelos eriçados. Os arbustos à frente estremeceram, e uma gata ocre saiu correndo deles. Com um grito de guerra, Garra de Amora Doce se juntou à perseguição.

– Vamos! – ele gritou, sem perceber que Pata de Esquilo estava logo atrás.

A gata ocre virou na direção dos marcadores de cheiro da fronteira do Clã do Rio. Estrela de Fogo a seguiu, sem diminuir o ritmo. Já Pata de Esquilo ficou um tanto preocupada com a proximidade dos cheiros de alerta. O gatos do Clã do Trovão estavam quase alcançando a vilã quando ela ultrapassou a fronteira. Assim que as patas de Estrela de Fogo a cruzaram também, um berro furioso soou por perto, e um guerreiro marrom-escuro do Clã do Rio saltou de um aglomerado de musgo-renda, com um rosnado feroz.

Estrela de Fogo se virou e derrapou sobre as folhas molhadas, parando apenas um pouco além da fronteira. Garra de Amora Doce e Pelo Gris quase trombaram com ele, porém conseguiram parar a tempo.

– Geada de Falcão! – Garra de Amora Doce miou, sem fôlego.

Estrela de Fogo deu um passo para trás, saindo do território do Clã do Rio, porém seus olhos arregalados permaneceram em Geada de Falcão, como se ele fosse um guerreiro do Clã das Estrelas. Pata de Esquilo ficou surpresa que a armadilha de Geada de Falcão chocasse tanto o pai. Não chegava a ser estranho encontrar um guerreiro vigiando a fronteira quando os gatos do Clã do Rio sabiam que os vizinhos estavam morrendo de fome.

– O que estão fazendo no território do Clã do Rio? – Geada de Falcão perguntou.

A princípio, Estrela de Fogo nem respondeu. Então pareceu se recuperar: seus pelos baixaram e seus ombros relaxaram. – Eu estava expulsando aquela vilã do território do Clã do Trovão. – Ele olhou para a gata ocre que parara atrás de Geada de Falcão. – Por que se preocupa comigo se deixou uma vilã atravessar suas fronteiras?

Geada de Falcão e a vilã trocaram um olhar demorado antes que ele respondesse: – Minha mãe sempre será bem-vinda pelo Clã do Rio.

Sasha! Só então Pata de Esquilo reconheceu a vilã que havia ajudado a escapar do ninho dos Duas-Pernas. Ela sentiu o leve triunfo da curiosidade satisfeita. Todos sabiam que Geada de Falcão e sua irmã, Asa de Mariposa, haviam sido deixados com o Clã do Rio pela mãe vilã, que não havia permanecido na floresta por tempo suficiente para que os outros clãs a conhecessem.

Mas Estrela de Fogo parecia ter mais perguntas a fazer, porque permaneceu tenso, olhando para mãe e filho com as orelhas em pé.

Sasha baixou levemente a cabeça e miou em cumprimento. – Ouvi falar muito de você, Estrela de Fogo – ela murmurou. – É... interessante finalmente conhecê-lo. – Sua voz era gelada e digna. Pata de Esquilo se sentiu jovem e desajeitada em comparação.

– Então você é Sasha – Estrela de Fogo miou baixo, com os olhos brilhando.

– Parece que esperava algo diferente – Sasha comentou.

Estrela de Fogo notou os pelos bem cuidados dela. – Você não parece uma vilã.

– E você não parece um gatinho de gente – ela retrucou. Pata de Esquilo se encolheu, porém o pai não esboçou reação. Só retribuiu o olhar orgulhoso de Sasha.

– Muitas vezes, me perguntei por que uma vilã escolheria deixar seus filhotes com um clã.

– Por que um clã escolheria um gatinho de gente como líder? – Sasha miou e, sem esperar pela resposta, acrescentou: – Nem todos os gatos permanecem como nasceram, Estrela de Fogo. Alguns escolhem o próprio caminho.

Ele estreitou os olhos. – Você é um desses gatos?

– Talvez seja – Sasha miou. – Talvez não seja. Mas espero que meus filhos sejam. – Ela se virou para Geada de Falcão, e Pata de Esquilo notou o orgulho em seus olhos.

– Por que não passa um tempo com o Clã do Rio? – Geada de Falcão a convidou. – Não nos faltam presas. – Ele lançou um olhar desdenhoso a Estrela de Fogo, que não reagiu. Só ficou observando, com os olhos ainda semicerrados enquanto Sasha respondia.

– Não posso ficar muito – ela disse –, mas gostaria de ver Asa de Mariposa antes de partir.

Geada de Falcão se voltou para Estrela de Fogo e avisou: – Mandarei uma equipe assim que retornar ao acampamento para me certificar de que não roubaram as presas do Clã do Rio.

– Não temos motivo para roubar – Estrela de Fogo retrucou, então voltou-se para sua equipe. – Vamos.

Embora a tensão no ar fosse palpável, Pata de Esquilo sabia que o perigo havia passado. Geada de Falcão e Estrela de Fogo deram as costas um para o outro e se afastaram da fronteira. Ela imaginou que estivessem indo embora; porém, antes de chegarem à segurança das árvores Estrela de Fogo parou e chamou Sasha.

– O pai deles era Estrela Tigrada, não era? – perguntou, com a voz estranhamente calma.

Sasha não pareceu surpresa com a pergunta. – Era – ela confirmou, assentindo.

Pata de Esquilo sentiu que perdia o chão. Não tinha sido à toa que Estrela de Fogo parecera tão surpreso quando

Geada de Falcão saltara à sua frente. Devia ter pensado que era o próprio Estrela Tigrada, a quem teria sido concedida uma décima vida. Ele já havia visto Geada de Falcão nas assembleias ao luar e na reunião desastrosa em Quatro Árvores, porém talvez fosse a primeira vez que ficava cara a cara com ele, e à luz do dia.

Então ela ouviu Garra de Amora Doce puxar o ar, surpreso. Quando se virou para ele, seus olhos estavam arregalados. – Estrela Tigrada era meu pai também! Isso significa que tenho irmãos em *dois* outros clãs?

Geada de Falcão se virou para seu meio-irmão. – Fico surpreso que não tenha percebido antes – ele miou. Os olhos de Pata de Esquilo foram de um gato para o outro. Só agora ela notava as semelhanças no pelo malhado e nos ombros fortes.

– Pensei que Pelo de Açafrão e eu éramos os únicos... – Garra de Amora Doce murmurou.

– Pelo menos você teve a chance de conhecer nosso pai. – Geada de Falcão retorceu o rabo. – Invejo você.

– Aprendi mais com Estrela de Fogo do que com Estrela Tigrada – Garra de Amora Doce miou.

– Ainda assim, Estrela Tigrada chegou a vê-lo. A mim, ele nunca viu.

Pata de Esquilo pensou em como valorizava seu relacionamento com seu pai e teve pena dele, mas depois afastou esse sentimento. Havia algo no guerreiro do Clã do Rio que a impedia de confiar nele.

O olhar de Geada de Falcão endureceu. – Saiam das proximidades da fronteira – ele avisou, pressionando o chão com as garras compridas e curvadas, garras que se pareciam com as dos tigres pretos e dourados que os anciãos descreviam em suas histórias, garras que haviam dado a seu pai o nome de guerreiro dele. – Defenderei meu clã de qualquer gato que faça isso necessário.

Ele se virou e conduziu a mãe até o rio. Juntos, eles atravessaram a água e desapareceram nos arbustos do outro lado. Pata de Esquilo assistiu a tudo em silêncio, sabendo que ele falava a sério.

CAPÍTULO 11

Enquanto Estrela de Fogo conduzia a equipe de volta ao acampamento, a chuva foi ganhando força. Pata de Esquilo estava decepcionada com quão poucas presas haviam capturado. Garra de Amora Doce conseguira subir em um carvalho para pegar um esquilo que cochilava em um galho, porém o esforço o deixara sem ar, o que era indício de que os dias de fome desde que haviam retornado ao clã estavam começando a afetá-los.

– Acho que é melhor não contarmos aos outros o que descobrimos sobre Geada de Falcão – Estrela de Fogo miou, enquanto avançavam em meio às árvores.

– Mas o clã não precisa estar preparado caso... – Pata de Esquilo hesitou. – Caso algo aconteça?

Garra de Amora Doce soltou o esquilo que trazia nos dentes. Água da chuva pingava de seus bigodes. – Acho que Estrela de Fogo tem razão. É melhor que o clã não saiba.

Pata de Esquilo estreitou os olhos. Garra de Amora Doce estava tentando proteger o clã ou a si mesmo? Estaria com medo do que os outros gatos diriam? Fazia tempo que se esforçava para provar sua lealdade, mas os outros gatos não se esqueciam de tudo o que o pai dele fizera para destruir o Clã do Trovão.

– Não há motivo para criar hostilidade – Estrela de Fogo insistiu.

Pelo Gris rosnou baixinho. – Mas e se Geada de Falcão compartilhar da ambição do pai de assumir o controle de toda a floresta? – Esse era um medo que Pata de Esquilo também alimentava.

– Não devemos tirar conclusões precipitadas – Estrela de Fogo alertou. – Está claro que Geada de Falcão é leal a seu clã. Ele disse que morreria para defendê-lo. Isso por acaso lembra Estrela Tigrada?

Relutante, Pelo Gris balançou a cabeça. Estrela de Fogo prosseguiu: – Geada de Falcão não é uma ameaça.

– Ainda – Pelo Gris fez questão de complementar.

– Até que ele prove o contrário, não há necessidade de preocupar o restante do clã – Estrela de Fogo miou. – Podemos precisar da ajuda do Clã do Rio em breve.

Pelo Gris balançou o rabo em frustração, mas não insistiu.

– Não se preocupe, Pelo Gris – Pata de Esquilo procurou tranquilizá-lo, torcendo para passar mais segurança do que sentia. – Geada de Falcão é apenas Geada de Falcão. Estrela Tigrada não deixou nada de ruim na floresta a não ser lembranças.

Sem fazer nenhum comentário, Garra de Amora Doce voltou a pegar o esquilo e seguiu na direção das Rochas Ensolaradas. Pata de Esquilo lançou um olhar ansioso ao pai.

– Ele vai ficar bem – Estrela de Fogo miou baixo ao passar por ela.

Quando os gatos chegaram às Rochas Ensolaradas, a chuva castigava a pedra exposta, e água escorria em arroios, transformando a terra em volta em lama. Em vez de abrigados, no entanto, os gatos estavam reunidos em círculo na metade da encosta. Lamentos se misturavam ao barulho da chuva batendo na pedra.

Com um miado sobressaltado, Estrela de Fogo subiu a pedra correndo, seguido por Pata de Esquilo, que sentia o coração bater na garganta enquanto passava pelos gatos. Havia uma forma marrom diminuta no meio da roda, assolada pela chuva, que ficava vermelho-clara ao escorrer pela pedra. Pata de Esquilo olhou para o corpo mole e empapado, chocada demais para falar ao reconhecer o focinho estreito. Era Pata de Musaranho.

Manto de Cinza e Pata de Folha se agacharam ao lado do aprendiz.

– O pescoço está quebrado – Manto de Cinza murmurou. – É provável que tenha morrido assim que o monstro dos Duas-Pernas o atingiu. Não deve ter sentido dor.

Pata de Esquilo fechou os olhos. *Clã das Estrelas, o que está fazendo?*, ela perguntou em silêncio.

Um choro desolado chegou da direção do berçário. Nuvem de Avenca descia correndo. Pata de Musaranho era de sua primeira ninhada. Os gatos abriram caminho para que ela visse seu filho morto.

– O que fiz ao Clã das Estrelas para tirarem tanto de mim? – ela se lamentou.

– Não culpe o Clã das Estrelas – Pata de Folha miou com delicadeza. – Foram os Duas-Pernas que fizeram isso.

– E por que o Clã das Estrelas não os impediu? – Nuvem de Avenca insistiu, soluçando.

– Eles são impotentes diante dos Duas-Pernas, assim como nós – Pata de Folha sussurrou. Ela se sacudiu, depois se endireitou e chamou: – Almofada?

Pata de Esquilo viu a gatinha de gente se aproximar por entre os gatos reunidos. Suas costelas começavam a aparecer, porém ela nunca pedira que um guerreiro fosse tirado da equipe da caça para levá-la para casa.

– Acho que é melhor Nuvem de Avenca voltar para o berçário – Pata de Folha miou.

– A chuva o inundou – Almofada avisou. – Levei Betulinha para a toca dos guerreiros, sob a saliência na pedra. Vou acompanhar Nuvem de Avenca até lá.

– Boa ideia – Pata de Folha miou. – Você está com as sementes de papoula?

Almofada fez que sim com a cabeça. Então olhou para Nuvem de Avenca, distraída em seu sofrimento. – Betulinha está chorando de fome – Almofada murmurou. – Mas acho que posso fazer com que ingira algo sólido se eu mastigar primeiro. Nuvem de Avenca não vai conseguir alimentá-lo por um tempo, pobrezinho.

– Garra de Amora Doce pegou um esquilo. Pode ficar com ele – Pata de Esquilo sugeriu.

– Eu o levo até a toca – Pelo Gris se ofereceu.

Almofada cutucou Nuvem de Avenca com o focinho, e com a ajuda de Pata de Folha conseguiu afastá-la do gato morto e levá-la de volta para a proteção da toca dos guerreiros.

– Como foi que aconteceu? – Estrela de Fogo perguntou depois que elas saíram.

– Ele estava comigo – explicou Garra de Espinho, mentor de Pata de Musaranho. Seu pelo estava todo eriçado, seus olhos, arregalados de desespero. – Ele estava perseguindo um faisão.

– Como não viu o monstro dos Duas-Pernas?

– Ele estava perseguindo um *faisão* – Garra de Espinho repetiu. – Teria alimentado metade do clã. Pata de Musaranho se esqueceu de tomar cuidado.

– Você não ouviu ou sentiu o cheiro do monstro, para avisá-lo? – o tom da pergunta de Estrela de Fogo era mais de pesar que de acusação.

Garra de Espinho balançou a cabeça, lastimando. – Com tamanha escassez de presas, a caça é mais produtiva se nos dividimos. Eu não estava perto suficiente para ajudar.

Estrela de Fogo compreendeu e baixou a cabeça.

A voz jovem de Pata Branca soou acima do barulho da chuva: – Eu fico com ele. – Pata de Musaranho era seu companheiro de toca desde filhote, e a dor de sua perda estava evidente nos olhos verdes dela. – Não me importo que tenhamos sido obrigados a deixar nosso acampamento; ainda podemos cumprir a vigília – ela concluiu.

– Eu fico com você – Garra de Espinho miou, então se abaixou e pressionou o focinho contra o corpo ensanguentado de Pata de Musaranho.

Os outros gatos começaram a se despedir de seu jovem companheiro de clã. Quando chegou sua vez, Pata de Esquilo se debruçou sobre o corpo de Pata de Musaranho, com um aperto no coração, e sussurrou: – Você era um aprendiz no Clã do Trovão, mas será um guerreiro no Clã das Estrelas.

Pata de Esquilo se virou e começou a descer a encosta na direção do abrigo das árvores. Era como se sua tristeza fosse parte da chuva e do cansaço que pareciam se infiltrar em seus ossos. Garra de Amora Doce estava sentado sob um lariço, observando-a.

– Não consigo acreditar que Pata de Musaranho está morto – comentou, com um suspiro.

– Eu sei – Garra de Amora Doce murmurou, enroscando o rabo com o dela.

Pata de Esquilo se inclinou para mais perto dele. – Nuvem de Avenca está arrasada.

– Ela encontrará conforto na companhia do restante do clã.

Pata de Esquilo tinha a sensação de que ele não estava falando apenas do sofrimento de Nuvem de Avenca.

– Afinal – ele prosseguiu –, o clã é mais importante para um gato que seu sangue.

– Mesmo Pelo de Açafrão?

– Ela está com o Clã das Sombras agora. Minha lealdade a minha irmã vem depois de minha lealdade ao Clã do Trovão, e ela compreende isso.

– E quanto a Geada de Falcão e Asa de Mariposa? Você sente algo pelos dois, agora que sabe que vocês são filhos do mesmo pai?

– Termos o mesmo pai não muda nada – Garra de Amora Doce prosseguiu. – Sou muito diferente de Geada de Falcão. – A ponta de seu rabo se contorceu de ansiedade. – Não sou?

– Claro que sim – Pata de Esquilo respondeu de maneira acalorada. – Ninguém acharia o contrário.

– Mesmo depois de descobrir o que nos une?

– O Clã do Trovão sempre pensará em você como um guerreiro corajoso e leal a seu clã – Pata de Esquilo garantiu a ele.

– Obrigado. – Garra de Amora Doce lambeu a bochecha dela antes de se levantar e seguir na direção do rio.

Pata de Esquilo foi atrás. Garra de Amora Doce logo se sentou e ficou olhando para além da fronteira do território do Clã do Rio.

Ela olhou na mesma direção. O rio seguia através de uma pequena clareira, sua superfície pontuada pela chuva caindo. Pata de Esquilo piscou para enxergar melhor. – Veja, Garra de Amora Doce! – ela miou, surpresa. – Veja só o rio!

– O que tem o rio?

– Você se lembra de quando Geada de Falcão e Sasha o atravessaram mais cedo?

– Claro. – Uma orelha dele estremeceu. – E...?

– Bom, eles o *atravessaram* – Pata de Esquilo repetiu. – Não nadaram; *atravessaram*.

Garra de Amora Doce pareceu não entender.

– Tem um caminho de pedras! – Pata de Esquilo se pôs de quatro e apontou com o rabo. – Elas estão despontando da água agora. Depois de uma chuva dessas, no meio da estação sem folhas, elas deveriam estar cobertas.

– Você tem razão – Garra de Amora Doce miou, endireitando o corpo.

– O rio não deveria estar assim raso.

– Bem, o tempo anda seco – Garra de Amora Doce comentou.

– Não tão seco assim. Está chovendo o dia todo, e o rio não encheu. Deve haver algo de errado.

– Como o quê?

Uma voz familiar se dirigiu a eles da margem oposta do rio:

– O que vocês dois estão tramando?

Pelo de Tempestade apareceu e atravessou o rio. – Estão achando tão difícil quanto eu ficar restritos ao acampamento depois da nossa viagem?

– Sim. Tudo parece mais difícil. Pata de Musaranho morreu – Pata de Esquilo contou com tristeza. – Pata Branca está de vigília. – De repente, perguntou-se se não deveriam estar no acampamento, de luto pelo companheiro de clã. Olhou para Garra de Amora Doce, que pareceu compreender sua ansiedade e prometeu:

– Logo nos juntaremos a eles.

– Quer que eu pegue um peixe para vocês levarem? – Pelo de Tempestade ofereceu.

– O clã precisa de toda a comida disponível – Garra de Amora Doce miou –, mas mesmo assim acho que recusaria.

– Tem certeza? – Pelo de Tempestade perguntou. – Agora que o nível da água baixou, pescar ficou mais fácil.

– Então eu estava certa. O nível da água baixou mesmo – Pata de Esquilo miou, voltando a olhar na direção da corrente. – Tem algo de errado?

Pelo de Tempestade deu de ombros. – Foi só uma seca. Essa chuva vai fazer tudo voltar ao normal.

Pata de Esquilo identificou o cheiro rançoso de Sasha na brisa. Ela olhou para Pelo de Tempestade; o mistério do rio de repente pareceu menos importante do que aquilo que o Clã do Rio achava de uma vilã que aparentemente ia e vinha como desejava, e cujos filhos tinham enorme influência no clã que os havia adotado. – Vimos Sasha hoje de manhã – Pata de Esquilo contou.

– Vocês conhecem Sasha? – Pelo de Tempestade pareceu surpreso. – Ah, esqueci. Você a viu quando resgatou Pé de Bruma, não foi? Quando... meu pai foi levado.

Pelo de Tempestade não disse mais nada, e Pata de Esquilo pressionou o flanco contra o dele. – Sinto muito – ela murmurou, impotente.

Pelo de Tempestade roçou o focinho nela. – Eu também. Queria ter estado lá, para ajudar. Mas meu pai tomou a decisão de ajudar os gatos presos. – Ele respirou fundo antes de prosseguir. – Graças a ele, Pé de Bruma voltou. O clã todo ficou surpreso quando ela apareceu.

– Principalmente Geada de Falcão, imagino – Garra de Amora Doce comentou. Pata de Esquilo lhe lançou um olhar de repreensão. Geada de Falcão fora nomeado representante depois que Pé de Bruma desaparecera, de modo que não devia ter recebido sua volta com o mesmo entusiasmo dos outros gatos. Mas talvez Garra de Amora Doce estivesse demonstrando um interesse excessivo pelo filho de Sasha. Eles não tinham como saber quão informado Pelo de Tempestade estava em relação ao pai de Geada de Falcão.

– Bem, não acho que ele estivesse pronto para abrir mão da função de representante após tão pouco tempo – Pelo de Tempestade concordou. – Mas ele a recebeu tão bem quanto qualquer outro gato. É um bom guerreiro. Sabe que será representante um dia, e não se importa de esperar.

– Geada de Falcão parece bem confiante – Pata de Esquilo comentou, cautelosa.

– Ele sempre foi assim – respondeu Pelo de Tempestade. – O mais importante, no entanto, é sua completa lealdade ao clã. E ele segue o código dos guerreiros à risca.

Pata de Esquilo piscou. Por algum motivo, não acreditava que Pelo de Tempestade tivesse a mais vaga ideia de quem era o pai de Geada de Falcão. Ela olhou para Garra de Amora Doce e tentou interpretar sua reação, porém o guerreiro do Clã do Trovão tinha outra coisa em mente.

– Você acha que há alguma chance de Estrela de Leopardo mudar de ideia quanto a deixar a floresta?

– Estrela de Leopardo diz que não vai a lugar nenhum enquanto houver peixes no rio – Pelo de Tempestade disse a ele.

– Ela não acha que os clãs devam ficar unidos? – Pata de Esquilo perguntou.

– Ela perguntou a Pelo de Lama se ele havia recebido algum sinal do Clã das Estrelas, só para garantir – Pelo de

Tempestade disse, na defensiva. – Mas ele não tem saído muito do ninho.

– Então ele não recebeu nenhum sinal? – Pata de Esquilo perguntou, decepcionada.

– Não. – Pelo de Tempestade suspirou. – Parece que o sinal que Meia-Noite nos prometeu não vai vir, agora que os Duas-Pernas destruíram Quatro Árvores.

– Talvez o sinal tenha vindo sem que ninguém percebesse – Pata de Esquilo conjecturou em voz alta.

– Bem, vimos muitas mortes desde que regressamos – Garra de Amora Doce murmurou, muito sério. – Não apenas de guerreiros, mas de filhotes e aprendizes também. E quer saber? Estou começando a achar que nenhum gato nos mostrará o caminho. Qualquer que seja o caminho, teremos de encontrá-lo por conta própria.

CAPÍTULO 12

Pata de Folha passou as garras nos pelos da base do rabo para arrancar uma pulga que a incomodava. Ela esmagou seu corpo gordo entre os dentes, saboreando com satisfação o sangue que lhe havia sido roubado. – Peguei!

– Não conte aos outros que guardou uma presa só para si – Pata de Esquilo brincou. – Ou todo mundo vai querer fazer o mesmo.

A barriga de Pata de Folha roncou. O arganaz que havia acabado de dividir com a irmã mal tocara sua fome. Elas estavam deitadas lado a lado, em uma leve depressão na pedra, assistindo ao sol se pôr atrás das Rochas Ensolaradas. As nuvens haviam se dissipado, e uma meia-lua perfeita pairava no céu azul.

– Manto de Cinza decidiu se vocês vão até a Pedra da Lua amanhã à noite? – Pata de Esquilo perguntou.

– Ela está discutindo o assunto com Estrela de Fogo agora mesmo – Pata de Folha explicou. Os curandeiros de todos os clãs se reuniam a cada meia-lua na Boca da Terra, para trocar lambidas com o Clã das Estrelas. Eles não precisavam da meia-lua para estabelecer uma trégua: os curandeiros ficavam alheios às diferenças entre os clãs que às vezes levavam a disputas. No entanto, tratava-se de um momento importante para dividir preocupações e oferecer conselhos relacionados ao tratamento de seus companheiros de clã.

Pata de Folha viu quando Manto de Cinza apareceu e se colocou de quatro, ávida para descobrir se iriam às Pedras Altas apesar dos perigos que espreitavam na floresta.

A curandeira balançou a cabeça ao chegar à beirada da depressão onde as outras duas se encontravam. – Estrela de Fogo concorda comigo. Não podemos nos arriscar, com tantos Duas-Pernas e monstros por aí.

– Mas agora precisamos do Clã das Estrelas mais do que nunca! – Pata de Folha protestou.

– Estrela de Fogo diz que não pode se arriscar a nos perder, e tem razão. Como o clã sobreviveria sem um curandeiro?

Pata de Folha suspirou e raspou uma garra na pedra.

– O Clã das Estrelas falará conosco se assim desejar – Manto de Cinza miou.

Pata de Folha deu de ombros.

– Talvez.

– Estou feliz que vão ficar aqui – Pata de Esquilo miou depois que Manto de Cinza se afastou. – Quase perdi você para os Duas-Pernas uma vez e acho que não suportaria passar por tudo de novo.

Pata de Folha deu uma lambida rápida e carinhosa na cabeça da irmã, depois voltou a se acomodar. – Você acha que os gatos do Clã do Rio vão às Pedras Altas? – Era estranho pensar que outros curandeiros talvez fizessem a viagem sem elas. Seria possível que o Clã das Estrelas concluísse que Manto de Cinza e Pata de Folha estavam se acovardando?

– Duvido que eles se arrisquem – Pata de Esquilo opinou. – Da última vez que Garra de Amora Doce e eu vimos Pelo de Tempestade, ele disse que Pelo de Lama estava muito doente.

– Só pensei que, se os curandeiros de todos os clãs viajassem juntos até a Pedra da Lua, talvez nos aproximássemos – Pata de Folha admitiu.

Pata de Esquilo assentiu. – Eu entendo. Seria de imaginar que um problema desses nos uniria, como quando o Clã de Sangue atacou, mas parece que estamos a florestas de distância.

– Cada clã parece ter uma ideia diferente do que fazer – Pata de Folha comentou com um suspiro. – Se o Clã das Estrelas nos enviasse um sinal...

– Acha que o Clã das Estrelas pretendia compartilhar algo com vocês esta noite?

Pata de Folha assentiu ligeiramente, evitando os olhos da irmã. Não queria deixar transparecer o medo que fizera seu coração martelar o dia todo: de que eles iriam até a Pedra da Lua só para deparar com o silêncio do Clã das Estrelas até mesmo ali.

O miado de Pata de Esquilo interrompeu seus pensamentos: – É tolice essa dificuldade toda dos clãs de se unirem. Temos muito mais em comum do que imaginamos.

Pata de Folha olhou pensativa para a irmã, de repente se perguntando o que ela queria dizer com aquilo. Pata de Esquilo prosseguiu:

– Afinal, o Clã das Sombras, o Clã do Rio e o Clã do Trovão estão ligados pelo sangue.

– Está falando de Pelo de Açafrão e Pelo de Tempestade?

– Não só. – O rabo de Pata de Esquilo se retorcia enquanto ela falava. – Há outros gatos ligados ao Clã do Trovão pelo sangue.

Pata de Folha se perguntou se a irmã havia descoberto um segredo que ela mesma guardava havia uma lua. – Está falando sobre Geada de Falcão e Asa de Mariposa serem filhos de Estrela Tigrada?

Pata de Esquilo a encarou, perplexa. – Você tem compartilhado meus sonhos também?

Pata de Folha balançou a cabeça. – Já faz um tempo que sei – admitiu.

– E por que não me contou?

– Não achei que importasse. Não agora que todos os clãs estão em perigo. Que diferença faz Estrela Tigrada ser o pai de Geada de Falcão e Asa de Mariposa? – Pata de Folha sabia que tentava convencer a si mesma daquilo. A última coisa de que os clãs precisavam era de outro gato com a sede de poder de Estrela Tigrada.

– Não se pode confiar em um guerreiro como Geada de Falcão – Pata de Esquilo insistiu.

Pata de Folha sentiu o estômago revirar. – Mas Estrela Tigrada também é o pai de Garra de Amora Doce – completou. – E ele é um guerreiro leal.

– Garra de Amora Doce não tem nada a ver com isso – Pata de Esquilo retrucou na mesma hora.

– Claro que não – Pata de Folha se apressou em concordar. – Eu só quis dizer que ser filho de Estrela Tigrada não obriga um guerreiro a seguir seus passos. – Ela torcia para que aquilo fosse verdade.

– Que bom – Pata de Esquilo assentiu. – Porque Garra de Amora Doce é completamente diferente de Geada de Falcão. Os dois não têm nada em comum. *Nada.*

Pata de Folha se encolheu ao lado da irmã e cobriu o focinho com as patas para se esquentar. As palavras de Pata de Esquilo pareciam ser um eco – talvez de algo que Garra de Amora Doce dissera.

– Boa noite, Pata de Esquilo – ela sussurrou, chegando mais perto da irmã. As palavras cortantes trocadas já estavam esquecidas. Pata de Folha não precisava que o Clã das Estrelas a visitasse para saber que a irmã estava se apaixonando por Garra de Amora Doce. Em meio a tudo o que vinha acontecendo, e por mais que Pata de Folha sentisse falta da conexão que apenas as duas compartilhavam antes, aquilo parecia certo e bom para o clã como um todo.

Ela fechou os olhos. *Será que o Clã das Estrelas aparecerá em meus sonhos?*, perguntou-se, enquanto o sono a puxava como a corrente de um rio. Era meia-lua, afinal. Aquilo tinha de significar alguma coisa, mesmo que não fossem à Pedra da Lua.

Pata de Folha sentiu um focinho insistente a cutucando para acordá-la. – Quem é? – ela sussurrou, sonolenta.

– Sou eu, Asa de Mariposa – a jovem gata disse, com a voz trêmula de medo.

Pata de Folha abriu os olhos e viu a aprendiz do Clã do Rio delineada pelo luar fraco.

– Venha depressa. Preciso de você – Asa de Mariposa miou baixinho.

Pata de Folha sentiu a irmã se mexer a seu lado.

– O que está acontecendo? – Pata de Esquilo perguntou, bocejando.

– É Asa de Mariposa – Pata de Folha explicou.

Em um instante, Pata de Esquilo estava de quatro. – O que está fazendo aqui? – ela silvou.

– Preciso da ajuda de Pata de Folha – Asa de Mariposa se explicou. – Pelo de Lama está muito doente.

– Então você pensou em se esgueirar até aqui no meio da noite?

– Silêncio, Pata de Esquilo, ou vai acordar o clã inteiro – Pata de Folha grunhiu. Ela queria pedir que a irmã deixasse de ver a gata à sua frente como a filha de Estrela Tigrada e passasse a vê-la como uma curandeira em apuros. Não queria provocar nenhum desconforto em Asa de Mariposa, no entanto. – Esperem aqui, vocês duas. Vou chamar Estrela de Fogo e Manto de Cinza.

– Mas... – Asa de Mariposa começou a dizer.

Pata de Folha a silenciou com um olhar. – Irei com você, mas tenho de informar aonde vou. – Ela deixou as outras gatas em um silêncio desconfortável e partiu depressa em direção à saliência na pedra. Entrou na caverna ensombrecida e seguiu o cheiro do pai.

Estrela de Fogo ergueu a cabeça, sonolento. – É você, Pata de Folha? – Ao lado dele, Tempestade de Areia se mexeu, mas não acordou.

– Asa de Mariposa veio me pedir ajuda. Pelo de Lama está muito doente.

Ela notou uma sombra vindo do fundo da caverna e logo sentiu o cheiro de Manto de Cinza.

– O que Asa de Mariposa tem dado a ele? – a curandeira perguntou baixinho.

– Não sei – Pata de Folha respondeu.

– Acha que é seguro ir? – Estrela de Fogo perguntou, com os olhos brilhando ansiosamente na penumbra.

– Asa de Mariposa não mentiria para mim – ela garantiu a ele, imaginando que o pai temia uma emboscada de gatos mais fortes do Clã do Rio.

– Então você precisa ir – Estrela de Fogo murmurou. – Mas, se não voltar até o amanhecer, mandarei uma equipe buscá-la.

– Voltaremos antes do amanhecer – Manto de Cinza prometeu. Diante do olhar surpreso de Pata de Folha, ela explicou: – Eu também vou. Precisamos fazer tudo o que pudermos para ajudar Pelo de Lama. – Ela saiu da toca e foi até a fenda onde mantinha seus suprimentos, da qual tirou alguns pacotes de folhas.

Pata de Folha pegou metade dos pacotes, e as duas se apressaram a descer até onde Asa de Mariposa aguardava com Pata de Esquilo, que anunciou: – Vou com vocês.

Pata de Folha balançou a cabeça. – Não há necessidade – murmurou, carregando os pacotes de folhas nos dentes.

– Garantirei que as duas retornem em segurança – Asa de Mariposa miou.

Pata de Esquilo ficou olhando desconfiada para a gata do Clã do Rio. Pata de Folha sabia que a irmã estava vendo alguém diferente, de ombros largos, com olhos cor de âmbar. Embora tivessem nascido muitas luas após a morte de Estrela Tigrada, as duas irmãs haviam ouvido a descrição dele vezes suficientes para conseguirem visualizá-lo tão bem quanto seus companheiros de clã.

– Lembre-se de Garra de Amora Doce – Pata de Folha sussurrou para a irmã. Ter o sangue de Estrela Tigrada não significava ter seu coração sombrio também.

– Vá na frente, Asa de Mariposa – Manto de Cinza disse. Sua voz saiu abafada pelos pacotes de folhas que carregava, porém Asa de Mariposa assentiu e começou a descer a encosta em silêncio.

Elas atravessaram o rio com facilidade, mantendo as ervas acima da água. Pata de Folha pensou em menos de uma lua atrás, quando havia atravessado aquelas pedras para ajudar um aprendiz do Clã do Rio; a força da água quase a levara, porém o espírito de Folha Manchada garantira que não fosse engolida pela correnteza avolumada pela chuva.

Agora, o riacho contornava silenciosamente as pedras ao correr, mal cobrindo os seixos ao fundo.

Asa de Mariposa conduziu as gatas do Clã do Trovão até os juncos. O local não estava mais pantanoso, parecendo seco sob as patas. O coração de Pata de Folha acelerou com a mera ideia de entrar no acampamento de outro clã, porém Asa de Mariposa não parecia preocupada, e as levou direto para uma clareira. Olhos desconhecidos brilhavam nas sombras, porém não havia nada além de preocupação e curiosidade nos rostos que as acompanhavam.

– Vocês vieram. Que bom – Estrela de Leopardo miou. Mesmo à meia-luz, dava para ver que a líder do Clã do Rio não se alimentava mais tão bem quanto antes. Sua pele sobrava no corpo, e seus olhos estavam opacos por causa da fome que Pata de Folha passara a considerar normal.

Mas por que os gatos do Clã do Rio estariam passando fome, se os Duas-Pernas ainda estavam longe de seu território?

– Pelo de Lama está na toca – Estrela de Leopardo miou. – Asa de Mariposa levará vocês. – Ela olhou bem nos olhos de Manto de Cinza. – Façam tudo o que puderem, mas não deixem que ele sofra. Ele serviu bem a este clã, e se for mais necessário no Clã das Estrelas que aqui, devemos deixar que se vá em paz.

Pata de Folha seguiu Manto de Cinza e Asa de Mariposa por uma passagem estreita entre os juncos, que se abria para uma clareira pequena. Era tão parecida com a clareira na ravina onde ela e Manto de Cinza costumavam ficar que Pata de Folha sentiu uma pontada de saudade de seu antigo lar.

Um gemido baixo chegou de um canto escuro.

– Está tudo bem, Pelo de Lama – Asa de Mariposa sussurrou. – Trouxemos Manto de Cinza.

Manto de Cinza se apressou a examinar o curandeiro, cheirando-o e apertando com cuidado seus flancos. O que quer que fosse, a doença havia avançado bastante pelo corpo frágil do gato. Pelo de Lama estava claramente em agonia. As palavras lhe saíam indistintas e marcadas pela dor.

– Manto... de... Cinza... me... deixe... ir... em paz – ele implorou, com uma voz que lembrava garras raspando a casca de uma árvore.

– Fique deitado, meu amigo. – Manto de Cinza olhou para Asa de Mariposa. – O que você deu a ele?

– Urtiga para o inchaço, mel e cravo-amarelo para tratar a infecção, amargosa para baixar a febre e sementes de papoula para a dor. – Asa de Mariposa listou os remédios tão rapidamente que Pata de Folha precisou piscar. Da última vez que vira Asa de Mariposa em meio a uma crise, quando o aprendiz do Clã do Rio quase se afogara, a gata tinha paralisado de pânico, e Pata de Folha precisara interferir para salvá-lo.

– Ótimo, é exatamente o que eu teria dado – Manto de Cinza concordou. – Você tentou milefólio?

Asa de Mariposa confirmou com a cabeça. – Mas ele ficou enjoado.

– Às vezes acontece. – Manto de Cinza voltou os olhos azuis cheios de empatia para Pelo de Lama. – Desculpe, mas acho que não há muito mais que possamos fazer.

– Ele está sofrendo! – Asa de Mariposa retrucou.

– Vou dar mais sementes de papoula – Manto de Cinza miou. – Você tem mais cravo-amarelo?

– Bastante – Asa de Mariposa respondeu, e correu até um buraco na parede de juncos, de onde tirou um punhado de pétalas esmagadas. Manto de Cinza pegou algumas bagas secas de um pacote de folhas e juntou as pétalas. As bagas ainda estavam macias o bastante para formar uma pasta. A curandeira do Clã do Trovão acrescentou a maior quantidade de sementes de papoula que Pata de Folha já tinha visto ser usada de uma só vez e ofereceu a mistura a Pelo de Lama.

– Isso vai aliviar a dor – ela sussurrou. – Coma quanto quiser.

O velho curandeiro obedeceu. Seu olhar se suavizou em gratidão quando ele percebeu do que se tratava. Por um momento de desvario, Pata de Folha se perguntou se Manto de Cinza não teria lhe dado sementes de papoula suficientes para que ele caísse diretamente nos braços do Clã das Estrelas, porém ela sabia, pelo carinho nos olhos de sua mentora, que ela estava apenas tentando diminuir a dor de Pelo de Lama. Independentemente de quão silenciosos os guerreiros ancestrais andassem, Manto de Cinza ainda confiava que viriam buscar Pelo de Lama quando fosse a hora.

– Agora nos deixem – Manto de Cinza murmurou para Pata de Folha e Asa de Mariposa. – Ficarei com ele até que ele durma.

– Pelo de Lama vai morrer? – Asa de Mariposa perguntou, com a voz trêmula.

– Ainda não – Manto de Cinza disse. – Porém, isso diminuirá seu sofrimento até que o Clã das Estrelas o chame.

Pata de Folha se afastou e seguiu Asa de Mariposa pelo túnel que conduzia à clareira principal.

– Como ele está? – Estrela de Leopardo perguntou assim que elas emergiram sob o luar prateado.

– Manto de Cinza está fazendo tudo o que pode – Asa de Mariposa contou.

Estrela de Leopardo assentiu, então se virou e foi embora.

– Nunca estive aqui – Pata de Folha miou, querendo distrair Asa de Mariposa. – É bem protegido.

A outra gata deu de ombros. – É um bom acampamento.

– Não me surpreende que Estrela de Leopardo não queira abandoná-lo – Pata de Folha prosseguiu, tomando cuidado para não soar ameaçadora. Estava curiosa quanto à repentina magreza de Estrela de Leopardo. E, a julgar pelos outros gatos circulando, a líder do Clã do Rio não era a única passando fome.

– Os peixes estão acabando, agora que o nível do rio baixou, não é? – Pata de Folha se arriscou a perguntar.

Asa de Mariposa a observou por um longo momento.

– Sim. Faz algum tempo que não comemos bem.

– Então Estrela de Leopardo talvez concorde em partir?

Para seu desânimo, Asa de Mariposa balançou a cabeça. – Ela diz que permaneceremos aqui, já que não há Duas-Pernas em nosso território. E que, se o rio não for suficiente para nos alimentar, teremos de aprender a caçar outro tipo de presa.

Pata de Folha sentiu uma pontada lancinante de frustração diante da teimosia da líder do Clã do Rio. *Não havia* mais presas, ela queria gritar, porém não faltaria com o respeito ao clã de Asa de Mariposa. – Você se tornou uma excelente curandeira – ela miou, mudando de assunto. – Manto de Cinza não teria feito nada de diferente para ajudar Pelo de Lama.

Pata de Folha quase morreu de susto quando ouviu a voz de Geada de Falcão bem no seu ouvido.

– Você tem razão – ele concordou. – O clã terá a sorte de contar com uma excelente curandeira quando Pelo de Lama for caçar com o Clã das Estrelas.

– Acho que Geada de Falcão tem mais fé em mim do que eu – Asa de Mariposa murmurou.

– Você não tem motivo para duvidar de si mesma – Geada de Falcão insistiu. – Nosso pai foi um grande guerreiro. Nossa mãe é orgulhosa e forte. Eles tinham, e Sasha ainda tem, uma única falha: ser mais leais a si mesmos do que a qualquer outro gato. – Geada de Falcão olhou em volta. – Não somos assim. Compreendemos o que significa ser leal a um clã. Temos a coragem necessária para viver segundo o código do guerreiro. E, por causa disso, um dia seremos os gatos mais poderosos do Clã do Rio, e nossos companheiros *terão* de nos respeitar.

Foi como se Pata de Folha tivesse mergulhado de cabeça em um rio gelado. Não importava quanto Geada de Falcão jurasse viver segundo o código dos guerreiros, aquele tipo de ambição podia torná-lo perigoso – como havia acontecido com seu pai.

Asa de Mariposa ronronou, achando graça. – Você não deve levar a sério demais nada do que meu irmão fala. Ele é o gato mais corajoso e mais leal do Clã do Rio, mas às vezes se deixa levar um pouco.

Pata de Folha piscou. Esperava, de todo o coração, que Asa de Mariposa estivesse certa. Porém a arrogância evidente nos olhos de Geada de Falcão a deixava insegura. Algo lhe dizia – um instinto que fazia seu pelo se eriçar todo – que aquilo era apenas o começo.

Geada de Falcão não era digno de confiança.

CAPÍTULO 13

Pata de Esquilo deixou o rato sobre a pilha de presas. O animal pouco contribuiu para mudar a realidade da escassa oferta de um pardal e um arganaz que haviam sido capturados pela equipe do amanhecer. Cauda de Castanha havia saído para caçar com ela, mas não pegara nada.

– Levem direto para os anciãos – Estrela de Fogo miou, aproximando-se.

– E quanto a Nuvem de Avenca? – Pata de Esquilo perguntou.

– Manto de Cinza disse que ela ainda não está comendo. – Estrela de Fogo suspirou. – Almofada vem dando de comer a Betulinha.

– A gatinha de gente deveria voltar a seus Duas-Pernas e parar de comer nossas presas – Cauda de Castanha comentou, irritada. – Ela não ajuda com a caça.

– Almofada não come quase nada – Estrela de Fogo respondeu. – E enquanto cuida de Betulinha os outros gatos podem caçar.

Pata de Esquilo olhou para Cauda de Castanha, compreensiva. Provavelmente se ressentia de Almofada mais por ocupar o tempo de Pata de Folha do que por ser uma gatinha de gente. Ela pegou o rato e o levou até onde os anciãos estavam tirando o máximo proveito do calor fraco do sol alto sobre as Rochas Ensolaradas.

Pele de Geada e Cauda Sarapintada cochilavam. Rabo Longo, o gato cego que tinha a idade de muitos dos guerreiros, sentou-se. – Sinto cheiro de rato – ele miou.

– Infelizmente ele não é muito grande – Pata de Esquilo desculpou-se.

– Tudo bem – Rabo Longo a tranquilizou, então cutucou o rato com a pata, e a ponta de seu rabo se retorceu em animação quando o corpinho se moveu, como se seu desejo de caçar ainda não houvesse arrefecido.

De repente, ele ergueu a cabeça e abriu a boca. – O Clã do Vento! – exclamou, mais surpreso que preocupado.

– Aqui? – Pata de Esquilo miou, olhando em volta. Seu pai provavelmente não esperava visitantes.

Lá embaixo, Estrela Alta saiu da floresta com um pequeno grupo de gatos desgrenhados. Os gatos do Clã do Trovão ficaram só olhando enquanto eles subiam devagar até onde Estrela de Fogo aguardava. Ninguém os desafiou. Os passos de Estrela Alta eram tão hesitantes, e seu corpo se encontrava tão esquálido, que Pata de Esquilo ficou surpresa que conseguisse chegar até lá em cima. Os dois guerreiros que o acompanhavam não estavam em melhores condições. Bigode Ralo e Orelha Rasgada pareciam tão magros como se fossem feitos de gravetos e folhas. Pata de Esquilo chegou a ficar com medo de que a brisa pudesse levá-los.

Pata de Corvo era o último do grupo, e estava muito mais magro do que quando viajara com eles até o lugar onde o sol mergulha, embora não tanto quanto seus companheiros. Pata de Esquilo desceu a encosta para tocar o focinho dele com o seu em cumprimento. Quando chegou perto, notou que seus olhos estavam tão opacos quanto os de seus companheiros de clã, e seu pelo, todo despenteado.

– Pata de Corvo! – ela exclamou. – Você está bem?

– Tão bem quanto qualquer gato de meu clã – ele respondeu.

Orelha Rasgada piscou para ela. – Pata de Corvo tem caçado praticamente sozinho, para encontrar alimento para quase todo o clã – ele miou.

As orelhas de Pata de Esquilo se levantaram.

– Pegou até um falcão, dois nasceres do sol atrás – Orelha Rasgada prosseguiu. A fome parecia não ter desprovido de emoção o guerreiro do Clã do Vento. Pata de Esquilo identificava uma boa dose de orgulho em sua voz.

Pata de Corvo deu de ombros. – Usei um truque que a Tribo nos ensinou.

– Pata de Corvo! – Garra de Amora Doce gritou, e desceu a rocha correndo. Pata de Esquilo identificou uma mudança em seus olhos, e concluiu que ele estava tão chocado quanto ela em deparar com o amigo tão descarnado e sem vida.

A voz de Estrela Alta a distraiu. – Estrela de Fogo, viemos pedir a ajuda do Clã do Trovão. – Suas pernas cederam e ele desabou, como se o esforço de falar fosse demasiado. Pata de Esquilo fez menção de ir ajudá-lo, porém Garra de Amora Doce a impediu com um toque do rabo.

– Os Duas-Pernas destruíram as tocas de coelho onde vínhamos nos abrigando – Estrela Alta prosseguiu, ofegante. – Não podemos permanecer no pântano, e estamos fracos demais para viajar sozinhos. Não me importa se não recebemos outro sinal. Sei que precisamos partir. Leve-nos ao lugar onde o sol mergulha, eu imploro.

Estrela de Fogo olhou para Estrela Alta, e Pata de Esquilo notou seu pesar. – Fomos aliados muitas vezes – ele murmurou. – E vê-los morrer de fome é mais do que sou capaz de suportar. – Os olhos de Estrela de Fogo se voltaram para a floresta. Os arbustos espinhosos sob as árvores farfalharam, e uma forma pálida irrompeu deles.

Pelo de Açafrão! Os pelos da gata do Clã das Sombras estavam eriçados; seus olhos, arregalados de medo.

– Os Duas-Pernas estão atacando nosso acampamento! – ela gritou, e sua voz ecoou pelas pedras. – Eles nos cercaram com seus monstros. Venham, por favor!

Estrela de Fogo desceu a encosta à frente dos outros. O próprio Estrela Alta se levantou e correu na direção da guerreira do Clã das Sombras.

– Ajudem-nos, por favor – Pelo de Açafrão implorou a Estrela de Fogo. – Se não por outro motivo, pelo sangue do Clã do Trovão que corre em minhas veias.

Estrela de Fogo passou a ponta do rabo na boca dela e disse, com gentileza: – Iremos pelo Clã das Sombras, e por todos os clãs da floresta. – Ele olhou para seus guerreiros. – Garra de Espinho, Pelo de Rato, Tempestade de Areia. Cada um de vocês liderará uma equipe. Levaremos todos os que estiverem suficientemente fortes para lutar. Os três guerreiros partiram imediatamente, proferindo ordens.

– Como defenderemos o acampamento? – Pelagem de Poeira perguntou.

– Defender do quê? – Estrela de Fogo retrucou. – As únicas criaturas que são uma ameaça para nós já estão atacando o Clã das Sombras.

– E quanto ao Clã do Rio? – O miado baixo de Pata de Folha chegou de um ponto mais alto na encosta. Ela ficou em silêncio quando os guerreiros do Clã do Trovão se viraram para olhá-la.

O coração de Pata de Esquilo deu um pulo no peito. A irmã estava certa. Com o acampamento indefeso, Geada de Falcão poderia convencer o Clã do Rio a reivindicar as Rochas Ensolaradas.

Os guerreiros, no entanto, interpretaram equivocadamente o alerta de Pata de Folha. – O Clã do Rio não vai nos ajudar – Pelo de Rato miou.

– Talvez ajude – Manto de Cinza discordou. – O rio está secando. Eles não estão mais tão bem alimentados quanto antes.

Pata de Esquilo olhou para Garra de Amora Doce. Eles não tinham sido os únicos a notar o nível da água. Se o Clã do Rio estava em apuros, talvez ajudasse o Clã do Trovão, em vez de atacá-lo. No entanto, ela continuava sem confiar em Geada de Falcão.

A esperança iluminou os olhos de Estrela de Fogo. – Garra de Amora Doce! – ele gritou. – Vá até o Clã do Rio e peça ajuda a Estrela de Leopardo!

– Sim, Estrela de Fogo!

– Encontre Pé de Bruma primeiro – Pata de Esquilo sussurrou. – E certifique-se de que Geada de Falcão venha também. Ele não deve ser deixado para trás.

Garra de Amora Doce estreitou os olhos. – Você acha que ele nos atacaria?

– É melhor garantirmos que não o faça.

– Você é desconfiada demais – Garra de Amora Doce comentou, parecendo achar graça, e foi embora.

Ela sentiu uma pontada de culpa e torceu para que Garra de Amora Doce não pensasse que sua desconfiança se estendia a ele.

– Pata de Esquilo, você vem comigo – Tempestade de Areia ordenou. – Fique sempre junto de mim ou de Pelagem de Poeira.

Ela assentiu. Suas patas formigavam de empolgação. Era hora de revidar – ou hora de aceitar que a floresta estava perdida e partir. Até mesmo os guerreiros do Clã do Vento pareciam se animar com a perspectiva da batalha. O rabo de Bigode Ralo balançava de ansiedade, Orelha Rasgada andava de um lado para o outro à frente dele.

– Iremos com vocês – Estrela Alta anunciou, sua voz rouca parecendo renovada.

Estrela de Fogo balançou a cabeça.

– Vocês não estão fortes suficiente.

Estrela Alta olhou com firmeza para o líder do Clã do Trovão. – Meus guerreiros e eu vamos.

Estrela de Fogo baixou a cabeça. – Muito bem – ele miou, respeitoso, então se voltou para seu clã. – Pelo de Rato, Tempestade de Areia, Garra de Espinho, suas equipes estão prontas?

Os três guerreiros assentiram.

– Esta pode ser nossa última batalha na floresta – Estrela de Fogo prosseguiu, sua voz mal passando de um rosnado. – Não somos capazes de impedir os Duas-Pernas, porém podemos tentar salvar o Clã das Sombras. – Ele olhou para Pata de Folha. – Precisaremos que vá conosco para cuidar dos gatos feridos. Manto de Cinza ficará para cuidar dos gatos aqui.

Pata de Esquilo sabia que, devido a um ferimento antigo, a curandeira seria mais valiosa para o clã nas Rochas Ensolaradas, pronta para receber qualquer gato que retornasse machucado da batalha. Ela sentiu o impulso de proteger a irmã, e teve de lembrar a si mesma que curandeiros aprendiam a lutar quase tão bem quanto guerreiros.

Enquanto Estrela de Fogo guiava o clã encosta abaixo, Pata de Esquilo ouviu os sussurros urgentes de Bigode Ralo para seu líder.

– Estrela Alta, esta é sua última vida. Fique aqui, por favor.

– Sendo esta minha primeira ou minha nona vida, meu dever é com a floresta – Estrela Alta miou, tranquilo. – Não me ausentarei desta batalha.

Pata de Esquilo viu a determinação fria nos olhos do velho gato e ficou feliz quando Bigode Ralo preservou sua dignidade apenas assentindo e descendo a encosta a seu lado, para se juntarem aos outros gatos.

Estrela de Fogo parou por um momento à margem das árvores e verificou se todas as equipes estavam prontas antes de se embrenhar na floresta. Pata de Esquilo o seguiu, com Pelo de Açafrão a seu lado, as patas de ambas batendo contra o chão duro. Ela olhou por cima do ombro. Nenhum gato tinha ficado para trás; mesmo Estrela Alta estava acompanhando o ritmo. Eles margearam o rio até passar em segurança pela clareira aberta pelos Duas-Pernas mais próxima da ravina, depois viraram e alcançaram o alto da inclinação que levava a Quatro Árvores. Estrela de Fogo não hesitava. Lá embaixo, as árvores derrubadas haviam sido empilhadas. Pata de Esquilo se sobressaltou ao perceber que a Pedra Grande fora reduzida a nada mais que uma rocha partida.

Pata de Corvo desviou dos outros gatos e foi se colocar ao lado dela.

– Não olhe – ele avisou. – Mesmo que a Pedra Grande continuasse intacta, isso não ajudaria em nada o Clã das Sombras.

De repente, um berro soou atrás deles, e Estrela de Fogo parou no lugar. Os gatos que o seguiam fizeram o mesmo e se viraram.

Pé de Bruma, a representante do Clã do Rio, estava no alto do declive. Tinha os melhores guerreiros do clã a seu lado: Pelo de Tempestade, Garra Negra e Asa de Mariposa, e ao lado dela a figura imponente de Geada de Falcão. A seu lado, via-se Garra de Amora Doce. O contorno de sua cabeça e de seus ombros parecia igual ao do meio-irmão contra o céu claro.

– Esperem! – Pé de Bruma gritou. – O Clã do Rio vai se juntar a vocês!

Garra de Amora Doce correu até o lado de Pata de Esquilo.

– Como convenceu Estrela de Leopardo a deixar que viessem? – ela perguntou.

– Não foi difícil – Garra de Amora Doce confessou. – Eles estão com fome e cada vez mais desesperados.

Pelo de Tempestade abriu caminho entre os gatos e se juntou aos dois. – Lutaremos juntos – ele disse.

– Como deveria ser – Pata de Corvo concordou mais atrás.

Olhando ao redor, Pata de Esquilo percebeu que todos os gatos que haviam retornado do lugar onde o sol mergulha estavam com ela: Garra de Amora Doce, Pelo de Tempestade, Pata de Corvo e Pelo de Açafrão. Então virou o rosto para o céu. *Cauda de Pluma, está olhando por nós?* Ela fechou os olhos por um momento, triste porque haviam deixado a amiga para sempre com a Tribo da Água Corrente.

– Venham! – Estrela de Fogo miou. Com um grito de batalha feroz, ele liderou o grupo rumo ao território do Clã das Sombras.

O Caminho do Trovão, que ao longo de tantas luas dividira o Clã do Trovão do Clã das Sombras, parecia estranhamente silencioso.

– Eles pararam os outros monstros pouco antes de começarem a destruir nossa parte da floresta – Pelo de Açafrão sussurrou para Pata de Esquilo. – Pelo menos assim fica mais fácil atravessar.

A superfície dura pareceu gelo quando Pata de Esquilo correu por ela, na direção das árvores. Ela ouvia o rugido distante dos monstros e sentia seu cheiro acre. Suas patas tremiam, porém sua fúria a impulsionava. Pata de Corvo corria a seu lado, com os olhos fixos no caminho. Pata de Esquilo ficou impressionada que aquele corpo ossudo e esfarrapado tivesse tamanha força.

Ela viu um monstro dos Duas-Pernas entre as árvores. Suas patas dianteiras, amarelas e enormes, estavam abaixadas, as garras arrancando a vegetação rasteira. De repente, um som violento e nem um pouco natural se espalhou pela floresta, fazendo Pata de Esquilo parar na mesma hora. Por todo o entorno, um rangido assustador pareceu cortar o ar.

Esparramada sobre o solo trêmulo da floresta, Pata de Esquilo viu um monstro dos Duas-Pernas a apenas algumas caudas de distância. Com suas patas impressionantes, ele arrancou um carvalho do chão, suas raízes deixando a terra como se fossem raízes de grama. Seus galhos caíram como granizo quando o monstro o deitou e começou a cortá-lo, cobrindo os gatos com lascas de madeira. Algo rosnou atrás deles, e Pata de Esquilo se virou para deparar com a passagem bloqueada por outro monstro, que avançava em sua direção.

– Eles estão quase chegando ao acampamento! – Pelo de Açafrão gritou.

Tomada pelo medo, Pata de Esquilo viu mais monstros a sua frente, abrindo caminho até o emaranhado de arbustos espinhosos que escondia o acampamento do Clã das Sombras.

– Vamos ter de ir por ali – Estrela de Fogo gritou, apontando com o rabo para um buraco entre as árvores ao qual os monstros ainda não haviam chegado.

– Não! – Pata de Corvo os impediu. – É mais rápido por aqui! – Ele disparou na frente, seguindo direto para o acampamento.

– Pare! Você vai acabar morrendo! – Pata de Esquilo se jogou nas costas de Pata de Corvo e o levou ao chão, fincando suas garras nele.

Pata de Corvo silvou, furioso: – Saia de cima de mim!

Garra de Amora Doce correu até eles. – Não seja tolo, Pata de Corvo!

– Ele perdeu o juízo – Pata de Esquilo gritou. – Não vou deixar que se mate!

– Não tenho medo de me juntar ao Clã das Estrelas – Pata de Corvo retrucou. – A floresta está morrendo. Pelo menos lá Cauda de Pluma estará esperando por mim!

CAPÍTULO 14

Garra de Amora Doce se abaixou e rosnou na cara de Pata de Corvo: – Você prefere se juntar a uma guerreira morta a lutar para salvar vidas? – Pata de Esquilo notou que a vontade de brigar de Pata de Corvo se esvaía, porém Garra de Amora Doce não parou por ali: – Seu clã precisa de você mais do que nunca! Use a cabeça e siga as ordens de Estrela de Fogo! Pode tirar as garras dele agora, Pata de Esquilo.

Ela o soltou, com cautela, meio que esperando que Pata de Corvo disparasse na direção das árvores outra vez. O aprendiz do Clã do Vento só se levantou e sacudiu o corpo.

Atrás deles, o monstro matador de olmos atacava sua vítima. Farpas de madeira afiadas como espinhos voaram, e Pata de Esquilo sentiu uma dor lancinante quando um pedacinho de casca de árvore cravou em seu flanco.

– Agora! – Estrela de Fogo berrou. Os gatos saltaram bem quando o monstro arrancou um galho do olmo e o lançou sobre o solo, bem onde os gatos estavam um tique-taque de coração antes.

Estrela de Fogo parou quando chegaram aos arbustos espinhosos. – Tempestade de Areia: você, Pata de Folha e o restante de sua equipe tiram os filhotes e as rainhas daqui – ele ordenou. – Pelo de Rato: você, Orelha Rasgada, Pata de Corvo e o restante de sua equipe se encarregam dos anciãos.

Pata de Esquilo se virou para seguir a mãe, mas deteve-se quando o pai a chamou. – Pata de Esquilo, preciso de você aqui! Garra de Espinho, ajude os aprendizes a fugir. Guerreiros do Clã do Rio, vão com ele, por favor. – Pé de Bruma assentiu e foi atrás do gato do Clã do Trovão. Estrela de Fogo prosseguiu: – Pelagem de Poeira, aguarde na entrada e certifique-se de que todos saíram. Não permita que nenhum gato impeça a passagem.

– E quanto a mim? – Bigode Ralo perguntou, enquanto os outros partiam.

– Já falo com você – Estrela de Fogo prometeu, então se virou para Pelo de Açafrão, que raspava as garras curvadas no solo. – Você conhece esta parte da floresta melhor do que ninguém. Não podemos voltar por onde viemos. Qual é a maneira mais rápida de sair daqui?

– Por ali! – Pelo de Açafrão respondeu na mesma hora, apontando com a cabeça para uma fresta entre as árvores. – Se não nos demorarmos, chegaremos antes dos monstros e conseguiremos pegar uma trilha que nos levará até o túnel sob o Caminho do Trovão.

Estrela de Fogo se virou para Bigode Ralo e Estrela Alta. – Vocês dois precisam defender a rota de fuga – ele miou. Aquela era a tarefa menos perigosa de todas. Pata de Esquilo percebeu que o pai estava tentando salvar a última vida do líder do Clã do Vento.

O líder do Clã do Trovão olhou então para Garra de Amora Doce e Pata de Esquilo. – Vocês vão com Pelo de Açafrão até o acampamento. Ela conhece todas as tocas. Certifiquem-se de que nenhum gato fique para trás. Se me ouvirem berrar, é porque os monstros chegaram aos arbustos, então voltem na mesma hora.

Garra de Amora Doce levou o focinho à orelha de Pata de Esquilo. – Tudo bem por você?

– Claro que sim! O que acha que sou, um filhote que ainda vive no berçário? – Ela se afastou, indignada. Garra de Amora Doce piscou, a preocupação evidente em seus olhos. De repente, Pata de Esquilo se deu conta de que ele só estava preocupado com ela. – Vou ficar bem. É como uma batalha, e preciso lutar pela floresta, mesmo que não tenhamos como vencer. Não podemos decepcionar Pelo de Açafrão.

Ela se virou e correu na direção da entrada do acampamento. Pelo de Açafrão já se arrastava pelo túnel de espinhos. Pata de Esquilo irrompeu na clareira logo atrás dela. O fedor do medo quase a paralisou. Viam-se gatos por toda parte, com o Clã das Sombras alvoroçado em seu pânico cego. Gritos terríveis cortavam o ar, das rainhas chamando seus filhotes, dos guerreiros proferindo ordens.

De alguma maneira, os guerreiros recém-chegados conseguiram manter a calma em meio ao caos. Pata de Esquilo viu Cauda de Castanha e Orelha Rasgada cercando um grupo de anciãos confusos do Clã das Sombras para conduzi-los pela clareira; do outro lado, Pata de Folha pedia a Nariz Molhado, o velho curandeiro do Clã das Sombras, que a acompanhasse até a saída do acampamento.

Os pelos brancos de Estrela Preta se destacavam entre as sombras. Um aprendiz cinza se agachou ao lado dele, todo eriçado. – Não tenha medo! – o líder do Clã das Sombras disse, incentivando o aprendiz a se levantar. – Não deixarei que morra.

Ele começou a empurrar o aprendiz paralisado na direção do túnel. De repente, um filhote gritou do outro lado da clareira. Estrela Preta se virou para olhar, e Pata de Esquilo fez o mesmo. A bolinha de pelos marrom-escuros estava esparramada no chão, com os olhos fechados.

Estrela Preta se virou para Pata de Esquilo. – Não fique parada aí! Leve Pata de Fumaça enquanto eu pego o filhote! – Ele empurrou o aprendiz na direção dela e foi fazer como havia dito.

Pata de Fumaça ficou olhando para Pata de Esquilo, perplexo demais para falar ou se mover. Não havia tempo para apresentações formais. Pata de Esquilo pegou-o pelo cangote e começou a levá-lo. Ela o deixou no túnel e olhou para a clareira. Estrela Preta havia pego o filhote e agora vinha em sua direção. Pata de Esquilo saiu do caminho bem a tempo de permitir que o líder do Clã das Sombras passasse.

Ela correu até o berçário e enfiou a cabeça no ninho. Vendo apenas sombras, farejou o ar e ficou atenta a qualquer miado sob o rugido dos monstros. O ninho estava vazio.

– Todos já saíram? – Asa de Mariposa perguntou, ao lado dela, com os pelos eriçados.

Pata de Esquilo fez que sim com a cabeça.

– Já fizemos o bastante – Geada de Falcão miou para um de seus companheiros de clã. – Vamos embora antes que destruam o acampamento.

– Ficaremos até que todos os gatos tenham sido evacuados – Pé de Bruma rebateu na mesma hora, e seu grito agudo fez Geada de Falcão congelar de surpresa.

– Pare de agir como se estivesse no comando! – Asa de Mariposa silvou furiosa para o irmão.

– Posso não estar agora – ele retrucou –, mas um dia estarei.

Um calafrio percorreu o corpo de Pata de Esquilo, porém ela não teve tempo de pensar a respeito. Uma rainha atartarugada do Clã das Sombras tentava atravessar a clareira carregando dois filhotes, mas sempre deixava um cair e tinha de parar para pegá-lo de novo. Pata de Esquilo correu até ela.

– Eu levo este! – ela disse, pegando o filhotinho com os dentes.

Com um olhar de gratidão da rainha, as duas seguiram juntas para a saída. Pelagem de Poeira aguardava do lado de fora. Pata de Esquilo deixou o filhote com ele e voltou correndo pelo túnel.

O acampamento esvaziava rapidamente, mas o rugido dos monstros se tornara ensurdecedor de tão próximo. *Certifiquem-se de que nenhum gato fique para trás.* A ordem de Estrela de Fogo ressoava em seus ouvidos. Pata de Esquilo vasculhou as sombras dos limites do acampamento atrás de gatos, morrendo de medo de que um monstro aparecesse, porém Garra de Amora Doce, Pelo de Açafrão e Asa de Mariposa pareciam ser os últimos ali.

– Asa de Mariposa, saia e ajude Pata de Folha a cuidar dos feridos – Garra de Amora Doce silvou. – Reviraremos o acampamento atrás de retardatários.

Asa de Mariposa se dirigiu ao túnel. – Sejam rápidos! – ela miou por cima do ombro.

Havia árvores caindo em todo o acampamento, seus galhos sem folhas se sacudindo como ossos. Mas Estrela de Fogo ainda não havia dado o sinal, de modo que Pata de Esquilo supunha que ainda estavam seguros ali.

– Todos saíram? – Garra de Amora Doce perguntou.

– É melhor verificarmos as tocas novamente para termos certeza – Pelo de Açafrão sugeriu.

– Já verifiquei o berçário – Pata de Esquilo miou. – Está vazio.

– Papoula Alta e seus filhotes conseguiram escapar?

– Ajudei uma rainha e seus filhotes a chegarem ao túnel – Pata de Esquilo respondeu.

Garra de Amora Doce balançou o rabo. – Vou verificar a toca dos guerreiros. – Ele olhou para Pelo de Açafrão. – Você confere a dos aprendizes.

– E a clareira do curandeiro? – Pata de Esquilo perguntou a Pelo de Açafrão.

– Nuvenzinha já foi.

– Não havia nenhum gato doente lá? – Pata de Esquilo insistiu.

Pelo de Açafrão piscou e admitiu: – Não sei.

– Vou verificar – ela se comprometeu. – Onde fica a entrada?

– Por ali! – Com o rabo, Pelo de Açafrão apontou para um emaranhado de espinhos ao lado da toca dos guerreiros.

Pata de Esquilo se arrastou pelo túnel estreito, que se abrira para uma toca grande, protegida do acampamento e da floresta por uma densa cobertura de espinheiros. O lugar estava vazio, e ela estava prestes a voltar quando ouviu o berro do pai:

– Saiam! Os monstros chegaram ao acampamento!

Pata de Esquilo se enfiou no túnel, porém seus pelos se enroscaram nos arbustos. Ela se debateu violentamente e sentiu os espinhos irem ainda mais fundo. Uma árvore gemeu acima, a madeira rachando e começando a cair. Com um baque ensurdecedor, ela foi ao chão tão perto dos limites do acampamento que Pata de Esquilo sentiu a terra tremer.

Morrendo de medo, ela se encolheu ao máximo tentando se soltar. – Garra de Amora Doce! – gritou. – Me ajude! – Uma árvore poderia cair em cima dela a qualquer momento. Será que ela iria morrer tentando ajudar o Clã das Sombras sem nunca ver seu novo lar?

De repente, ela sentiu dentes fortes agarrando seu cangote e puxando-a para fora. Os espinhos eram como garras em seus flancos, porém não importava. Pata de Esquilo se colocou de quatro. Garra de Amora Doce a encarava, ofegante.

– Obrigada! – Ela pressionou o focinho contra o dele, porém ainda não estava a salvo. Outra árvore gemeu acima, e Pata de Esquilo observou como sua sombra cobria lentamente o acampamento. Um plátano enorme tombava na direção deles, seus galhos bloqueando todo o céu.

– Onde está Pelo de Açafrão? – Pata de Esquilo perguntou.

– Eu disse para ela ir embora – Garra de Amora Doce miou. – Somos os últimos. Vamos sair daqui!

Os dois dispararam rumo à saída, quase colidindo com Pelagem de Poeira, que os aguardava ao final do túnel.

– Só faltavam vocês – ele miou. – Vamos!

Por cima do ombro, Pata de Esquilo viu o plátano cair sobre o acampamento, esmagando tudo com seus galhos pesados. Outro acampamento de um clã havia sido destruído. O lar onde o Clã das Sombras tinha vivido por incontáveis luas se fora.

Pelagem de Poeira os conduziu de volta à floresta. Estrela Alta e Bigode Ralo aguardavam no caminho, assistindo com horror nos olhos arregalados à queda das árvores em volta. Estrela de Fogo, Pata de Folha e Pelo de Açafrão estavam com eles.

– Depressa! – Bigode Ralo miou. – Os outros já seguiram para o Caminho do Trovão!

– Achei que não tivessem ouvido meu aviso – Estrela de Fogo comentou.

– Fiquei presa – Pata de Esquilo explicou, sem ar.

– Onde está Pata de Corvo? – Garra de Amora Doce perguntou, olhando em volta.

– A caminho do túnel – Estrela de Fogo disse, e se encolheu quando outro carvalho foi ao chão ali perto.

– Todos os filhotes e rainhas foram evacuados? – Pelo de Açafrão perguntou.

– Estrela Preta estava com um filhote – Bigode Ralo respondeu. – E vi uma gata atartarugada com dois filhotes.

– E Papoula Alta?

– Pensei que Papoula Alta fosse a gata atartarugada! – Pata de Esquilo comentou, sem ar.

– Papoula Alta é uma gata malhada! – A voz de Pelo de Açafrão se ergueu em pânico. – Ela tem três gatos, e não dois.

Todos trocaram olhares abatidos.

– Pensei que todos tivessem saído – Pelagem de Poeira miou.

– O acampamento estava vazio – Pata de Esquilo lembrou. – Eles devem ter fugido para a floresta.

Suas orelhas se ergueram, tentando captar o miado dos filhotes.

– Ali! – Bigode Ralo gritou, e apontou com o focinho para uma clareira cercada por brotos de árvores de tronco claro. Todos correram até lá, e Pata de Esquilo precisou tomar cuidado para não escorregar nas folhas.

– Depressa! – Estrela Alta sibilou atrás dela, que sentiu Garra de Amora Doce empurrar seu flanco em seguida. Enquanto se esforçava para manter o equilíbrio, Pata de Esquilo ouviu um estalo no alto. Mais uma árvore caiu na floresta, pousando a poucas caudas de distância e separando-os dos outros. Pata de Esquilo fechou os olhos, sem fôlego.

– Você está bem? – Garra de Amora Doce perguntou.

Ela piscou algumas vezes, então abriu os olhos para a árvore estirada à frente. Teriam Pata de Folha e os outros escapado? Pata de Esquilo se afastou de Estrela Alta para subir no tronco recém-derrubado, acompanhada de Garra de Amora Doce.

– Eles estão bem! – gritou, aliviada. Pelo de Açafrão e Pata de Folha estavam na clareira, com Papoula Alta. Bigode de Ralo tentava conter os três filhotes, que corriam de um lado para o outro, amedrontados, com os rabinhos entre as pernas. Estrela de Fogo estava nos limites da clareira, observando a floresta em busca da melhor rota de fuga. Estrela Alta se apertou para passar entre os galhos da árvore caída e foi mancando se juntar ao líder do Clã do Trovão.

Através das árvores, Pata de Esquilo viu monstros de todos os lados, chegando cada vez mais perto. De repente, ela ouviu um som terrivelmente familiar, de algo se quebrando. – Cuidado! – gritou.

Uma bétula antiga caía sobre a clareira.

– Salvem os filhotes! – Pata de Esquilo gritou, enquanto a árvore lançava sua sombra sobre os pelos alaranjados de Estrela de Fogo. Papoula Alta a ouviu e pegou um filhote. Pelo de Açafrão pegou outro. Seguidas de Pata de Folha e Estrela Alta, elas se apressaram a sair do caminho. Bigode Ralo, no entanto, ainda tentava pegar o último filhote, e Pata de Esquilo acompanhou horrorizada a árvore indo em sua direção.

Seu coração pareceu parar por um momento que se estendeu por uma vida toda. Estrela de Fogo se atirou contra o flanco de Bigode Ralo. Pata de Esquilo só teve tempo de ver o guerreiro do Clã do Vento ser arremessado para longe, com o filhote seguro nos dentes, antes que a árvore atingisse o solo com um estrondo ensurdecedor.

– Estrela de Fogo! Não! – Pata de Esquilo desceu do tronco e correu até a última árvore derrubada. Garra de Amora Doce a acompanhou, mas se desviou para segurar uma forma malhada marrom que cambaleava no limite dos galhos.

– Peguei você! – ele gritou, desvencilhando Bigode Ralo e o filhote dos ramos vazios.

Pata de Folha também cambaleava, atordoada, abaixo de uma muda curvada que a protegera da árvore que caíra. Não havia nenhum sinal de Estrela de Fogo, no entanto. Um Duas-Pernas gritou, e o ar voltou a tremer.

– Vá embora daqui! – Garra de Amora Doce gritou.

– Não vou sem Estrela de Fogo – Pata de Esquilo retrucou.

– Nós o encontraremos – Garra de Amora Doce prometeu, então olhou para Bigode Ralo. – Leve os outros ao Caminho do Trovão!

A terra estremeceu quando outra árvore desabou bem atrás deles.

– Esperaremos vocês no túnel – Bigode Ralo miou.

Os gatos do Clã do Vento e do Clã das Sombras dispararam, mas Pata de Esquilo correu até Pata de Folha, que cavoucava sob os galhos.

– Estou vendo Estrela de Fogo! – Pata de Folha exclamou, as garras raspando desesperadamente a terra.

Garra de Amora Doce passou por ela e usou a cabeça para tirar da frente algumas lascas de madeira. Pata de Esquilo conseguiu ver o pelo laranja do pai debaixo de um galho pesado. Garra de Amora Doce se esticou e pegou Estrela de Fogo nos dentes. O esforço fez todo o seu corpo tremer, porém ele conseguiu puxar o líder do Clã do Trovão e deitá-lo sobre uma cama de folhas.

Um feixe de luz pálida do sol cortou a clareira e iluminou os pelos alaranjados de Estrela de Fogo, que continuava imóvel e com os olhos fechados.

– Ele está perdendo uma vida – Pata de Folha sussurrou.

– Estrela de Fogo… – O rabo de Pata de Esquilo tremia. – Pai! – Os monstros em volta sacudiam a terra com os olhos amarelos brilhando entre as árvores.

– Temos de tirá-lo daqui – Garra de Amora Doce silvou.

– Não podemos nos arriscar a movê-lo – Pata de Folha alertou.

Pata de Esquilo deitou com a barriga no chão. – Não vou embora sem ele.

Houve uma explosão ensurdecedora acima deles. A floresta de repente ficou escura, obrigando Pata de Esquilo a apertar os olhos. Várias imagens passaram pela sua mente: Tempestade de Areia, o antigo acampamento, a Tribo da Água Corrente, Cauda de Pluma… *Clã das Estrelas! Não permita que eu morra aqui. Depois de tudo que passamos, preciso ter certeza de que o clã vai sobreviver!*

– Pata de Esquilo! – A voz de Garra de Amora Doce chegou a ela abafada por causa dos galhos caídos que a cobriam. – Onde você está?

Pata de Esquilo abriu os olhos e respirou longa e tremulamente. A última árvore a cair ficara apoiada no tronco da outra, formando uma pequena caverna. Ela conseguia entrever o pelo marrom-escuro de Garra de Amora Doce do outro lado dos galhos. Contraiu o rabo e flexionou uma pata depois da outra. – Estou bem – Pata de Esquilo disse. Não tinha quebrado nada, porém os galhos tinham arranhado sua pele, que ardia. – Você está machucado, Garra de Amora Doce?

Com um grunhido, ela conseguiu se esticar na direção dele, para lamber seu flanco.– Está tudo bem. Estou bem – Garra de Amora Doce murmurou, tentando se sentar. – Consegue ver sua irmã em algum lugar?

Pata de Esquilo apertou os olhos na escuridão. – Pata de Folha?

– Estou aqui – a irmã respondeu. Pata de Esquilo conseguiu identificar seu contorno. Ela estava debruçada sobre Estrela de Fogo, protegendo o corpo dele com o seu.

– O filhote... foi salvo?

Ao ouvir o miado rouco do pai, Pata de Esquilo se contorceu toda para se endireitar, enfiando a cabeça sob os galhos a fim de esticar as pernas. Ela sentiu o sangue pulsando em suas patas, frio como gelo, e abriu caminho entre os galhos até sentir a exalação de Estrela de Fogo na bochecha. Os olhos dele estavam vidrados, porém abertos.

– Você falou com o Clã das Estrelas? – Pata de Folha perguntou baixinho.

– Mal os vi – Estrela de Fogo respondeu. – Mas sei que estavam lá. – Ele ergueu a cabeça. – Bigode Ralo conseguiu salvar o filhote?

– Sim, eles estão bem – Garra de Amora Doce garantiu, apertando-se entre os galhos para se colocar ao lado de Pata de Esquilo.

Ela encarou a irmã: – Estrela de Fogo vai ficar bem?

– Sim – Pata de Folha respondeu, pressionando o focinho contra a bochecha de Pata de Esquilo. – Não tenha medo. Isso estava fadado a acontecer.

Pata de Esquilo sentiu o coração batendo na garganta. – Como vamos tirá-lo daqui?

– Posso andar – Estrela de Fogo miou, erguendo-se nas quatro patas de maneira instável.

De repente, eles ouviram o uivo de um Duas-Pernas mais acima. Tão próximo que Pata de Esquilo se virou com um rosnado. Uma sombra se projetava sobre os galhos que os cobriam.

– Temos de ir imediatamente! – Garra de Amora Doce silvou.

O Duas-Pernas olhava por entre o emaranhado de galhos. Pata de Folha apoiou a barriga no chão, com os olhos arregalados de medo.

– Não deixarei que peguem você de novo! – Pata de Esquilo prometeu, então se virou para Garra de Amora Doce. – Se eu distrair o Duas-Pernas, você consegue tirar os dois daqui?

Ele piscou. – Não sei se é seguro...

– Vou ficar bem – Pata de Esquilo insistiu. – Rápido. Não temos muito tempo.

Sem aviso, ela se desvencilhou dos galhos. À sua frente, viu as pernas traseiras do Duas-Pernas e disparou por entre elas com um berro furioso, arranhando-o. Pata de Esquilo o ouviu uivar. Quando ela olhou para trás, constatou que ele a perseguia, afastando-se de seus companheiros de clã.

Pata de Esquilo corria pelo chão coberto de lascas de madeira. À frente, um monstro ergueu suas garras para derrubar outra árvore. Pata de Esquilo entrou em um aglomerado de arbustos espinhosos e olhou na direção de seus companheiros de clã. *Clã das Estrelas, ajude-os!* Então ela viu de relance o pelo alaranjado do pai avançando entre os galhos da árvore caída, na direção oposta da clareira. Garra de Amora Doce estava ao lado dele e ela vislumbrou o pelo malhado marrom de Pata de Folha do outro lado. Quando eles saíram da árvore e se tornaram mais visíveis, Pata de Esquilo inclinou a cabeça para trás e berrou. Ela ouviu que o Duas-Pernas chutava os arbustos em uma tentativa de fazê-la sair, então recuou um pouco, abaixou a cabeça e berrou novamente. Precisava manter a atenção dele concentrada nela enquanto os outros fugiam.

Por entre os espinhos, Pata de Esquilo notou que Garra de Amora Doce olhava em sua direção, porém seguiu em frente até que alcançassem a segurança das árvores ainda de pé. Aliviada, ela endireitou o corpo e se contorceu para avançar, ladeando os arbustos, até o caminho que levava ao túnel. Estrela de Fogo, Garra de Amora Doce e Pata de Folha correram em sua direção.

– Você conseguiu! – Pata de Folha comemorou, ofegante.

– Temos de continuar! – Garra de Amora Doce silvou.

Pata de Esquilo se juntou a eles. Estrela de Fogo cambaleava, suas patas se atrapalhando na terra dura.

– Não pare agora! – ela pediu, pressionando o corpo dele com o seu. Garra de Amora Doce se colocou do outro lado do líder do clã, e os dois o mantiveram nas quatro patas por todo o caminho até a segurança do túnel que levava ao território do Clã do Trovão. Tinham conseguido escapar dos Duas-Pernas daquela vez, porém quanto tempo levaria para que perdessem toda a floresta para sempre?

CAPÍTULO 15

PATA DE FOLHA IRROMPEU DO TÚNEL que levava ao Caminho do Trovão. Garra de Amora Doce e Pata de Esquilo seguiam logo atrás, com Estrela de Fogo entre eles. Por um momento, a luz pareceu ofuscante, e Pata de Folha semicerrou os olhos. Depois eles se acostumaram com a luz fria do dia, em contraste com as sombras do túnel, e ela olhou em volta, para os gatos exaustos do Clã das Sombras deitados sobre a faixa estreita de grama que havia ao lado do Caminho do Trovão, agora deserto.

Os filhotes de Papoula Alta miavam em volta da mãe. Nuvenzinha ia de um gato a outro, sem ter muito o que fazer sem seus suprimentos. Estrela Preta olhava para seu clã como se não conseguisse acreditar no que estava acontecendo. Seu pelo branco estava manchado de sangue, e suas patas pretas tinham lascas de casca de árvore e de madeira espetadas.

A voz de Estrela de Fogo soou atrás dela: – Estão todos bem?

– É melhor você se deitar – Pata de Folha sugeriu ao pai. – Não há monstros aqui.

– Não podemos ficar em um lugar tão desprotegido! – Garra de Amora Doce discordou.

Pata de Folha foi firme: – Temos de descansar para poder prosseguir.

Estrela Alta mancou até ela. – Estrela de Fogo está bem? – perguntou.

– Sim, mas perdeu uma vida quando a árvore caiu – Pata de Folha explicou.

Estrela Alta fechou os olhos. Seu corpo todo estremeceu, até a ponta do rabo comprido.

– Vou levar meus guerreiros para casa – Pé de Bruma avisou. Os gatos do Clã do Rio estavam reunidos na beirada do trecho de grama.

– Podem nos ajudar a levar o Clã das Sombras até as Rochas Ensolaradas primeiro? – Estrela de Fogo pediu.

– Rochas Ensolaradas? – Estrela Preta estreitou os olhos. – Por que quer nos levar para lá?

– É onde o Clã do Trovão vive agora e é onde vocês estarão protegidos dos Duas-Pernas – Estrela de Fogo miou. – Manto de Cinza tem ervas para os gatos feridos e todos terão onde descansar.

Para onde mais o Clã das Sombras iria?, Pata de Folha pensou com tristeza. Quase não havia um lugar na floresta que não estivesse dominado pelos Duas-Pernas.

– Está bem – Pé de Bruma concordou. – Iremos com vocês até as Rochas Ensolaradas. Mas não é porque você receberá o Clã das Sombras em seu território que eles são bem-vindos no nosso.

– Vamos vigiar a fronteira! – Geada de Falcão alertou, com os olhos gélidos.

Pata de Esquilo olhou feio para ele. – Como vocês podem se preocupar com fronteiras em um momento como este? Quando vão aceitar o que nossa jornada significou para *todos* os clãs?

Garra de Amora Doce a silenciou com um único olhar. – O Clã das Sombras não cruzará a fronteira – ele prometeu.

– Claro que não – confirmou Estrela Preta.

Garra de Amora Doce se virou para Pata de Folha. – Quando poderemos partir?

Pata de Folha hesitou. Estrela de Fogo levantou a cabeça. – Estou recuperando minhas forças – garantiu. – Logo poderemos ir.

Ela chamou o curandeiro do Clã das Sombras: – Nuvenzinha, acha que todos conseguem chegar às Rochas Ensolaradas?

– Acredito que sim, se formos devagar – o pequeno gato malhado respondeu.

Pata de Folha olhou para o céu. O sol era uma bola incandescente, mergulhando na direção da copa das árvores. – É melhor voltarmos enquanto ainda há luz – ela disse a Garra de Amora Doce. – E antes que esfrie demais.

– Está bem – Garra de Amora Doce miou. – Vamos esperar que todos recuperem o fôlego e partiremos.

Nuvens tênues passavam diante do sol se pondo enquanto os gatos avançavam pela floresta.

– Papoula Alta – Pata de Folha se colocou ao lado da rainha do Clã das Sombras –, seus filhotes estão bem?

Ela assentiu depois de olhar para os três filhotes, que agora eram carregados por guerreiros. – Sofreram só alguns arranhões.

– Vamos limpá-los e tratá-los com cravo-amarelo quando estivermos nas Rochas Ensolaradas – Pata de Folha prometeu.

Pé de Bruma avançava ao lado de Estrela Alta, pressionando o flanco do líder do Clã do Vento sempre que ele cambaleava. Pelo de Musgo-Renda carregava um dos filhotes de Papoula Alta, e Orelha Rasgada seguia os aprendizes do Clã das Sombras, dando um empurrãozinho neles sempre que seu ritmo desacelerava.

– É como se não fôssemos mais de clãs diferentes – Pata de Folha sussurrou, alcançando Pata de Esquilo.

A irmã assentiu. – Foi assim também em nossa jornada ao lugar onde o sol mergulha.

No entanto, quando os gatos chegaram à superfície inclinada das Rochas Ensolaradas, as velhas divisões retornaram. O Clã das Sombras foi até o alto das pedras, enquanto o Clã do Rio parou ao lado das árvores. Pelo de Musgo-Renda deixou o filhote ao lado de Papoula Alta e foi se juntar ao Clã do Trovão, que subia a encosta devagar. Ele pressionou o flanco entre marrom e dourado contra o de Cauda de Castanha para apoiá-la quando suas patas exaustas escorregaram. Estrela Alta se deitou perto da base das pedras, cansado demais para subir. Bigode Ralo, Orelha Rasgada e Pata de Corvo ficaram ao redor dele.

– Como foi? – Pata Branca correu até Coração Brilhante e pressionou o focinho contra seu flanco, só para recolhê-lo em seguida. – Você está sangrando!

– Foi só um arranhão – Coração Brilhante a tranquilizou.

– Você está viva! – Almofada miou, e desceu correndo da saliência na pedra, com Betulinha a seguindo aos tropeços. Ela pressionou o focinho contra o de Pata de Folha.

Nuvem de Avenca apareceu na entrada do berçário e ficou olhando perplexa para os gatos reunidos nas pedras. – O que aconteceu?

– Estão todos a salvo. – Garra de Amora Doce abriu caminho e se colocou à frente dos outros. – É o que importa.

– Graças ao Clã das Estrelas – a rainha do Clã do Trovão murmurou com um suspiro.

Manto de Cinza saiu de sua toca. – Onde está Estrela de Fogo?

– Aqui – ele respondeu, indo para a frente do grupo também. Pata de Folha o seguiu de perto, ciente de que ele ainda tremia.

– Estrela de Fogo perdeu uma vida – ela murmurou, antes que Manto de Cinza pudesse dizer qualquer coisa.

– E quanto ao acampamento do Clã das Sombras? – Pele de Geada perguntou. – Conseguiram salvá-lo?

– Não temos como enfrentar os monstros – Estrela de Fogo miou, desolado. – Só podíamos ajudar o Clã das Sombras a fugir antes que seu acampamento fosse destruído.

– O acampamento foi destruído? – Pele de Geada perguntou perplexa.

– Não restou nada além de árvores caídas – Estrela Preta rosnou. – Não temos mais um lar.

– Por enquanto, vocês estarão seguros aqui – Estrela de Fogo garantiu ao líder do Clã das Sombras.

Os olhos de Estrela Preta cintilaram de alívio, então ele se virou para o curandeiro de seu clã. – Nuvenzinha, faça o que puder para ajudar seus companheiros de clã.

O pequeno gato malhado começou a passar de gato em gato do Clã das Sombras. Ele se inclinou e cheirou Papoula Alta, depois começou a lamber seu flanco. – Há muitas farpas aqui – ele miou, levantando a cabeça.

– Estrela Alta tem um corte na pata traseira – Bigode Ralo acrescentou.

Manto de Cinza olhou para os pelos manchados de sangue à sua volta. – Traga tudo o que tivermos – pediu a Pata de Folha. – Vamos torcer para que seja suficiente.

Pata de Folha ouviu passos a seguindo em seu caminho até a fenda onde os suprimentos medicinais ficavam guardados. Era Almofada.

– Há tantos feridos! – a gatinha de gente comentou, com os olhos arregalados de medo.

– Mas estamos todos vivos – Pata de Folha pontuou, enfiando a pata na fenda e tirando o primeiro pacote de ervas que encontrou. – Você sabe arrancar farpas?

– Sei fazer mais do que isso – Almofada respondeu. – Vamos, Betulinha! – Os dois partiram em direção a um grupo de filhotes do Clã das Sombras que tremiam de medo e frio.

– Essa gatinha de gente é uma curandeira? – Estrela Preta perguntou.

– Não se preocupe – Pata de Folha miou de onde estava. – Ela sabe o que está fazendo.

Almofada tranquilizou cada filhote com uma lambida, depois incentivou Betulinha a distraí-los enquanto procurava cortes e farpas na pele deles.

Pata de Folha voltou a enfiar a pata na fenda. Torcia para que ainda houvesse bagas o bastante para aplicar cataplasmas em todos os gatos que precisassem. Para sua surpresa, o esconderijo estava mais bem abastecido do que imaginava. Ela pegou todo o cravo-amarelo que conseguiu encontrar e começou a procurar as bagas.

Manto de Cinza apareceu atrás dela e assentiu ao ver a pilha de ervas cada vez maior. – Voltei à ravina quando vocês estavam fora e trouxe tudo o que consegui carregar – explicou enquanto olhava para a massa de gatos do Clã das Sombras no alto da encosta, inquietos, perplexos e assustados. – Ajude o Clã das Sombras primeiro. Nuvenzinha não dará conta de todos sozinho. Eu cuido de Estrela Alta e dos nossos feridos.

– Estrela Preta não vai se incomodar se eu ajudar? – Pata de Folha perguntou. O líder do Clã das Sombras estava junto a seus anciãos e não tirava os olhos de Almofada enquanto ela tratava os filhotes.

– Você o convenceu a deixar que Almofada ajudasse – Manto de Cinza a lembrou.

– Mas ela não é uma gata do *Clã do Trovão* – Pata de Folha miou.

Manto de Cinza estreitou os olhos para ela. – Estrela Preta não é tolo. Sabe que seus gatos precisam de nossa ajuda.

Pata de Folha assentiu. Reunindo toda a sua coragem, ela seguiu na direção dos gatos do Clã das Sombras e perguntou a Nuvenzinha: – Posso ajudar?

A expressão do curandeiro deixou seu alívio e sua gratidão claros. Antes que ele pudesse responder, no entanto, Estrela Preta rebateu Pata de Folha, com os olhos duros como a Pedra da Lua: – Podemos cuidar de nossos próprios gatos, muito obrigado.

– Mas você permitiu que Almofada ajudasse. E tenho ervas – ela ofereceu, esforçando-se para manter a calma.

– Nuvenzinha dará um jeito – Estrela Preta insistiu.

Pata de Folha pisou no lugar, dividida entre seus deveres de curandeira e um respeito nervoso pelo desejo de Estrela Preta. Até que Nuvenzinha miou alto: – Estrela Preta, precisamos das ervas.

O líder do clã baixou as orelhas, mas Nuvenzinha não desviou os olhos. – Com Pata de Folha, posso atender nossos companheiros de clã duas vezes mais rápido.

As orelhas de Estrela Preta estremeceram. – Está bem – ele rosnou.

– Posso ajudar também? – Asa de Mariposa vinha se juntar a eles. – Pé de Bruma disse que eu podia.

– Que seja – Estrela Preta grunhiu, dando as costas.

– Obrigada, Asa de Mariposa – Pata de Folha sussurrou. Ela deixou as ervas diante das patas de Asa de Mariposa e voltou correndo até a fenda, para buscar mais. Manto de Cinza continuava lá, misturando um unguento sobre uma folha seca de carvalho.

– Está pronto para ser usado – ela murmurou, com a boca cheia de bagas esmagadas. – Volte quando precisar de mais.

Pata de Folha foi deixar o unguento com Nuvenzinha, que examinava o pelo de Nariz Molhado. – Esfregue isto depois que tiver tirado as farpas. Vai impedir que infeccione. – Ela olhou em volta, observando os gatos do Clã das Sombras.– Por onde quer que eu comece?

– Os anciãos se recuperam mais devagar, então devem ser tratados o mais rápido possível – Nuvenzinha aconselhou, sem levantar a cabeça.

Pata de Folha foi até Pedregulho, que estava deitado ao lado de Nariz Molhado, com os olhos vidrados em choque. Ela o cumprimentou com um aceno de cabeça, e, quando ele não respondeu, inclinou-se e começou a lamber seu flanco. O velho gato soltou um suspiro baixo quando Pata de Folha arrancou uma farpa com os dentes e depois passou uma gota de unguento em cima.

Pata de Folha atendeu um gato depois do outro, até que suas patas doessem de cansaço. A lua aparecia cada vez mais intensa no céu. Ela olhou encosta acima, na direção do pai. – Almofada, pode assumir aqui? Restam apenas um ou dois aprendizes, e quero ver como Estrela de Fogo está.

– Claro. Pode ir.

O líder do Clã do Trovão estava deitado ao lado de Tempestade de Areia, lambendo o sangue seco entre suas garras. – Como você está? – Pata de Folha sussurrou, tocando o focinho dele com o seu.

– Estou bem – Estrela de Fogo ronronou, com os olhos claros e brandos.

– Tem certeza? – Ela avaliou seu rosto. Apesar de sua conexão com o Clã das Estrelas, nunca saberia como era perder uma vida. – O Clã das Estrelas lhe disse que é hora de deixar a floresta?

– Eles só me disseram para voltar e fazer o necessário para proteger meu clã – Estrela de Fogo contou. – E vou obedecê-los.

Pata de Folha ouviu os gatos do Clã do Rio se reunirem atrás dela na encosta. – Vamos retornar a nosso acampamento – Pé de Bruma anunciou. – Mas sabemos que chegou a hora de tomar uma decisão quanto a deixar a floresta.

Pata de Folha prendeu o ar. O destino dos quatro clãs era como uma teia de aranha, suscetível ao mais leve vento.

– Imagino que tenham notado que o volume do rio está baixando – Pé de Bruma prosseguiu.

Bigode Ralo deu um passo à frente e miou: – Os Duas-Pernas alteraram o curso. Nossos guerreiros os viram abrindo buracos ao redor do desfiladeiro para canalizá-lo.

Pé de Bruma piscou para ele, como se o motivo da desaparição do rio não importasse mais. – Estrela de Leopardo disse que, se o acampamento do Clã das Sombras fosse destruído, teríamos de aceitar que os Duas-Pernas estão vindo. – Ela encarou Estrela de Fogo. – O Clã do Rio deixará a floresta com os outros clãs.

Pata de Folha sentiu que seus ombros relaxavam em alívio. Finalmente, Estrela de Fogo conseguira o que queria: os quatro clãs partiriam juntos.

O líder do Clã do Trovão se levantou, com os olhos brilhando. – Bigode Ralo, diga a seus companheiros de clã que o Clã do Trovão e o Clã do Rio partirão com eles. – Estrela de Fogo se virou para Estrela Preta. – O Clã das Sombras se juntará a nós?

Estrela Preta hesitou. Estrela de Fogo não estava disposto a esperar muito por uma resposta.

– Você não pode estar pensando em viver entre os Duas-Pernas depois de ter visto do que eles são capazes – ele silvou.

Estrela Preta assentiu devagar. – O Clã das Sombras partirá com vocês. Afinal, não temos mais um lar, ou mesmo um território.

Estrela de Fogo ergueu a cabeça para se dirigir a todos os gatos presentes: – Partiremos ao amanhecer!

Miados de aprovação ecoaram, e Pata de Folha sentiu um arrepio de empolgação. O que quer que a jornada reservasse para eles, aonde quer que fossem parar, nada poderia ser pior do que ficar naquele lugar, com os Duas-Pernas e seus monstros fechando o cerco. Ela olhou para Almofada, que continuava ocupada com os gatos do Clã das Sombras. Teriam tempo de escoltá-la até sua casa? Ou ela havia se tornado parte do clã e preferiria partir com eles?

– Aonde vamos? – Orelha Rasgada foi o primeiro a falar, porém a pergunta ecoou entre os gatos.

Estrela de Fogo se virou para Garra de Amora Doce, em expectativa. O guerreiro malhado baixou os olhos para as próprias patas. Ao lado dele, Pata de Esquilo pressionou o flanco contra o seu. Pata de Folha inclinou a cabeça de lado, intrigada. Pareciam um par de aprendizes despreparados, a quem haviam acabado de perguntar a melhor maneira de capturar ratos-d'água.

– Como sabem, o sinal de Meia-Noite nunca veio. – As palavras de Garra de Amora Doce se arrastaram como se houvesse espinhos arranhando sua garganta. – Então não sabemos exatamente aonde ir. Mas podemos seguir na direção do lugar onde o sol mergulha.

– Se chegarmos lá sem receber nenhum sinal, podemos ir até Meia-Noite novamente e perguntar a respeito – Pata de Esquilo acrescentou.

– Como chegamos ao lugar onde o sol mergulha? – Estrela Preta perguntou.

– Pegamos duas rotas diferentes... – Garra de Amora Doce começou a dizer, mas então se interrompeu e olhou para Pata de Esquilo, inseguro.

– E não sabem qual pegar agora? – Estrela de Fogo procurou ajudá-lo.

– Vamos... – Garra de Amora Doce hesitou. – Vamos primeiro para as Pedras Altas – ele miou afinal. – Para longe dos Duas-Pernas.

– Muito bem – Estrela de Fogo concordou. – Na alvorada vamos nos reunir na fronteira do território do Clã do Vento.

Pé de Bruma e Estrela Alta assentiram.

– Então está decidido. – Estrela de Fogo se virou para Estrela Preta. – Será mais fácil para todos nós se o Clã das Sombras passar esta noite nas Rochas Ensolaradas – ele miou, escolhendo suas palavras com cuidado. – Conseguiremos sair mais cedo se repousarem aqui.

A diplomacia de Estrela de Fogo pareceu agradar Estrela Preta.

– Então assim será – ele miou.

– Como se tivessem para onde ir... – Cauda de Castanha murmurou no ouvido de Pata de Folha.

– Mas dormiremos separados do Clã do Trovão, e um guarda ficará a postos – Estrela Preta alertou.

– Esses gatos acabaram de salvar seu clã! – Pé de Bruma exclamou. – Acha mesmo que o Clã do Trovão trouxe vocês até aqui só para atacá-los?

– É melhor você esperar para confirmar se Estrela de Leopardo concorda com o plano de deixar a floresta antes de começar a julgar minhas decisões – Estrela Preta retrucou.

Pata de Folha estremeceu. Ela olhou para a irmã, porém Pata de Esquilo não prestava mais atenção na conversa. Olhava para a floresta com o rosto marcado pela ansiedade.

Pata de Folha foi até ela. – Está tudo bem?

– Só espero que o Clã das Estrelas nos mande um sinal logo – Pata de Esquilo miou.

– Tenho certeza de que eles vão fazer tudo o que puderem.

Pata de Esquilo olhou nos olhos da irmã de maneira franca. – Você tem razão. Mesmo sem sinal, sei que o Clã das Estrelas estará nos protegendo e guiando onde quer que nos encontremos.

Pata de Folha piscou. Queria ter a mesma certeza. O Clã das Estrelas não se manifestara quando o Clã das Sombras mais precisou dele. Fora por sorte – e pela coragem dos outros clãs – que seus gatos haviam escapado com vida. Cada vez mais parecia que o Clã das Estrelas não tinha como ajudá-los e que eles contavam apenas uns com os outros para sobreviver.

CAPÍTULO 16

Nuvens obscureciam o céu noturno quando Pata de Folha desceu a encosta de pedra. A brisa leve prometia que não gearia aquela noite, mas ela sentia cheiro de chuva. A maior parte do clã estava dormindo. O Clã das Sombras se concentrava na beirada das Rochas Ensolaradas, tão distante do Clã do Trovão quanto possível.

A exaustão dominava os membros de Pata de Folha, porém sua mente continuava girando, as lembranças dos horrores do dia se misturando às incertezas sobre a jornada futura. Sabendo que não seria capaz de dormir, ela caminhou até a floresta. Mesmo na estação sem folhas, o cheiro de mofo e a sensação da terra sob as patas a acalmavam.

Quando estava se aproximando das árvores, ouviu Almofada chamando: – Pata de Folha! – A gatinha de gente estava abrigada entre algumas folhas secas de musgo-renda.

– Almofada? O que você está fazendo aqui?

– Preciso falar com você – ela disse, raspando uma pata na terra.

Pata de Folha a encarou. – O que foi?

– Estou indo embora – miou. – Vou para casa.

Pata de Folha lutou contra a vontade de gritar: *Não! Fique, por favor!* Deu um passo adiante e tocou a ponta da orelha da amiga com o focinho.

– Esta vida não é para mim, com tanta morte, tanto sangue e tanta incerteza – Almofada se explicou. – Sou feliz com o pessoal de casa. Eles devem estar sentindo minha falta. Eu não pretendia ficar tanto tempo, mas Betulinha precisava de mim, e comecei a...

– Você começou a desfrutar da sensação da *liberdade* – Pata de Folha a interrompeu, de repente desesperada para lembrar Almofada do que ela estaria abrindo mão se retornasse para seus Duas-Pernas.

– Acho que sim – a outra admitiu. – Mas hoje percebi como essa liberdade é frágil. Vocês têm de lutar por *tudo*. Por comida e até mesmo por abrigo. – Ela balançou a cabeça, como se pedisse desculpa. – Gosto de saber onde vou dormir toda noite e que haverá comida quando minha barriga roncar de fome. E gosto do pessoal de casa. Nem todos os Duas-Pernas são tão ruins quanto esses que estão destruindo seu lar.

– Quer que eu mostre a você o caminho de volta? – Pata de Folha ofereceu. – Estrela de Fogo prometeu que você seria escoltada.

Almofada balançou a cabeça. – A floresta parece tranquila. Não depararei com monstros no meio da noite. E você precisa descansar para a viagem. – Ela olhou para as Rochas Ensolaradas. – Agradeça a Estrela de Fogo por mim.

Com tristeza, Pata de Folha pressionou o focinho contra a bochecha de sua nova amiga. Almofada fechou os olhos e suspirou, depois se endireitou. – Já me despedi de Betulinha. Nuvem de Avenca voltou a comer direito. Ele ficará bem com a mãe.

– Obrigada por ter cuidado de mim quando estávamos no ninho dos Duas-Pernas – Pata de Folha sussurrou. – Vou sentir saudade.

– Eu também. E vou ficar atenta a qualquer sinal de Listra Cinzenta – Almofada prometeu. – Se eu o encontrar, direi para onde vocês foram e que seu clã o está esperando.

Pata de Folha sentiu uma língua quente lambendo sua orelha. – Adeus, Pata de Folha – Almofada murmurou. – Boa sorte.

– Adeus, Almofada. – Com um aperto no coração e meio que desejando que pudesse convencê-la a ficar, Pata de Folha viu a amiga desaparecer nas sombras da floresta.

Um farfalhar no musgo-renda a fez dar um pulo. Cauda de Castanha saiu do meio das árvores. – Almofada foi para casa?

– Ela disse que seus Duas-Pernas devem estar com saudade – Pata de Folha explicou.

– Eu ouvi. – Cauda de Castanha assentiu. – Você está bem?

– Claro. – Ela ficou esperando que Cauda de Castanha fizesse algum comentário relacionado a como gatinhos de gente não pertenciam à natureza. No entanto, a outra só piscou, empática.

– Vamos dormir aqui esta noite – Cauda de Castanha sugeriu. – É nossa última noite na floresta, afinal.

A ideia de nunca mais passar uma noite sob aquelas árvores tirou-lhe o ar. Por um momento, tudo o que Pata de Folha queria era se deitar, enterrar o rosto nas folhas mofadas e esquecer tudo o que estava acontecendo. Como poderiam partir se não sabiam nem para onde iriam? Ela se enfiou no musgo-renda atrás de Cauda de Castanha e as duas gatas amassaram juntas um trecho de folhas espaçoso o suficiente para elas duas. Quando se acomodou, Pata de Folha sentiu o rabo macio de Cauda de Castanha roçar seu nariz.

– Seu clã ainda está aqui – Cauda de Castanha murmurou.

– Eu sei – Pata de Folha disse, tentando não pensar em Almofada atravessando a floresta sozinha.

Antes de fechar os olhos, ela olhou para o alto e agradeceu ao Clã das Estrelas pelo abrigo que haviam oferecido ao Clã do Trovão nas últimas luas. Se ao menos pudesse ter certeza de que havia um lar igualmente seguro os aguardando ao fim de sua viagem...

Uma chuva fria despertou Pata de Folha, salpicando seu pelo. Ela abriu os olhos para a manhã cinza e se espreguiçou, depois se sacudiu para se livrar do excesso de água. A movimentação acordou Cauda de Castanha.

– Brrrr – a gata atartarugada resmungou, levantando-se. – Que dia para viajar! – Ela não estava sugerindo que Estrela de Fogo adiasse a partida até que a chuva passasse, no entanto. Pata de Folha se deu conta de que todos os gatos sabiam que não podiam ficar nem mais um momento na floresta.

As duas deixaram o ninho empapado e seguiram para o pé das Rochas Ensolaradas, onde os dois clãs começavam a se reunir. Pelo de Açafrão trocava lambidas com um aprendiz do Clã das Sombras, parando de tempos em tempos para sacudir a chuva das orelhas.

– Eu me pergunto como é para Pelo de Açafrão estar de volta ao Clã do Trovão – Cauda de Castanha comentou baixinho, olhando na mesma direção de Pata de Folha.

– Deve ser estranho – a outra murmurou.

– O solo vai estar bem molhado... – O miado preocupado de Pelo Gris se elevou em meio aos guerreiros e aprendizes do Clã do Trovão. Os outros gatos olharam ansiosos para Garra de Amora Doce, e Pata de Folha soube que não era apenas a chuva que fazia seus pelos se eriçarem. O clã estava hesitante quanto à viagem que tinha pela frente.

– Com ou sem lama, partiremos assim que o Clã do Rio chegar – Estrela de Fogo insistiu. – Não estão ouvindo os monstros dos Duas-Pernas?

Pata de Folha se concentrou por um momento. De fato, sob o tamborilar da chuva, era possível ouvir os monstros roncando além das árvores. Nunca tinham estado tão perto das Rochas Ensolaradas, e a ideia de que atacariam seu último refúgio a preocupava enormemente.

– Quero que todos os guerreiros e aprendizes consigam o máximo de presas possível antes de iniciarmos a jornada – Estrela de Fogo miou. – Compartilharemos tudo o que encontrarmos com o Clã das Sombras.

– O Clã das Sombras organizará as próprias equipes de caça! – Estrela Preta gritou do outro lado da pedra.

Pata de Folha notou que a expressão do pai ensombrecia por um momento. – Está bem. Nossos guerreiros mostrarão os melhores lugares para caçar.

– Podemos encontrar nossas próprias presas – Estrela Preta rosnou.

Estrela de Fogo franziu os lábios, mas não retrucou. Então se virou para Garra de Amora Doce, que estava retorcendo o rabo e amassando a terra com patas inquietas. – Quero que você organize duas equipes de caça – o líder do Clã do Trovão disse ao jovem guerreiro. – Não permita que nenhum gato chegue perto dos Duas-Pernas.

– É como se ele estivesse falando com Listra Cinzenta! – Pelo de Rato silvou no ouvido de Pata de Folha. – Por que não nomeia Garra de Amora Doce representante e acaba logo com isso?

– Porque isso seria admitir que Listra Cinzenta morreu – Pelagem de Poeira retrucou, tendo ouvido tudo.

Estrela de Fogo sacudiu as gotas de chuva dos bigodes e se virou para Manto de Cinza. – Prepare ervas de viagem para todos – ordenou. – Temos o bastante?

– Ah, sim – ela respondeu. – Só espero que aonde quer que estejamos indo tenha as plantas necessárias para reabastecer meu estoque.

Pata de Folha piscou. Não havia pensado naquilo antes. O novo lar dos clãs teria cravo-amarelo, milefólio, confrei e todas as outras plantas preciosas com as quais ela havia aprendido a curar? Suas patas tremeram diante da ideia de ter de cuidar da saúde do clã sem elas. Pata de Folha respirou fundo para se recuperar antes de ir ajudar com as misturas de que precisariam para a viagem.

Garra de Amora Doce conduziu uma equipe de caça rumo à floresta úmida, seguido de perto por Pelo Rato e uma segunda equipe. Estrela Preta esperou que eles desaparecessem em meio às árvores antes de murmurar algo para sua representante, Pelo Rubro. Logo em seguida, a gata começou a descer a encosta com os guerreiros do Clã das Sombras, sua pelagem vermelha-escura colada ao corpo esguio.

Manto de Cinza balançou a cabeça. – O Clã das Sombras devia ter se juntado às equipes do Clã do Trovão – murmurou. – Eles não têm ideia de onde é bom caçar, e as presas andam tão escassas que toda ajuda é válida.

– Por que Estrela Preta está sendo assim tão teimoso? – Pata de Folha miou.

– O Clã das Sombras sempre foi orgulhoso. – Manto de Cinza começou a tirar suprimentos da fenda na rocha. – Agora que foram expulsos de casa, tudo o que lhes resta é seu orgulho.

– Mas eles devem saber que unir forças é mais inteligente – Pata de Folha comentou. – Teremos uma jornada difícil pela frente.

– Os limites entre os clãs vêm de muito longe – Manto de Cinza a lembrou. – Só podemos nos agarrar às tradições.

– Então você concorda com Estrela Preta? – Pata de Folha perguntou, sem conseguir acreditar.

– Claro que não. Mas eu o compreendo – Manto de Cinza se explicou. – Só é frustrante. Eu me ofereci para verificar como estavam os gatos feridos do Clã das Sombras assim que acordei, e Estrela Preta me dispensou, dizendo que o Clã do Trovão já havia feito o bastante pelo Clã das Sombras ontem, e que eles não queriam ficar ainda mais em dívida conosco do que já estavam.

– Como ele pode falar em dívida? – Pata de Folha se surpreendeu. – Os quatro clãs enfrentaram os Duas-Pernas juntos ontem, e fomos tão incapazes quanto o Clã das Estrelas de impedi-los.

– Eu sei – a curandeira miou. – Mas não somos incapazes de escrever um novo futuro para nós mesmos, então vamos começar a preparação. Toda jornada se inicia com um único passo, e este cabe a nós.

A chuva continuou caindo, e elas começaram a misturar as ervas amargas que proporcionariam aos gatos a força necessária para a viagem. Considerando todo o tempo que vinham passando fome, eles precisavam mais do que nunca daquela mistura antiga, passada de curandeiros a aprendizes havia incontáveis luas.

Quando a pilha estava completa, Pata de Folha se lembrou de que não havia contado ao pai sobre Almofada. – Pode ficar sem mim por um tempinho? – perguntou a Manto de Cinza.

– Não há nada mais que possamos fazer aqui – a curandeira lhe assegurou, então olhou na direção do berçário. – Vou ver como Nuvem de Avenca está.

A rainha estava sentada na entrada, lavando Betulinha. O filhote se debatia ressentido, com uma aparência tão normal quanto a de qualquer outro, enquanto a mãe passava a língua áspera nas orelhas dele. A visão encheu Pata de Folha de esperança. Ela pensou em Betulinha crescendo e treinando para se tornar um guerreiro em seu novo lar, e uma fé profunda na sobrevivência do Clã do Trovão a inundou, como a luz do sol. Depois de cobrir as ervas de viagem com algumas folhas para protegê-las da chuva, Pata de Folha subiu a encosta correndo para ir falar com o pai.

Ele olhava para a copa das árvores que se estendiam além das Rochas Ensolaradas. Apesar da chuva forte, sentava ereto, com o rabo curvado sobre as patas e as orelhas erguidas, farejando o ar quase como se a viagem que teriam pela frente fosse bem-vinda. Era difícil acreditar que Estrela de Fogo havia perdido uma vida no dia anterior.

Quando ouviu a filha chamando, virou a cabeça. – Sim?

– Vim contar que Almofada voltou para seus Duas-Pernas ontem à noite.

Estrela de Fogo apenas assentiu.

– Eu estava começando a achar que talvez ela quisesse ficar – Pata de Folha confessou.

– Não é o melhor momento para uma desconhecida se juntar ao clã – Estrela de Fogo comentou, com delicadeza.

– Mas ela era tão boa com Betulinha!

– Isso não a torna uma gata de clã – ele argumentou. – Em todo o tempo que passou conosco, os cheiros da floresta nunca a atraíram para longe da segurança do acampamento.

Almofada veio para cá porque o perigo do ninho de madeira era pior que a ideia de morar conosco. Sei o que gatinhos de gente pensam daqueles que vivem na floresta. Ela será mais feliz com o pessoal de casa.

Pata de Folha ficou surpresa ao ouvir o pai usar o termo dos gatinhos de gente, e se perguntou se ele estaria pensando em seu tempo com os Duas-Pernas. Almofada não tivera tempo de falar com Estrela de Fogo sobre Borrão. Estaria o pai pensando em seu velho amigo agora?

– Você vai sentir saudade dela, não vai? – ele miou, o que foi um tanto inesperado.

– Vou – Pata de Folha admitiu. – Almofada foi uma boa amiga. Mas sabe que precisamos partir. – Ela olhou para a floresta e murmurou: – Vamos deixar tanta coisa para trás.

A tristeza nublou os olhos do pai. – Sim. Incluindo Listra Cinzenta.

Pata de Folha não conseguiu pensar em nada que pudesse dizer para reconfortá-lo. Mesmo ele querendo acreditar que seu representante continuava vivo, seria quase impossível Listra Cinzenta encontrá-los depois que partissem.

– Sei que precisamos ir – Estrela de Fogo prosseguiu. – Quero isso tanto quanto qualquer outro gato, mas não consigo suportar a ideia de que nunca mais o verei.

– Você não tem certeza disso – Pata de Folha miou, esperançosa. – Almofada me disse que procuraria por ele e lhe diria para onde fomos.

Uma faísca de esperança se acendeu nos olhos do líder do clã, mas logo se apagou. – Como ele escapará dos Duas-

-Pernas? – ele perguntou, triste. – E como encontrará nosso novo lar?

– Você vai escolher um novo representante? – ela se arriscou a perguntar.

– Não! – O pai se levantou na mesma hora, e ela se encolheu em reação. – Não há necessidade – ele prosseguiu, mais calmo. – Enquanto houver a menor chance de que Listra Cinzenta esteja vivo, ele será o representante do Clã do Trovão.

Antes que Pata de Folha pudesse dizer qualquer coisa, miados soaram atrás deles. As equipes de caça do Clã do Trovão haviam retornado e levavam as presas até as pedras: pássaros e ratos o bastante para que cada gato fizesse uma refeição modesta. O Clã das Sombras retornou pouco depois. Haviam encontrado apenas um tordo.

– Você vai dividir a comida com eles? – Pata de Folha perguntou ao pai.

– Estrela Preta consideraria a oferta um insulto – Estrela de Fogo respondeu.

– Eles podem caçar durante a viagem – Pata de Folha sugeriu.

– Espero que todos possamos. Deve haver mais presas no caminho que aqui. – Estrela de Fogo se sacudiu. – Vá e pegue algo para comer. O Clã do Rio logo chegará.

– Está bem. – Pata de Folha correu até onde Garra de Amora Doce e Pata de Esquilo dividiam um tentilhão. Estavam ensopados, com o pelo escuro de tanta água.

– Quer um pouco? – Pata de Esquilo ofereceu.

– Sim, por favor. – A barriga de Pata de Folha estava vazia, e o cheiro da presa fresca fez sua boca salivar. Pata de Esquilo e Garra de Amora Doce se sentaram e permitiram que ela se servisse.

– Quer levar um pouco para sua irmã? – Pata de Folha perguntou a Garra de Amora Doce. Os gatos do Clã das Sombras dividiam a caça escassa; cada gato comia apenas um bocado do tordo antes de passá-lo ao próximo.

Garra de Amora Doce balançou a cabeça. – Seria perda de tempo.

Pata de Folha se surpreendeu com a amargura na voz dele.

– Encontramos Pelo de Açafrão quando estávamos caçando – Pata de Esquilo explicou. – Garra de Amora Doce a convidou para ir com a gente, mas ela disse que era uma guerreira do Clã das Sombras e que nunca caçaria para outro clã.

– Não sei por que ela teve de agir assim – Garra de Amora Doce resmungou. – É como se tivesse esquecido que nasceu no Clã do Trovão e da nossa jornada juntos ao lugar onde o sol mergulha.

– Deve ser difícil para ela estar de novo com o Clã do Trovão – Pata de Folha arriscou. – Pelo de Açafrão talvez sinta que precisa provar sua lealdade ao Clã das Sombras mais do que nunca.

– Pata de Folha tem razão – Pata de Esquilo miou. – Não é pessoal, Garra de Amora Doce. Não faz muito tempo você me disse que sua lealdade é acima de tudo ao Clã do

Trovão, e não ao seu sangue. Pelo de Açafrão deve sentir o mesmo em relação ao Clã das Sombras.

– Acho que sim – Garra de Amora Doce concordou a contragosto. – Eu só queria caçar de novo com minha irmã. – Notando a tristeza na voz dele, Pata de Folha pensou como devia ser difícil ter uma irmã em outro clã. Ela olhou para Pata de Esquilo, grata por as duas dividirem um lar, onde quer que fosse.

– Pata de Folha! – Manto de Cinza a chamava da toca. – Venha me ajudar!

Ela subiu a encosta correndo.

– Pode levar estas ervas à rainha e aos anciãos?

– E quanto a Betulinha?

– Dê meia dose a ele.

Pata de Folha dirigiu um olhar de preocupação a Estrela Preta. – Vamos dividir as ervas com o Clã das Sombras?

– Vai sobrar um pouco – Manto de Cinza miou, com os olhos brilhando. – Oferecerei a Nuvenzinha, dizendo que não nos fará falta. Estrela Preta pode aceitar ou deixar as ervas para trás.

Pata de Folha admirou tanto a bondade quanto a engenhosidade da mentora. Estrela Preta poderia aceitar aquela oferta sem se sentir humilhado. Ela pegou um pacote e levou para Nuvem de Avenca. A gata ficou grata pelas ervas amargas, ainda que o mesmo não pudesse ser dito de Betulinha.

– Tem gosto de comida de corvo! – o filhote reclamou.

– Você nunca provou comida de corvo – Nuvem de Avenca pontuou. – Só engula.

Pata de Folha ronronou, achando graça, depois levou o pacote até Pele de Geada, Rabo Longo e Cauda Sarapintada, que estavam sob o abrigo da saliência na pedra.

Quando ela colocou o pacote no chão, Pele de Geada balançou a cabeça. – Não desperdice isso conosco – ela murmurou. – Não partiremos com o clã.

Pata de Folha piscou. – Não partirão conosco? Por quê?

Estrela de Fogo se aproximou. – Qual é o problema?

– Pele de Geada disse que os anciãos não partirão conosco!

– Somos velhos demais para a viagem – Cauda Sarapintada explicou. – Só atrasaríamos vocês.

Rabo Longo balançou o rabo. – De que eu serviria? Não consigo mais nem enxergar onde coloco as patas!

– O clã ajudará você – Estrela de Fogo garantiu, com gentileza, então olhou para as duas anciãs. – Assim como ajudará vocês.

– Sabemos disso – Pele de Geada miou. – Mas Cauda Sarapintada e eu estamos velhas demais para uma mudança dessas. Preferimos morrer sob o Tule de Prata sabendo que o Clã das Estrelas aguarda por nós.

Pata de Folha estremeceu. O Clã das Estrelas iria com eles, não?

Estrela de Fogo assentiu, sério. – Não posso forçá-las a partir conosco, Pele de Geada. Sei que suas patas e as de Cauda Sarapintada estão cansadas e que já ouvem os sussurros do Clã das Estrelas. Mas não deixarei você para trás, Rabo Longo. – O guerreiro malhado abriu a boca para argumentar, porém Estrela de Fogo prosseguiu: – Ontem, você ouviu a chegada do Clã do Vento antes de qualquer outro gato. Pode ter perdido a visão, porém seus ouvidos e seu faro são tão bons quanto os de qualquer outro guerreiro. Venha conosco, por favor.

Rabo Longo fechou os olhos cegos e respirou longa e tremulamente. Então voltou a abri-los e virou o rosto na direção de Estrela de Fogo, como se o estivesse vendo. – Obrigado – ele miou. – Eu irei.

Pelo de Tempestade subiu as pedras correndo. – Estrela de Fogo! Há um problema. O Clã do Rio não pode partir hoje.

As orelhas de Estrela de Fogo estremeceram em alarme. – Por que não?

– Pelo de Lama está morrendo. Não podemos deixá-lo sozinho.

Pele de Geada deu um passo à frente. – Nós ficaremos com ele.

– Cuidaremos de Pelo de Lama até que o Clã das Estrelas esteja pronto para levá-lo – Cauda Sarapintada concordou.

Pelo de Tempestade olhou surpreso para as duas. – Mas ele não é do clã de vocês.

– Não importa – Pele de Geada miou. – Vamos ficar de qualquer maneira. Não nos custará nada fazer o que pudermos por Pelo de Lama.

– O acampamento do Clã do Rio é muito mais abrigado que este lugar – Pata de Folha miou. – Caso se mantenham em meio aos juncos, ficarão protegidas dos Duas-Pernas.

– É verdade – Estrela de Fogo miou. – Se Estrela de Leopardo concordar, levaremos Pele de Geada e Cauda Sarapintada ao acampamento do Clã do Rio e as deixaremos com Pelo de Lama, para que o Clã do Rio possa se juntar à nossa jornada.

– O que está acontecendo? – Estrela Preta perguntou, aproximando-se do grupo.

– Pelo de Lama está morrendo – Estrela de Fogo explicou. – Precisaremos ir ao acampamento do Clã do Rio antes de rumar para o território do Clã do Vento.

Os lábios de Estrela Preta se franziram. – Iremos na frente e esperaremos vocês nos limites da floresta.

Uma voz rouca soou atrás dele. Pata de Folha reconheceu os pelos cinza de Nariz Molhado. – Eu gostaria de me despedir de Pelo de Lama – o ancião miou. – Eu o conheço desde que não passava de um aprendiz.

Os olhos de Estrela Preta se voltaram para o velho gato. Foi a primeira vez que Pata de Folha identificou respeito neles. – Claro, Nariz Molhado. Vá com o Clã do Trovão. Nós nos reencontraremos nos limites da floresta.

Estrela de Fogo passou os olhos pelas pedras. – Todos comeram as ervas de viagem?

– Sim. Sobrou um pouco até, que não vale a pena levar conosco. Talvez possa ficar com o Clã das Sombras – Manto de Cinza sugeriu, com um tom casual que não entregava nada.

Pata de Folha olhou para Nuvenzinha, cujo rabo se retorceu em entusiasmo. – Posso usar as ervas, Estrela Preta? – o jovem curandeiro pediu.

– Seria um desperdício não fazê-lo – Estrela Preta grunhiu, e Nuvenzinha começou a distribuir os pacotes na mesma hora. O líder do Clã das Sombras estreitou os olhos para Rabo Longo. Pata de Folha pensou que ele fosse dizer que não podiam levar um gato cego em uma viagem tão longa e perigosa.

No entanto, tudo o que Estrela Preta disse foi: – O guerreiro cego pode ir conosco enquanto o Clã do Trovão vai até o Clã do Rio. Não há motivo para fazê-lo atravessar o rio duas vezes. Tenho guerreiros que podem conduzi-lo pela floresta.

– Obrigado – Estrela de Fogo miou, verdadeiramente agradecido ao líder do Clã das Sombras. Ele tocou Rabo Longo com a ponta do próprio rabo. – Está de acordo?

O ancião assentiu, e seguiu Estrela Preta encosta abaixo, até os gatos do Clã das Sombras.

– Estão todos prontos? – Estrela de Fogo perguntou a seu clã.

Miados de concordância soaram por todo o entorno, e os gatos começaram a descer as pedras atrás dele. Apesar da chuva incessante, o rio mal passava de um fio de água. Estrela de Fogo parou ao lado dele e ordenou:

– Manto de Cinza, Pata de Folha, venham comigo. – Nariz Molhado, Pele de Geada e Cauda Sarapintada já atravessavam as pedras atrás de Pelo de Tempestade. – O restante do clã aguardará nosso retorno aqui – Estrela de Fogo concluiu. Ele assentiu para Garra de Amora Doce para colocá-lo no comando, depois atravessou o rio também.

Os juncos que cercavam o acampamento do Clã do Rio estavam marrons e quebradiços, com as raízes expostas. Pata de Folha seguiu o pai até a clareira e se encolheu quando vários gatos se viraram para olhar os visitantes com um misto de surpresa e hostilidade.

Estrela de Leopardo estava na entrada da toca dos curandeiros, com os olhos em chamas. – O que vocês estão fazendo aqui? Pelo de Tempestade não transmitiu a mensagem?

– Transmiti – Pelo de Tempestade miou, correndo até o meio da clareira. – Mas Estrela de Fogo tem uma sugestão.

– Pele de Geada e Cauda Sarapintada vão ficar para trás – Estrela de Fogo explicou. – Elas se ofereceram para cuidar de Pelo de Lama.

Estrela de Leopardo baixou a cabeça. – Foi muito gentil da parte delas. Mas não será necessário. Pelo de Lama já está quase com o Clã das Estrelas.

Pata de Folha saiu da frente quando Nariz Molhado resfolegou em choque e seguiu cambaleando na direção da toca dos curandeiros. Manto de Cinza o seguiu, então a própria Pata de Folha foi também, olhando para a líder do Clã do Rio ao passar. Estrela de Leopardo deixou que o fizessem, sem dizer nada.

Asa de Mariposa levantou a cabeça quando eles entraram na clareira. – Não há mais nada que se possa fazer – ela disse a Manto de Cinza, com tristeza nos olhos. – Ele não está sentindo dor. Eu me certifiquei disso.

Pelo de Lama estava deitado no meio da clareira. Gotas de chuva pingavam dos galhos sobre seus pelos emaranhados, porém ele não fazia nenhuma tentativa de se mover para um lugar mais protegido. Pelugem de Sombra, uma anciã do Clã do Rio, estava ao lado de Asa de Mariposa, olhando com pesar para o gato moribundo.

Nariz Molhado avançou e levou o focinho ao ombro de Pelo de Lama. – Vá para o Clã das Estrelas, meu amigo. Cuidaremos de seus companheiros.

Manto de Cinza se inclinou para também tocar Pelo de Lama com o focinho. Quando Pata de Folha estava se agachando para fazer o mesmo, sua garganta foi dominada pelo cheiro inconfundível da morte. Ela se forçou a não recuar e fechou os olhos. *Pelo menos você pode ter certeza de que o Clã das Estrelas o está esperando*, Pata de Folha pensou.

Pelo de Lama soltou um último suspiro trêmulo e desesperado; seu flanco se encheu, depois permaneceu imóvel, e seu espírito foi para junto do espírito de seus ancestrais guerreiros.

– Ele está com o Clã das Estrelas agora – Asa de Mariposa murmurou.

Pata de Folha piscou com tristeza para o monte de pelos imóvel. Aquele gato nunca veria o novo lar deles, onde quer que fosse. Quantos mais não chegariam ao fim da jornada?

CAPÍTULO 17

– Como vou me virar sem ele? – perguntou Asa de Mariposa, com os olhos arregalados de medo.

– Você ficará bem – Manto de Cinza garantiu a ela. – E haverá tempo para viver o luto, mas não será agora.

Asa de Mariposa a encarou por um momento, depois assentiu e deixou a clareira dos curandeiros para contar a seu clã que Pelo de Lama estava morto. Pata de Folha aguardou que os gatos do Clã do Rio começassem a chegar pelo túnel para demonstrar seu respeito, então retornou à clareira principal.

Asa de Mariposa estava sentada na chuva, com a cabeça curvada e água escorrendo dos bigodes. – Não consigo acreditar que Pelo de Lama se foi – miou.

– Ele não está longe – Pata de Folha a reconfortou. – Está com o Clã das Estrelas.

– Espero que sim – Asa de Mariposa murmurou.

Estrela de Leopardo emergiu da clareira dos curandeiros e foi até Estrela de Fogo. – Pelugem de Sombra e Ventre

Ruidoso vão ficar com suas anciãs – ela miou. – Estão velhos demais para viajar e querem ficar de vigília por Pelo de Lama.

Estrela de Fogo assentiu e murmurou: – Aguardaremos até que o Clã do Rio esteja pronto para partir.

Geada de Falcão e Pelo de Tempestade se aproximaram de Pata de Folha e Asa de Mariposa. Havia gentileza nos olhos de Geada de Falcão, o que não era comum, quando ele tocou a bochecha da irmã com o focinho.

– Não achei que fôssemos deixar ninguém para trás – Pelo de Tempestade comentou, com um suspiro.

– Nem eu – Pata de Folha concordou, olhando para Pele de Geada e Cauda Sarapintada. A imagem de Listra Cinzenta na barriga do monstro lhe passou pela cabeça.

Estrela de Leopardo foi até o centro da clareira e olhou ao redor. – Estão todos prontos?

– Não caçamos hoje – uma rainha do Clã do Rio a lembrou, envolvendo um filhote com o rabo de maneira protetora.

– Podemos caçar no caminho – Estrela de Leopardo disse.

A hora havia chegado. Em silêncio, os gatos começaram a se dirigir à entrada do acampamento. Pele de Geada e Cauda Sarapintada se sentaram na clareira e ficaram observando a partida dos companheiros de clã.

– Adeus, Pele de Geada – Pata de Folha sussurrou. – Adeus, Cauda Sarapintada. Boa caça.

– Boa caça – Pele de Geada respondeu.

Pata de Folha olhou para o céu cinza do outro lado dos galhos nus entrecruzados. A chuva salpicou seu rosto, e ela piscou para afastar as gotas que se agarravam a seus cílios. Era como se o Clã das Estrelas chorasse ao ver os outros clãs deixando a floresta. Triste, Pata de Folha se perguntou se seus ancestrais viajariam mesmo com eles, ou se aquela despedida era definitiva.

A voz suave de Estrela de Fogo soou em seu ouvido:
– Vamos. O clã está esperando por nós.

O avanço pela floresta foi dificultado pela chuva, que deixava as folhas escorregadias. Os gatos do Clã do Rio ficaram juntos, acompanhando o Clã do Trovão, mas mantendo certa distância. Cauda de Castanha ia ao lado de Pata de Folha e a ajudava sempre que ela tropeçava. À medida que se aproximaram dos limites da floresta, onde havia uma faixa estreita de território do Clã do Rio antes de entrar no pântano, Pata de Folha sentiu o cheiro do Clã das Sombras. Ela levantou a cabeça e viu os gatos aguardando sob as árvores, molhados e trêmulos.

– Pensamos que não chegariam nunca mais – Estrela Preta reclamou, sacudindo o corpo para se secar tanto quanto possível.

Os gatos do Clã das Sombras movimentavam-se impacientes a seu redor. Não ficavam confortáveis sob as árvores que outrora haviam pertencido ao Clã do Trovão; até mesmo Pelo de Açafrão parecia ansiosa para partir. Pata de Folha, no entanto, queria que se demorassem ali, de repente incapaz de suportar a ideia de se despedir da floresta em definitivo.

Estrela de Fogo olhou para seu clã. – Chegou a hora de nos despedirmos de tudo o que conhecemos.

Pata de Folha sentiu o corpo de Cauda de Castanha contra o seu e notou que Pata de Esquilo se aproximava de Garra de Amora Doce.

– Quero ir para casa! – uma filhote miou para Papoula Alta, com os olhos arregalados.

– Estamos indo para casa – a mãe prometeu, com as orelhas estremecendo. – Nossa nova casa.

Enquanto ela falava, uma gata ocre emergiu das árvores, um pouco mais à frente. Ainda que a chuva mascarasse seu cheiro, Pata de Folha a reconheceu na mesma hora: era Sasha.

Asa de Mariposa também devia tê-la reconhecido, porque deu um pulo e rolou como se fosse um filhote. Geada de Falcão seguiu a irmã, mais devagar, balançando a ponta do rabo para um lado e para o outro. Os gatos do Clã do Rio ficaram observando com aceitação paciente, porém Pata de Folha percebeu perplexidade nos olhos dos gatos do Clã do Trovão, que não sabiam quem era ela, e hostilidade declarada por parte dos gatos do Clã das Sombras.

– O que ela está fazendo aqui? – Pata de Esquilo sussurrou.

– Talvez saiba que estamos partindo – Pata de Folha arriscou.

– Mas por que veio?

Sasha terminou de cumprimentar os filhos e seguiu na direção dos gatos que a observavam. Pelo Gris silvou em ameaça, porém Estrela de Fogo o silenciou com um olhar.

– Achei que não a veríamos novamente – Estrela de Leopardo miou, baixando a cabeça.

– Eu também – Sasha admitiu. – Vim pedir que Geada de Falcão e Asa de Mariposa deixem o Clã do Rio e venham comigo. Vi o que os Duas-Pernas fizeram com a casa de vocês. Não é mais seguro ficar com o clã.

Asa de Mariposa olhou para as próprias patas. O coração de Pata de Folha parou por um momento. *Ela está mesmo pensando em partir?* Pata de Folha passou por Sasha para ficar frente a frente com a curandeira do Clã do Rio. – Sei que as coisas andam difíceis, mas você não vai aceitar, vai?

Asa de Mariposa piscou. – E-eu não sei...

– Seu clã precisa de você – Pata de Folha protestou, então se virou para Geada de Falcão. – Você não abandonaria seus companheiros, certo?

– A decisão é deles. – A voz de Estrela de Fogo soou mais alta que o barulho da chuva caindo. – Porém também sou da opinião de que devem permanecer com o clã.

Sasha estreitou os olhos. – Você quer que eles fiquem? – De repente, o vento cessou, e todos pareceram prender a respiração. – Mesmo sabendo que são filhos de Estrela Tigrada?

Os olhos de Pata de Folha passaram pelo rosto chocado dos gatos do Clã do Rio. Ficou claro que eles não sabiam que Estrela Tigrada era pai de Geada de Falcão e Asa de Mariposa, muito embora eles tivessem sido criados desde filhotes no clã.

Fez-se um longo silêncio enquanto Estrela de Fogo encarava Sasha. – Quero que eles fiquem *porque* são filhos de Estrela Tigrada – ele miou. Garra de Amora Doce afundou as garras na lama. Os olhos de Pata de Esquilo se arregalaram ainda mais. – Ele foi um grande guerreiro, e esses gatos já deram provas de que herdaram sua coragem. O clã precisa deles agora mais do que nunca. – Estrela de Fogo olhou para Garra de Amora Doce e Pelo de Açafrão. – Os filhos de Estrela Tigrada fizeram por merecer seu lugar em seus clãs repetidamente.

Não havia mais segredos. Todos sabiam que Estrela Tigrada ainda vivia em quatro gatos e que três clãs davam sequência a seu legado. Asa de Mariposa ergueu a cabeça para avaliar a expressão dos companheiros. Geada de Falcão ergueu o queixo como se não se importasse com o que pensavam.

Estrela de Leopardo assentiu. – Estrela de Fogo tem razão. O Clã do Rio precisa de todos os seus guerreiros, e certamente precisamos de nossa curandeira.

– Mas eles são filhos de Estrela Tigrada! – O silvo de Flor da Aurora sobressaltou Pata de Folha. A rainha do Clã do Rio olhava para Estrela de Leopardo como se ela tivesse acabado de convidar uma raposa a se juntar a eles.

Os olhos de Pata de Esquilo faiscaram. – E daí? Isso não significa que não possam ser leais!

– Geada de Falcão é um de nossos maiores guerreiros – Pelo de Tempestade acrescentou, então olhou para seus companheiros. – Vocês já tiveram motivos para duvidar da lealdade dele?

– Nunca – Pé de Bruma murmurou.

Estrela de Leopardo olhou para Geada de Falcão e Asa de Mariposa. – Vocês vão ficar?

– Claro – Geada de Falcão respondeu na mesma hora. – Eu jamais abandonaria meu clã. – Ele observava os companheiros com um brilho desafiador no olhar.

Pata de Folha sentiu o rabo estremecer. Fora sua ambição ou sua lealdade que motivara sua decisão? Ela olhou para Garra de Amora Doce. Como dois guerreiros podiam ser tão diferentes tendo o mesmo pai?

Asa de Mariposa olhou para a mãe, com as orelhas tremendo. – Tenho de ficar com o clã também – miou. – Sou a curandeira agora. Eles precisam de mim.

Sasha assentiu. – Muito bem. – Ela olhou para os filhos. – Estrela de Fogo tem razão. Vejo o pai de vocês em vocês dois.

Pata de Folha ouviu um rosnado baixo vindo de Flor da Aurora.

Sasha se virou para a rainha do Clã do Rio: – Estrela Tigrada nunca soube de seus filhos, mas teria orgulho desses dois. – Ela olhou para os gatos do Clã do Rio. – Vocês têm sorte em poder contar com eles.

Sasha foi até Geada de Falcão e Asa de Mariposa e roçou o corpo no deles. – Desejo uma boa viagem a vocês – ela miou, então se virou e seguiu na direção da floresta. As avencas sacudiram e Sasha desapareceu. Os gatos de clã ficaram todos olhando, em silêncio.

CAPÍTULO 18

– Vejam! – Bigode de Chuva gritou, fazendo os gatos pularem. No topo da elevação que marcava o início do território do Clã do Vento, delineado contra o céu cinza, encontravam-se os gatos do clã. Eles estavam enfileirados como pedras, esperando.

– Vamos – Estrela Preta ordenou.

Ele saiu do abrigo das árvores e subiu a colina lamacenta correndo, seguido por seus companheiros de clã. Pata de Esquilo olhou com tristeza para a floresta, apertando as garras contra a terra molhada pela chuva. Todos os gatos do Clã do Rio e do Clã do Trovão se demoravam no limite das árvores, como se partir estivesse sendo mais difícil do que imaginavam.

– Este não é mais nosso lar – Estrela de Fogo lembrou a eles. – Nosso lar nos aguarda ao fim de nossa jornada. – Ele começou a se afastar, abaixando a cabeça por causa da chuva.

Pata de Esquilo se juntou aos outros gatos que deixavam a floresta atrás dele. A seu lado, Garra de Amora Doce arqueou as costas para que tocassem as folhas, deixando seu cheiro nas pontas molhadas pela última vez.

– Pensamos que tinham mudado de ideia – Garra de Lama rosnou quando os três clãs se aproximavam do alto da colina.

– Pelo de Lama morreu – Estrela de Leopardo explicou. – Aguardamos até que ele se juntasse ao Clã das Estrelas.

Estrela Alta aguardava sentado entre seus guerreiros, tremendo. Suas costelas despontavam como gravetos retorcidos. Quando os outros chegaram, ele se levantou, seu rosto se contorcendo diante da rigidez de seus membros. – Sinto muito por Pelo de Lama – miou.

– Pelo menos ele morreu sob o Tule de Prata, o que não acontecerá conosco – Estrela Preta murmurou.

Suas palavras fizeram um calafrio percorrer a espinha de Pata de Esquilo. – Vimos o Tule de Prata no lugar onde o sol mergulha – ela comentou. – O Clã das Estrelas estará esperando por nós quando chegarmos.

O rabo de Garra de Lama se retorceu. – Vocês viram estrelas, mas eram nossos guerreiros ancestrais ou os de outros?

Pata de Esquilo piscou, pensando na Tribo da Caça Sem Fim, que guardava as montanhas. E se Garra de Lama estivesse certo e eles estivessem deixando não apenas seu lar para trás, mas também o Clã das Estrelas?

Estrela Preta fincou as garras no solo enlameado. – Vamos ou não?

– Estamos prontos – Estrela Alta miou.

O pântano que se estendia à frente estava irreconhecível. A grama sumira e tudo o que se via era terra sulcada.

Estrela de Leopardo olhou para o terreno revirado. – Há muitos monstros por aqui?

– Demais – Estrela Alta rosnou.

Pata de Esquilo se viu em dificuldades assim que os gatos começaram a atravessar o primeiro trecho. A lama grudava em suas patas, e a exaustão deixava suas pernas pesadas como pedras.

Garra de Amora Doce foi se juntar a ela. – Vamos. Você consegue.

– Está tudo bem – Pata de Esquilo o cortou. – Posso me virar sozinha.

Ele piscou e miou: – Sei que pode. – Pata de Esquilo se arrependeu por ter sido tão rude.

Pelagem de Poeira seguia logo atrás, com Betulinha nos dentes. Cauda de Nuvem foi até ele. Seu pelo estava sujo de lama, mas suas costas permaneciam brancas devido à chuva implacável. – Eu levo o filhote – ele se ofereceu, então pegou Betulinha, tomando o cuidado de não o sujar de lama. Pelagem de Poeira assentiu em agradecimento e entrou em um sulco lamacento para ajudar Nuvem de Avenca, que se esforçava para não cair.

Pata de Corvo também carregava um filhote. Parecia à beira do colapso, porém suas patas não paravam, embora seus olhos se mantivessem fixos no chão à frente.

Pata de Esquilo ouviu o ronco dos monstros dos Duas-Pernas à frente. A chuva não impedia que seu fedor se espalhasse no ar. Seus olhos arderam com as gotas de chuva que os acertaram quando ela ergueu o rosto e viu dois

Duas-Pernas no horizonte. – Como passaremos? – Pata de Esquilo perguntou.

– Podemos dar a volta? – Estrela de Fogo perguntou a Garra de Lama.

– Eles estão em todo o pântano – Bigode Ralo respondeu. – Este é o melhor lugar para atravessar, eu juro.

Um monstro com patas redondas enormes e dentes brilhantes rugiu adiante; outro revirava a terra atrás dele. Mais além, via-se um afloramento rochoso em meio à lama.

– Se chegarmos até lá, ficaremos em segurança por um tempo – Garra de Lama aconselhou. – Os monstros dos Duas-Pernas não conseguem subir nelas.

Mas podem derrubá-las, se quiserem, Pata de Esquilo pensou, lembrando-se da Pedra Grande.

– Você tem razão. Pode ser nossa única chance. Vamos esperar que os dois monstros passem e correr naquela direção – Estrela de Fogo disse, então olhou para os outros líderes, que assentiram em concordância.

Pata de Esquilo pressionou a barriga contra a lama, sentindo o frio penetrar seu pelo e sua pele encharcar. Manto de Cinza se agachou ao lado de Estrela Alta e empurrou uma patada de ervas na direção dele. *O que resta das ervas de viagem, para lhe dar forças*, Pata de Esquilo concluiu.

Assim que os monstros passaram roncando, Estrela de Fogo deu a ordem de correr.

Os gatos do Clã do Trovão foram na frente. Pata de Esquilo avançava às cegas pela lama, mantendo os olhos fixos no pelo malhado de Garra de Amora Doce. Sentia que, se o mantivesse em seu campo de visão, estaria salva. Quando chegou às pedras, ela ofegava de medo e exaustão. Garra de Amora Doce se esticou para ajudá-la a subir na saliência onde os outros já estavam reunidos. Estrela de Fogo passou por eles, seus pelos alaranjados transformados em marrons pela lama. Seus olhos se mantinham fixos nos gatos que ainda vinham na direção das rochas.

Pata de Corvo chegou e estendeu o filhote a Bigode Ralo antes de subir. Pata de Esquilo ouviu um Duas-Pernas gritar. Quando ela se virou, viu que ele corria desajeitado na lama, acenando com os braços. Tinha visto os gatos que se dirigiam às pedras, incluindo Pelo de Açafrão, que tentava desatolar um aprendiz do Clã do Rio.

– Estrela Preta e Estrela de Leopardo devem ter hesitado antes de dar a ordem de correr – Pata de Esquilo silvou.

Os monstros estavam fazendo a volta agora, virando suas patas na direção dos gatos que avançavam.

– Eles não vão conseguir chegar às pedras a tempo – Garra de Amora Doce comentou, sem ar.

– Precisamos voltar para ajudá-los – Estrela de Fogo gritou.

O desespero afastou todo o cansaço do corpo de Pata de Esquilo, que pulou de novo na lama. Estrela de Fogo seguia à frente. Ela sentiu o corpo de Garra de Amora Doce roçar o seu, então viu Pata de Corvo correndo em direção aos gatos do Clã do Rio.

O rugido do monstro deixou os ouvidos de Pata de Esquilo zunindo. Ela identificou um aprendiz do Clã do Rio, que tentava desesperadamente sair da lama, então cravou os dentes no cangote dele e o puxou. Assim que se viu livre, o aprendiz correu na direção das pedras.

– Obrigado!

Pata de Esquilo levantou a cabeça e deu com Pelo de Tempestade a observando. Ele piscou, agradecido, e se virou para puxar outro aprendiz com as próprias patas.

– Meu filhote! – O grito de Flor da Aurora fez Pata de Esquilo dar meia-volta. A rainha do Clã do Rio tinha um gatinho nas patas, porém outro corria na direção de um monstro, em pânico demais para entender para onde estava correndo.

– Deixe comigo! – Pata de Corvo saltou e pegou o filhote com os dentes. Ele escorregou na direção das pedras, suas patas espirrando lama.

Pata de Esquilo pegou o outro filhote e deu um empurrão em Flor da Aurora. – Depressa! – ela silvou.

Quando chegou à pedra, pulou em cima dela e encontrou uma fenda fora do alcance do Duas-Pernas. Com o filhote balançando em seus dentes, ela disparou por um buraco até sair do outro lado. Flor da Aurora a seguia de perto, assim como vários gatos do Clã do Rio. Pata de Corvo foi o último a sair, com o outro filhote. Flor da Aurora correu até ele e pegou seu filhote de volta, agradecida.

Pata de Esquilo entregou o outro filhote também e olhou em volta, procurando pela irmã. – Pata de Folha!

Ela estava agachada ao lado de Estrela Alta. Os flancos do líder do Clã do Vento subiam e desciam, e seus olhos estavam arregalados de medo. – Caçado em meu próprio território! – ele conseguiu dizer.

Pata de Folha levantou a cabeça quando ouviu que a irmã a chamava.

– Pode dar uma olhada nos filhotes? – Pata de Esquilo pediu. Pata de Folha olhou para Estrela Alta, incerta. Manto de Cinza apareceu a seu lado.

– Eu cuido dele – murmurou.

Pata de Folha se apressou para cheirar os filhotes, depois pressionou uma orelha contra o peito de um e de outro. – Eles só estão assustados e cansados – ela concluiu. – Vão ficar bem.

– Claro que estou bem – retrucou a filhote cinza-escura. – Aquele monstro nunca ia conseguir pegar *a gente*.

– Quieta, Salgueirinho – Flor da Aurora miou. Enquanto ela se inclinava para tirar a lama do rosto dos filhotes, os gatos do Clã das Sombras emergiram.

– Todos vieram? – Estrela de Fogo perguntou a Estrela Preta.

O líder do Clã das Sombras apenas assentiu, sem fôlego.

Os clãs descansaram nas pedras por um momento, porém ainda havia outro trecho de pântano revirado entre eles e a encosta gramada que levava à pradaria, e agora os Duas-Pernas estariam atentos. Não era seguro se demorar tanto na proximidade dos monstros.

– É melhor ficarmos juntos – Estrela de Fogo sugeriu. – Viajar como se fôssemos um único clã.

– E quem dará as ordens? – Estrela de Leopardo perguntou. – Você?

Estrela de Fogo balançou a cabeça. – Isso não importa. Só acho que seria menos perigoso nos mantermos juntos.

– Você não tem ideia de para onde vamos – Estrela Preta miou. – Temos de confiar nos gatos que já fizeram essa viagem, e cada clã conta com um deles. Podemos muito bem viajar separadamente.

– Vocês acabaram de ficar para trás – Estrela de Fogo pontuou. – E o Clã do Rio também. Precisamos ficar juntos, pelo menos enquanto houver Duas-Pernas por perto.

Estrela Preta estreitou os olhos. – E vamos ficar juntos – ele concordou. – Mas cada clã seguirá as ordens do próprio líder.

Pata de Esquilo não se aguentava de frustração. Lutando contra o cansaço que fazia sua cabeça girar, ela olhou para além do trecho de terra entre as pedras e os limites do pântano. Havia ainda mais monstros à distância, indo de um lado para o outro, como se vigiassem a fronteira.

Garra de Amora Doce foi até ela. – Falei com os outros. – Sua voz saiu baixa, e Pata de Esquilo entendeu que com "outros" ele se referia a Pelo de Açafrão, Pata de Corvo e Pelo de Tempestade. – Concordamos em nos dividir. Assim, podemos identificar problemas e ajudar qualquer gato que fique para trás. Pata de Corvo e eu iremos por último. Pelo de Tempestade irá na frente. Você irá de um lado, e Pelo de Açafrão do outro. – Pata de Esquilo assentiu em concordância. Garra de Amora Doce concluiu, com uma preocupação clara nos olhos: – Trouxemos todos até aqui. É nossa responsabilidade protegê-los.

Pata de Esquilo enroscou o rabo no dele e sussurrou: – Fizemos a coisa certa. Tenho certeza.

– Estamos prontos? – Estrela de Fogo berrou.

Devagar, os gatos se reuniram à beira das pedras, mantendo-se próximos de seus companheiros de clã. Garra de Amora Doce, Pata de Corvo, Pata de Esquilo, Pelo de Tempestade e Pelo de Açafrão foram as exceções, cada um assumindo sua posição em um extremo do grupo. Estrela Preta foi o primeiro a dar a ordem de avançar. Estrela de Leopardo, Estrela de Fogo e Garra de Lama logo o seguiram, e os gatos começaram a pular da superfície reconfortantemente dura da pedra para a lama escorregadia.

Eles se esgueiraram na direção dos monstros que guardavam a fronteira do território do Clã do Vento, procurando ser discretos e silenciosos. Pata de Esquilo ladeava o grupo, mantendo-se atenta a qualquer atividade inesperada dos Duas-Pernas e a qualquer gato que pudesse ficar para trás.

Pata de Folha foi para o lado da irmã. – Está tudo bem?

– Acho que sim – Pata de Esquilo murmurou.

– Com *você*, digo – Pata de Folha insistiu. – Você não tem a obrigação de proteger a todos, sabia? Fomos nós que escolhemos partir.

Pata de Esquilo piscou para a irmã, agradecida. – Eu sei.

Os clãs desaceleraram conforme se aproximaram dos monstros, tão agachados que Pata de Esquilo sentia que não passava de uma massa informe de lama. Sujos como estavam, eles se confundiam com a terra em volta. Os monstros estavam distantes, todos do mesmo lado, e não demonstravam nenhum sinal de que viriam de encontro aos gatos.

– Tem lama no meu olho! – Betulinha resmungou.

– Xiu! – Nuvem de Avenca o repreendeu, e ele ficou em silêncio.

O coração de Pata de Esquilo martelava no peito. Não faltava muito para que eles chegassem ao topo da inclinação que os tiraria da lama e os levaria para longe dos monstros. De repente, ela ouviu um som que fez seu sangue gelar. Um cachorro uivou em algum lugar perto dos monstros. Quando ela levantou a cabeça, viu que ele vinha na direção dos gatos, com as orelhas batendo e as patas gigantescas saltando sobre a lama.

– Cachorro! – Estrela de Leopardo gritou.

– Corram! – Estrela Preta ordenou.

Pata de Esquilo olhou em volta, em pânico. Os filhotes e os anciãos não tinha como ser mais rápidos que um cachorro! Os gatos dispararam. Estrela de Fogo e os outros líderes gritavam ordens para seus respectivos clãs.

– Peguem os filhotes! – Estrela de Fogo berrou.

– Ajudem os anciãos! – Estrela de Leopardo silvou.

Pata de Esquilo procurou Betulinha, porém Bigode de Chuva já o havia pego e corria em direção ao topo do declive, com Nuvem de Avenca logo atrás. A julgar pelos uivos assustadores do cachorro, ele estava cada vez mais perto. A enorme criatura atravessava com facilidade o solo revirado, encurtando a distância em relação aos gatos ainda mais rapidamente do que os monstros tinham feito. Os anciãos já ficavam para trás, muito embora os outros gatos os incentivassem a avançar com seus gritos desesperados e empurrões.

Pata de Esquilo olhou para trás, procurando Garra de Amora Doce. Horrorizada, ela viu quando ele se virou e correu direto para o cachorro. Pata de Corvo e Pelo de Açafrão foram com ele, quase irreconhecíveis de tão cobertos de lama. O que eles estavam fazendo?

Perplexa, Pata de Esquilo viu os três avançarem na direção do cachorro rosnando. Foi só quando chegaram bem perto que ela compreendeu o que se passava. A uma ordem de Garra de Amora Doce, eles se espalharam, cercando o cachorro preto; a criatura diminuiu o ritmo, olhando de um lado para o outro enquanto tentava decidir qual gato perseguir. Então seus olhos se fixaram em Pata de Corvo, e ele avançou na direção do guerreiro mirrado de pelo preto. Pata de Corvo correu na direção de Pelo de Açafrão, com as patas deslizando na lama. Ela passou por ele, correndo no sentido oposto e xingando o cachorro, depois desviando de modo que ele mordesse o ar. O cachorro hesitou, rosnando, então foi atrás da guerreira do Clã das Sombras. O coração de Pata de Esquilo tamborilou de medo quando ela viu que ele chegava perto de Pelo de Açafrão, porém Garra de Amora Doce já estava correndo atrás do cachorro. Ele arranhou suas patas traseiras e fugiu, fazendo com que o cachorro se virasse e começasse a persegui-lo.

Os Duas-Pernas tinham ouvido a comoção, e um deles correu para o cachorro, uivando. Garra de Amora Doce estava cerca de uma cauda de raposa à frente das presas brancas da criatura. Pata de Corvo agora corria na direção do cachorro. Ele passou perto de seu focinho e o levou a parar, em perplexidade. O cachorro olhou ao redor, tomado pela fúria. Pata de Corvo deu meia-volta e voltou a correr. O cachorro atacou, fechando a mandíbula perto do flanco do guerreiro. O Duas-Pernas uivou novamente e avançou ele mesmo, estendendo a própria pata.

Pata de Esquilo prendeu o ar. *Não deixe que o Duas-Pernas o pegue!*, ela implorou em silêncio a Pata de Corvo. Não podiam perder outro gato daquela maneira! Então a pata do Duas-Pernas se fechou na coleira do cachorro e o puxou. O alívio de Pata de Esquilo foi tão grande que ela sentiu até tontura.

Pata de Corvo se afastou do Duas-Pernas, com Pelo de Açafrão e Garra de Amora Doce em seu encalço. – Corra! – ele gritou, indo na direção de Pata de Esquilo. Ela se virou e foi atrás de seus companheiros de clã. A maioria já havia atingido o topo da elevação e agora descia pelo outro lado. Pata de Esquilo verificou se algum gato precisava de ajuda, porém os últimos anciãos, dois gatos do Clã das Sombras enfraquecidos pelo medo, já estavam sendo meio que arrastados, meio que empurrados por Pelo Rubro e Pelo de Tempestade. Ela os seguiu, chegando também ao topo e disparando ladeira abaixo.

Foi só quando já se encontrava na metade da descida que Pata de Esquilo se deu conta de que havia atravessado a fronteira do Clã do Vento e deixado o território dos clãs em definitivo. Os marcadores de cheiro já tinham sido apagados pela lama, pela chuva e pelo fedor dos monstros.

Pata de Esquilo se forçou a não olhar para trás. Tinham deixado sua casa. Agora a jornada deles tinha realmente começado.

CAPÍTULO 19

Como as sombras das nuvens avançando pelo chão, os clãs caminhavam em silêncio pela campina. Pata de Esquilo era grata por Garra de Amora Doce se manter a seu lado, protegendo-a do vento gelado. A chuva diminuía agora, porém as nuvens eram desfiadas por uma brisa que cortava como espinhos, trazendo consigo a promessa de tempo frio. Tremendo, ela levantou a cabeça e viu à frente um ninho de Duas-Pernas maior que a Pedra Grande.

Suas patas estavam doloridas por causa do restolho espinhoso que parecia cobrir todo o solo que haviam atravessado até então, e ela ansiava pela maciez das folhas. Cheiros desconhecidos dominavam o ar: dos Duas-Pernas, dos monstros que rondavam o Caminho do Trovão, de cachorros perambulando e até de vilões. Pata de Esquilo sentia a tensão instintiva de qualquer gato que se afastava de seu território, muito embora estivesse cercada por mais gatos de clãs do que nunca. Ela passou os olhos pela fileira de cercas vivas e seu coração pareceu parar diante da visão de folhas se sacudindo tão violentamente que não podia ser apenas por causa do vento.

Pata Negra deixou seu esconderijo como uma sombra ganhando vida, surpreso ao deparar com os clãs. Um segundo gato saiu logo depois dele. Pata de Esquilo reconheceu o pelo branco e preto de Cevada, o gato que tinha deixado Pata Preta passar muitas luas em seu lar em um celeiro dos Duas-Pernas.

– Estrela de Fogo! É você? – As orelhas de Pata Negra estremeceram quando ele chamou o velho amigo. Os gatos dos clãs pararam e ficaram olhando para ele. Todos sabiam sobre o aprendiz de pelo preto do Clã do Trovão que havia sido afugentado por seu mentor, Estrela Tigrada. E, entre os que não o haviam conhecido no pouco tempo que ele passara na floresta, muitos o haviam conhecido na jornada até as Pedras Altas.

– Olá, Pata Negra – Estrela Alta o cumprimentou, baixando a cabeça.

– Pata Negra! – Estrela de Fogo exclamou, passando pelos outros gatos para ir cumprimentar seu velho amigo.

– Estrela de Fogo! – Pata Negra tocou o nariz do líder do Clã do Trovão com o seu, depois olhou em volta. – Onde está Listra Cinzenta?

Estrela de Fogo piscou. – Ele não está conosco.

– Listra Cinzenta morreu? O choque eriçou todo o pelo de Pata Negra.

Estrela de Fogo balançou a cabeça. – Os Duas-Pernas o capturaram.

– Os Duas-Pernas? – Pata Negra repetiu. – Por quê?

– Eles começaram a nos prender. – A tristeza era evidente no miado de Estrela de Fogo. – Fomos forçados a deixar a floresta.

– *O quê?* – Pata Negra ergueu o nariz para farejar o ar. – É por isso que o Clã do Vento e o Clã do Rio estão com você? E o Clã das Sombras também?

– Os Duas-Pernas estão destruindo nossos lares – Estrela de Fogo explicou. – Teríamos sido esmagados por seus monstros se ficássemos. Isso se não morrêssemos de fome antes.

– Vocês realmente estão bem magros – Cevada comentou, dando um passo à frente.

– Olá, Cevada – Estrela de Fogo o cumprimentou. – Como anda a caça por aqui?

– Melhor do que onde estavam, ao que parece – foi a resposta sincera.

– Para onde vocês estão indo? – Pata Negra perguntou.

– Primeiro, para as Pedras Altas. Depois... – Estrela de Fogo olhou para Garra de Amora Doce como quem fazia uma pergunta, porém o outro gato só o encarou, mantendo-se em silêncio.

– Vocês vão ficar conosco esta noite, não vão? – Pata Negra perguntou. – É uma boa lua para caçar. O celeiro está cheio de ratos tentando se proteger do frio.

– Espere um momento, Pata Negra – Cevada o interrompeu. – Não temos como colocar todos esses gatos no celeiro. Os Duas-Pernas vão ter um ataque quando vierem pegar palha para as cavas.

– É verdade – Pata Negra disse. – Mas deve haver uma maneira de ajudarmos.

– Imagino que eles possam ficar no ninho quebrado – Cevada sugeriu.

– Claro! – Pata Negra se virou para Estrela de Fogo. – Você sabe, aquele lugar onde ficou com Estrela Azul depois que os ratos atacaram.

Estrela de Fogo olhou para as nuvens vermelhas no céu. – Eu pretendia chegar às Pedras Altas ainda hoje.

– Não podemos recusar a oferta de comida – Estrela Preta argumentou.

Estrela de Fogo baixou a cabeça. – Você tem razão. – Ele se virou para Pata Negra. – Muito obrigado.

– Agora vamos acomodar vocês. Depois podemos mostrar aos guerreiros os melhores locais para caçar – Pata Negra miou. – Tem caça suficiente para todo mundo.

Pata de Esquilo ouviu murmúrios entusiasmados entre os clãs, e os filhotes começaram a miar alto de fome, agora que parecia haver uma chance de que ela fosse saciada.

– Precisamos de comida e descanso mais do que podem imaginar – Estrela de Fogo miou.

Pata Negra notou o pelo sujo de lama do amigo e murmurou: – Ah, Estrela de Fogo, acho que podemos imaginar, sim.

O ninho quebrado dos Duas-Pernas não tinha telhado, porém servia perfeitamente bem agora que a chuva havia parado e só precisavam de proteção contra o vento, por causa de suas paredes de pedra.

– Reconheço este lugar – sussurrou Pé de Cinza, uma rainha do Clã do Vento. – Dormimos aqui quando Estrela de Fogo nos levou de volta para casa, depois que Estrela Partida nos expulsou.

– Não achei que fôssemos voltar para cá um dia – Pé de Teia resmungou.

Os filhotes e anciãos foram direto para o ninho, agradecidos e satisfeitos com a chance de descansar. Pata Negra e Cevada levaram os guerreiros para caçar, enquanto os aprendizes, incluindo Pata de Esquilo e Pata de Corvo, permaneceram para proteger os outros. Manto de Cinza e Pata de Folha iam de gato em gato para confirmar que ninguém havia se perdido no desespero de atravessar o pântano.

– Pata de Esquilo? – a irmã a chamou. – Pode pegar um pouco de musgo molhado lá fora? Parte das rainhas e dos anciãos está cansada demais para isso.

Ela assentiu e se apressou a arrancar musgo molhado das pedras antigas das paredes do abrigo.

Os gatos receberam o musgo com avidez, apertando-o com as patas dianteiras para extrair o máximo de água e beber. Quando a última anciã do Clã do Vento havia saciado sua sede, Pata de Esquilo decidiu se deitar para descansar as patas doloridas. Enquanto ela se ajeitava em um canto, os guerreiros retornaram com comida. Um cheiro quente delicioso se espalhou pelo abrigo, e ela estremeceu em alegria quando Garra de Amora Doce deixou um rato gordo bem à sua frente.

– Quer dividir? – Pata de Esquilo ofereceu.

– Não – Garra de Amora Doce miou. – É todo seu.

Sua barriga doía quando ela terminou, de tão desacostumada com aquela quantidade de comida, porém o desconforto breve foi muito menos assustador que a fome, e Pata de Esquilo se sentiu quentinha e bem alimentada pela primeira vez desde que havia retornado à floresta.

– Este é um bom lugar para descansar – Papoula Alta comentou, ronronando. – Acho que meus filhotes não suportariam outra noite no frio. Quase congelaram com a chuva de ontem.

– Hoje eles vão ficar quentinhos – Nuvem de Avenca concordou.

Estava escuro quando Garra de Amora Doce retornou com uma presa quase tão grande quanto a que havia dado a Pata de Esquilo e se acomodou ao lado dela para comer.

Estrela de Fogo estava deitado ao lado de Tempestade de Areia, os rabos vermelho-claros e vermelho-escuros enroscados. – Quer descansar conosco esta noite? – ele miou para Pata Negra, que se encontrava na entrada do ninho, vendo os gatos comerem.

– Quero, sim. – Ele foi até o canto onde o Clã do Trovão estava reunido. O Clã das Sombras estava no canto oposto, e o Clã do Rio e o Clã do Vento ocupavam os outros dois.

– Nunca pensei que voltaria a dormir com o clã – Pata Negra murmurou.

– Eu só gostaria que fosse em circunstâncias diferentes – Estrela de Fogo emendou, com um suspiro.

Os olhos de Pata Negra pareceram escurecer. – Como vão encontrar um novo lar?

– O Clã das Estrelas ajudará – Pata de Esquilo miou, então olhou para Garra de Amora Doce, que manteve a cabeça baixa. – Não é? – Ela se virou para a irmã, as patas agitadas pela incerteza. Pata de Folha assentiu, mas não disse nada.

Pata de Esquilo acordou com a luz fria do sol banhando o ninho. Pensando quão tarde seria, ela se espreguiçou. Havia dormido bem. Seu pai já estava sobre uma pedra caída, uma plataforma natural bem no meio do ninho quebrado. Por todo o entorno, gatos levantavam a cabeça, ainda sonolentos, e piscavam para a luz do dia.

– Dormimos demais – Estrela de Fogo miou. – Já é sol alto. Precisamos seguir para as Pedras Altas. Independentemente de nosso destino, temos uma longa jornada pela frente.

Garra de Lama se levantou, com o rosto contraído em teimosia. – Por que ir embora quando a caça é tão boa aqui?

– Meus filhotes comeram bem pela primeira vez em luas! – Papoula Alta acrescentou.

– Não faltam presas aqui – Estrela Alta concordou. Apesar da longa noite de sono, ele ainda parecia cansado e abatido.

– Só fomos convidados a ficar uma noite – Estrela de Fogo argumentou.

– E daí? O que Pata Negra faria se decidíssemos ficar mais? – Estrela Preta olhou em desafio para o gato. – Meu clã precisa de comida e abrigo, e não hesitaremos em recorrer à força se necessário.

Garra de Amora Doce se levantou. – Este lugar não é para nós. Não sei exatamente para onde vamos, mas nosso lar não é aqui.

Pata de Esquilo assentiu. – Por que o Clã das Estrelas nos faria ir até o lugar onde o sol mergulha se fosse para nos instalarmos aqui? Não precisaríamos de um sinal para isso.

As orelhas de Pata de Corvo estremeceram. – Precisamos concluir a jornada que iniciamos – ele rosnou.

– Concordo – Pelo de Tempestade miou, do canto do Clã do Rio.

– Eu também. – Pelo de Açafrão se espreguiçou, arqueando as costas. – Precisamos continuar.

– Acho que eles têm razão – Estrela de Leopardo miou, o que foi inesperado. – Há Duas-Pernas demais aqui. E um cachorro pode se soltar. Não teríamos para onde fugir.

Estrela Preta estreitou os olhos. – Está bem – ele murmurou.

Relutante, Papoula Alta se levantou e acordou os filhos. – Vamos, queridos – ela sussurrou. – É hora de irmos embora.

– Mas é quentinho aqui – um deles miou.

– E tem comida – outro completou.

– Mesmo assim, vamos embora – Papoula Alta insistiu, com a voz cansada. Pata de Esquilo não pôde deixar de admirar a coragem da rainha do Clã das Sombras. Papoula Alta foi até a entrada, seguida pelos filhotes, com os pelos amassados por causa da posição como tinham dormido.

– Vou com vocês até as Pedras Altas – Pata Negra ofereceu, roçando o rabo no flanco de Estrela de Fogo.

Os gatos foram saindo em silêncio do abrigo, dirigindo-se às Pedras Altas, que se erguiam à distância, escuras contra o céu claro. Pata de Esquilo estremeceu quando o vento agitou seu pelo. O sol alto já havia passado. Se avançassem no ritmo dos anciãos e dos filhotes, não conseguiriam chegar às Pedras Altas antes do pôr do sol.

– Quem é o representante do Clã do Trovão agora? – ela ouviu Pata Negra perguntar a Estrela de Fogo, e olhou para Garra de Amora Doce, que continuou olhando para a frente.

– Listra Cinzenta – Estrela de Fogo respondeu.

Pata Negra olhou para o amigo, surpreso. – Mas ele não está com vocês.

Estrela de Fogo o encarou, a dor fazendo seus olhos brilharem. – Já não basta termos precisado deixar nosso lar para trás? Não me peça que desista de meu amigo também. Sei que ele nunca desistiria de mim. – O líder do Clã do Trovão voltou a avançar. – Já temos um representante. Não há necessidade de escolher outro.

Uma sombra azul-escura recaía sobre as Pedras Altas, e o sol estava baixo no céu. Os gatos pareciam ter levado uma eternidade para subir a encosta íngreme e pedregosa com as patas esfoladas após um dia inteiro de viagem. Agora, estavam deitados diante da Boca da Terra, exaustos. Pata de Esquilo olhou para o túnel grande e escuro que conduzia à Pedra da Lua. Os líderes dos clãs e seus curandeiros haviam desaparecido dentro dele logo depois de chegar.

– Queria que você tivesse ido com eles – Pata de Esquilo murmurou para a irmã. – Assim me contaria o que o Clã das Estrelas disse.

– Estrela de Leopardo achou que não era algo para aprendizes, e Estrela de Fogo concordou – Pata de Folha miou.

– Acha que o Clã das Estrelas vai dizer alguma coisa?

– Quem sabe? – murmurou Pata de Folha.

Elas ouviram o som de patas pisando em pedras soltas, e logo Estrela de Fogo saiu do túnel, seguido por Estrela Alta, Estrela de Leopardo e Estrela Preta. A expressão deles não entregava nada quando os quatro se separaram para irem se juntar cada qual a seu clã.

– Quero saber o que aconteceu! – Pata de Esquilo insistiu com a irmã.

– Eles não podem nos contar nada sobre a cerimônia – Pata de Folha a lembrou.

Pata de Esquilo sentiu uma pontada de frustração. A irmã não se importava, porque tinha uma conexão especial com o Clã das Estrelas. Mas por que não podia ajudar os gatos que não tinham?

– Pata de Esquilo! – Garra de Amora Doce abriu caminho até ela. – Vamos nos reunir lá em cima – ele sussurrou, acenando com a cabeça para a cumeeira. – Precisamos nos decidir para onde ir agora.

Ela inclinou a cabeça de lado. – Achei que fôssemos ao lugar onde o sol mergulha, encontrar Meia-Noite.

– Essa é nossa última chance de ter certeza de qual é a coisa certa a fazer – Garra de Amora Doce respondeu. –

Depois, vamos levar nossos companheiros de clã aonde nunca estiveram. Venha.

Pata de Esquilo o seguiu pela inclinação íngreme, deixando os clãs para trás. Ela notou que Pelo de Tempestade se afastava do Clã do Rio também e rumava para a cumeeira, seu pelo cinza brilhando ao luar. Pelo de Açafrão e Pata de Corvo já estavam no alto do espinhaço, sua silhueta visível contra o céu índigo pontuado de estrelas.

O mundo ensombrecido se estendia do outro lado das Pedras Altas, e a extensão preta quase fez Pata de Esquilo perder o fôlego. Mais além, havia montanhas com o pico coberto de neve, gatos desconhecidos, criaturas perigosas e o lugar onde o sol mergulha, um trecho infinito de água onde Meia-Noite morava. Pata de Esquilo estremeceu. *Ah, Clã das Estrelas, o que estamos fazendo?*

– Todos concordam que devemos ir atrás de Meia-Noite, no lugar onde o sol mergulha? – Garra de Amora Doce perguntou.

A preocupação era evidente nos olhos de Pelo de Açafrão quando ela respondeu: – Não consigo pensar em outra opção, mas e se ela nem estiver mais lá?

– É uma viagem longa e perigosa – Pelo de Tempestade concordou.

– Eu estava tão certa de que íamos conduzir nossos clãs a um lar seguro – Pata de Esquilo miou, lembrando-se do entusiasmo com que levara a mensagem de Meia-Noite à floresta. – De que íamos salvá-los.

– Mas, em vez disso, podemos estar colocando-os em perigo – Garra de Amora Doce murmurou.

– Por que o Clã das Estrelas não escolheu outros gatos para levar a mensagem? – Pelo de Tempestade comentou, com um suspiro.

O coração de Pata de Esquilo doía por ele, que já havia perdido tanto. Sua irmã havia morrido na viagem, e agora os Duas-Pernas tinham levado seu pai. Ela se aproximou de Pelo de Tempestade e pressionou o flanco contra o dele.

– Acham que nossos ancestrais nos abandonaram? – Pelo de Açafrão miou, expressando um medo que incomodava todos ali.

– Bom, eles não mandaram o sinal, como Meia-Noite prometeu – Garra de Amora Doce admitiu. – Vocês viram um guerreiro moribundo?

– Pelo de Lama? – Pelo de Tempestade sugeriu.

– Ele era um curandeiro – Pata de Esquilo pontuou.

– Meia-Noite sabe a diferença? – Pelo de Açafrão murmurou.

Os cinco gatos se entreolharam em silêncio.

– Mas Pelo de Lama morreu no território do Clã do Rio! – Uma dúvida doentia revirou o estômago de Pata de Esquilo. – Se a morte dele foi o sinal, viemos na direção errada!

Eles trocaram olhares apavorados enquanto imaginavam ter de contar a seus líderes que precisavam levar o clã de volta ao coração da floresta para encarar os monstros novamente.

Ah, Clã das Estrelas, entendemos tudo errado? Pata de Esquilo ergueu o rosto para o céu e fechou os olhos. Quando voltou a abri-los, um movimento chamou a sua atenção e tirou-lhe o ar. Os outros gatos se voltaram para a mesma direção. Acima deles, uma estrela cadente traçou um caminho prateado antes de desaparecer.

– O guerreiro moribundo! – Pata de Esquilo soltou. Era o sinal que vinham aguardando, um dos guerreiros do próprio Clã das Estrelas se esvaindo em nada para lhes mostrar a direção a seguir. Tênue como uma teia de aranha, o rastro da estrela perdurava no céu, estendendo-se na direção do horizonte, onde os picos das montanhas apontavam para o alto.

– Agora sabemos para onde ir – Garra de Amora Doce murmurou.

– Para além das montanhas – Pata de Esquilo miou.

CAPÍTULO 20

Pata de Folha chegou mais perto de Manto de Cinza quando o frio do alvorecer a despertou. A pedra abaixo dela parecia ter roubado todo o calor de seu corpo, e o ar estava tão frio que, quando Pata de Folha abriu os olhos, notou que sua exalação se condensava no ar. Ela se levantou e se espreguiçou. Uma camada de gelo fazia as rochas brilharem à luz pálida da manhã. Pata de Folha sentiu um cheiro tão delicioso que ficou com água na boca. Pata Negra subia a encosta com um coelho recém-caçado na boca.

Os outros gatos do Clã do Trovão ainda dormiam, reunidos em uma depressão na pedra a vários comprimentos de raposa de onde cada um dos outros clãs havia passado a noite. O cheiro de coelho os despertou, e todos começaram a levantar a cabeça diante da passagem de Pata Negra. Estrela de Fogo já se espreguiçava, com Tempestade de Areia a seu lado, quando seu amigo deixou a presa morta aos seus pés.

– Um presente de despedida – Pata Negra miou.

Estrela de Fogo olhou para ele e miou: – Eu gostaria muito que você fosse conosco. Perdi Listra Cinzenta. Não queria ter de deixar outro amigo para trás.

Pata Negra balançou a cabeça. – Meu lar é aqui. Mas prometo que nunca esquecerei você. E que estarei sempre o esperando.

Pata de Folha se perguntou com um aperto no peito se eles retornariam um dia. Sabia que viajariam para longe, porém não fazia ideia de quão longe.

– Passamos por muita coisa juntos – Estrela de Fogo murmurou, as lembranças fazendo seus olhos cintilarem. – A morte de Estrela Azul, a derrota de Estrela Tigrada... – Ele suspirou. – Tanto aconteceu, como a água de um rio correndo.

– E mais água correrá antes que nos juntemos ao Clã das Estrelas – Pata Negra garantiu a ele. – Não é o fim. É o começo. Você precisará da coragem de um leão para enfrentar essa jornada.

– É difícil encontrar coragem depois de perder tanto. – Os olhos de Estrela de Fogo se nublaram. – Nunca pensei que teria de deixar a floresta. Mesmo quando o Clã de Sangue veio, eu morreria para salvar meu lar.

Pata Negra passou o rabo pelo flanco de Estrela de Fogo. – Se eu encontrar Listra Cinzenta, direi a ele em que direção foram – o gato prometeu, então baixou a cabeça de maneira formal. – Adeus, Estrela de Fogo, e boa sorte.

– Adeus, Pata Negra.

O gato solitário começou a descer a encosta, e Pata de Folha teve pena do pai, que deixava para trás dois de seus amigos mais antigos e mais próximos e sem saber se um deles estava vivo ou não. Ela viu Tempestade de Areia pressionar a bochecha contra a de Estrela de Fogo, como se para lembrá-lo de que ele não estava sozinho.

Manto de Cinza alongou uma perna dianteira e depois outra: – É melhor conferirmos se os gatos estão todos prontos para a viagem que temos pela frente – ela miou.

Pata de Folha assentiu e pensou em quando Pata de Esquilo havia retornado da cumeeira com os outros na noite anterior. Os olhos de todos brilhavam. – Vimos o guerreiro moribundo! – Garra de Amora Doce miou, quase sem fôlego de tanta emoção.

– Vocês viram o sinal? – Estrela de Fogo perguntou, levantando-se na mesma hora de um cochilo ao lado de Tempestade de Areia.

– Como podem ter certeza? – Manto de Cinza perguntou.

– Uma estrela cortou o céu, depois desapareceu – Pata de Esquilo explicou. – Caiu atrás das montanhas.

Estrela Preta se aproximou depressa de onde o Clã das Sombras se reunia, parecendo intrigado. – É o sinal que aguardamos na Pedra Grande?

Pelo de Açafrão ficou olhando para ele, como se tivesse acabado de constatar algo. – Claro! Meia-Noite estava falando das Pedras Altas, e não da Pedra Grande, em Quatro Árvores!

Pelo de Tempestade assentiu. – Ela nunca veio à floresta. Deve ter visto algo que lhe pareceu uma pedra grande, embora isso para nós signifique algo muito diferente.

Estrela de Leopardo abriu caminho até eles. – E o que há além das montanhas?

– Montanhas? – Nuvem de Avenca repetiu, puxando Betulinha para mais perto de si.

– Da última vez que passamos por elas, chegamos ao lugar onde o sol mergulha – Garra de Amora Doce explicou. – Mas dessa vez a estrela pareceu apontar para mais longe ainda.

Geada de Falcão estreitou os olhos e perguntou: – Então teremos de encontrar uma nova rota?

– Não exatamente – Garra de Amora Doce respondeu.

– Será mais seguro atravessar as montanhas pelo mesmo caminho que tomamos da última vez – Pelo de Açafrão miou. – Para não corrermos o risco de nos perder. Fora que pode nevar a qualquer momento.

– Podemos seguir na direção em que a estrela caiu depois de atravessar as montanhas – Pata de Esquilo concluiu.

Pata de Folha notou que os bigodes da irmã se contorciam e Garra de Amora Doce afiava as garras na pedra como se estivesse se preparando para a viagem. No entanto, a expressão de ambos lhe pareceu assustada. Estavam com medo do que encontrariam, porque sabiam o que a jornada poderia lhes reservar. Com certo receio, ela se perguntou por que o Clã das Estrelas havia escolhido um guerreiro *moribundo* para lhes mostrar o caminho. Parecia um mau agouro no qual depositar as esperanças dos clãs.

– Vamos, Pata de Folha. – O chamado de Manto de Cinza a trouxe de volta à manhã gelada.

– Manto de Cinza – Pata de Folha miou, hesitante. – Você acha que o sinal do Clã das Estrelas indica que eles estão vindo conosco?

A curandeira a olhou demoradamente enquanto pensava. – Espero que sim.

– Mas você não tem certeza? – Pata de Folha insistiu.

Manto de Cinza olhou em volta. Não havia ninguém por perto. – Ontem, quando fomos à Pedra da Lua, mal consegui ouvir o Clã das Estrelas – admitiu.

– Mas eles disseram alguma coisa, não? – Pata de Folha perguntou, preocupada.

Manto de Cinza estreitou os olhos. – Sei que falaram comigo, mas não entendi o que estavam dizendo. Era como se suas vozes fossem abafadas pelo rugido do grande vento.

– Mas você não compreendeu nada?

– Nada. – Manto de Cinza fechou os olhos por um momento. – Mas eles estavam lá.

– O Clã das Estrelas deve estar sofrendo tanto quanto nós – Pata de Folha murmurou. – Deve ser terrível assistir à destruição da floresta e não poder impedi-la. Afinal, já foi o lar deles também.

Manto de Cinza assentiu. – Você tem razão. Como nós, no entanto, eles vão se recuperar, desde que todos os cinco clãs continuem juntos.

– E eles vão nos encontrar em nosso novo lugar? – Pata de Folha perguntou, temerosa. – Vão saber onde nos procurar?

– Não temos resposta para essas perguntas. – Manto de Cinza endireitou o corpo, e sua voz se tornou brusca. – Vamos. Nossos companheiros precisam de nós.

Pata de Folha foi até onde Pata Negra havia deixado o coelho, que permanecia intocado. Uma equipe de guerreiros há havia partido para procurar mais.

– Posso levar para Nuvem de Avenca e Betulinha? – ela perguntou, mas Estrela de Fogo parecia perdido em pensamentos.

– Claro – miou Tempestade de Areia.

Pata de Folha olhou para a mãe, ansiosa. – Ele vai ficar bem?

Estrela de Fogo se virou para a filha. – Claro que sim – ele miou. – Pode levar o coelho a Nuvem de Avenca.

Pata de Folha pegou a presa abatida e foi até onde a gata estava, seu corpo envolvendo o do filhote. Ele estremecia de frio, enquanto a mãe o lambia com vigor para aquecê-lo.

– Está frio demais para dormir ao relento – Nuvem de Avenca se queixou, quando Pata de Folha apareceu. – Mal consegui descansar. – Ela olhou para Betulinha, parecendo temerosa, e Pata de Folha concluiu que Nuvem de Avenca teve medo de pegar no sono e constatar que havia perdido seu último filhote ao acordar.

– Aqui. – Pata de Folha deixou o coelho no chão. – Isto deve ajudar.

Os olhos de Nuvem de Avenca brilharam em surpresa e depois gratidão. Ela arrancou uma pata traseira do animal e colocou à frente de Betulinha, dizendo: – Experimente. Comíamos coelho o tempo todo, mas agora fazia luas que não via um.

– Coma um pouco também – Pata de Folha aconselhou a Nuvem de Avenca.

– Comerei – a outra prometeu.

A barriga de Pata de Folha roncou, e ela torceu para que a equipe de busca retornasse logo. Ela olhou em volta para verificar se algum outro gato parecia estar precisando de ajuda, porém a maioria demonstrava certa animação, livrando-se da rigidez dos membros para depois ir beber água das cavidades nas pedras. Muitos, incluindo Garra de Amora Doce e Pata de Esquilo, estavam sentados perto da cumeeira, a pedra cinza agora rosada ao nascer do sol.

Pata de Folha ouviu Pata Branca insistindo com Garra de Amora Doce: – Conte para nós como foi, por favor!

Garra de Amora Doce olhou por cima do ombro para o outro lado. – Você logo descobrirá por conta própria.

– Mas, se você contar, estaremos prontos para o que quer que seja! – Pata de Aranha apontou.

– Ele tem razão – Pata Branca miou. – Você precisa nos preparar.

Garra de Amora Doce pousou o rabo sobre as patas com um suspiro resignado. – Bom, há muitas ovelhas, umas criaturas brancas e fofas que lembram um pouco nuvens sobre pernas. Elas são inofensivas, mas é melhor tomar cuidado com os cachorros, porque os Duas-Pernas os usam para controlar as ovelhas. E Caminhos do Trovão, claro. São pequenos, mas vários. Depois vêm as montanhas...

Sua voz morreu no ar, e Pata de Folha sentiu o vento frio penetrar seu pelo. O que as montanhas tinham que assustavam tanto aqueles gatos? Como eles as atravessariam com filhotes e anciãos? *Ah, Clã das Estrelas, onde vocês estão?* Se ela acreditasse que viajavam com eles, talvez não sentisse tanto medo.

Pata de Folha nunca teria imaginado que existia um mundo tão vasto além das Pedras Altas. Campo após campo se estendiam diante deles, pontuados por ovelhas, que eram exatamente como Garra de Amora Doce as descreveu: parecidas com nuvens. Pata de Esquilo avançava ao lado dela, sua exalação condensando no ar gelado.

– Você se lembra disso? – Pata de Folha perguntou.

– Um pouco – Pata de Esquilo miou.

– Então estamos no caminho certo?

– Sim.

Pata de Folha se perguntou por que a irmã parecia tão relutante em falar, depois notou que ela trocava olhares ansiosos com Garra de Amora Doce. Ele tinha passado a manhã circulando entre os gatos, flanqueando primeiro um lado, depois outro, como se tivesse medo de perder alguém.

Pata de Folha sentiu o ar vibrar, e um estrondo à distância a fez parar. Se não fosse pelo céu claro, pareceria que ia chover. Ela ergueu o nariz e farejou o ar. Um Caminho do Trovão.

– Esse é grande – Pata de Esquilo alertou.

À medida que se aproximava, o estrondo começou a lembrar mais um rugido, e o fedor fez a garganta de Pata de Folha arder. Os gatos da frente diminuíram o ritmo, aproximando-se um pouco, porém ainda mantendo certa distância daqueles que não eram de seu clã. Pata de Esquilo continuou avançando, e Pata de Folha a seguiu até chegarem a uma vala com as laterais bastante íngremes. Do outro lado, ficava o Caminho do Trovão.

– É melhor atravessarmos os filhotes primeiros – Estrela de Fogo disse, liderando o grupo até a vala estreita. Pata de Folha desceu ao lado de Cauda de Castanha, com as patas escorregando na grama. Monstros passavam rugindo de ambos os lados, e ela se encolheu toda com a terra tremendo sob suas patas.

– Cada clã deve se virar sozinho – Garra de Lama opinou.

– O Clã do Rio será o primeiro – Geada de Falcão declarou.

– Nem todos os guerreiros estão tão fortes quanto os do Clã do Rio – Estrela de Leopardo apontou. – Estrela de Fogo tem razão: precisamos ajudar os clãs mais fracos.

– Meu clã não precisa de sua ajuda! – Garra de Lama silvou. – Além disso, seria um caos. Ninguém saberia a que ordens seguir.

– Então por que não lidera a todos? – Estrela de Fogo retrucou.

– Ninguém dará ordens ao Clã das Sombras a não ser eu! – Estrela Preta grunhiu.

Garra de Amora Doce abriu caminho em meio à multidão para se colocar ao lado de Estrela de Fogo. Pata de Folha estava perto o bastante dele para sentir o cheiro de medo.
– Gatos podem morrer enquanto vocês ficam discutindo! Não importa quem está no comando, desde que todos os gatos cheguem em segurança ao outro lado.

Estrela de Fogo baixou as orelhas e Geada de Falcão balançou o rabo.

– Deixem que ele fale – Estrela de Fogo miou.

– Eu liderarei o Clã do Trovão – Garra de Amora Doce começou. – Pata de Corvo liderará o Clã do Vento. Pelo de Açafrão liderará o Clã das Sombras. E Pelo de Tempestade liderará o Clã do Rio.

– Pata de Corvo não pode liderar o Clã do Vento – Garra de Lama discordou. – Ele é apenas um aprendiz.

– Você já passou por aqui? – Garra de Amora Doce perguntou.

– Não – Garra de Lama cuspiu. – Mas já liderei meu clã.

– Pata de Corvo liderará! – Garra de Amora Doce silvou.

Ignorando os dois, Pelo de Tempestade balançou o rabo e conduziu os companheiros de clã até a beirada do Caminho do Trovão, onde se agachou, pronto para dar o sinal. Um monstro passou rugindo, sua pele cintilando ao sol. Assim que ele se foi, Pelo de Tempestade gritou e os gatos do Clã do Rio atravessaram o Caminho do Trovão. Pata de Folha procurou Flor da Aurora. Ela logo encontrou seu pelo cinza-claro e sentiu uma onda de alívio ao ver que dois guerreiros do Clã do Rio a ajudavam a carregar os filhotes.

Enquanto os gatos se reuniam na beirada oposta, Pata de Folha ouviu o estrondo ameaçador de outro monstro. Agradecendo ao Clã das Estrelas pelo fato de o Clã do Rio ter chegado ao outro lado em segurança, ela levantou a cabeça para calcular a distância. Então se sobressaltou. Garra de Lama havia ordenado que seu clã começasse a atravessar, em vez de respeitar Pata de Corvo.

Pata de Corvo olhava em pânico para o monstro, que se aproximava rugindo. – Depressa! – Ele disparou e pegou um filhote. Assim que o colocou na margem, voltou para pegar outro. – Ajudem os filhotes! – Esforçando-se para se segurar à superfície escorregadia, Pata de Corvo pegou outro filhote pelo cangote e correu até a margem oposta. Os guerreiros e aprendizes se encarregaram dos filhotes restantes e o acompanharam, seguidos pelas rainhas. Flor da Manhã, no entanto, uma anciã do Clã do Vento, ficou para trás.

– Corra! – Pata de Folha gritou.

Acima dela, Estrela de Fogo se agachou na beirada do Caminho do Trovão. Ele olhava para o monstro se aproximando, calculando se seria capaz de chegar a Flor da Manhã a tempo.

– Fique onde está! – Garra de Amora Doce gritou para ele.

Estrela de Fogo se encolheu ainda mais e abaixou as orelhas. – Vá em frente! Você consegue! – ele gritou para a gata do Clã do Vento. O monstro se aproximava como um redemoinho. De repente, desviou no Caminho do Trovão e começou a ir na direção de Estrela de Fogo. Morrendo de medo, Pata de Folha fechou os olhos e esperou pelo som nauseante do esmagar de pelos e ossos.

Que nunca veio. Ela abriu uma frestinha dos olhos e constatou que o monstro havia passado tão perto de Estrela de Fogo que o vento fizera seus pelos esvoaçarem. Então foi embora, sem reduzir a velocidade. Pata de Folha abriu os olhos por completo. Flor da Manhã mancava determinada pelo Caminho do Trovão, enquanto seus companheiros de clã a observavam do outro lado. Estrela de Fogo se afastou da margem, com a respiração pesada.

– Tudo bem, ele está salvo – Cauda de Castanha a tranquilizou, levando o focinho ao ombro de Pata de Folha.

– Achei que ele fosse morrer – ela sussurrou.

– Seu pai é corajoso – Cauda de Castanha murmurou –, mas não é tolo.

Pata de Folha se virou para o Clã das Sombras, que aguardava para atravessar. Torcia para que Estrela Preta fosse cauteloso depois da imprudência de Garra de Lama. O líder do Clã das Sombras observava Pelo de Açafrão.

Um aprendiz avançou.

– Volte! – Pelo de Açafrão silvou, e seu tom o fez parar e se juntar aos companheiros de clã na mesma hora.

– Vamos todos juntos – ela insistiu, olhando para Estrela Preta, que assentiu.

Não havia nenhum monstro à vista. Com cuidado, Estrela Preta avançou, erguendo o nariz para farejar o ar.

– Agora! – ele ordenou, e os gatos do Clã das Sombras pularam da margem e adentraram o Caminho do Trovão. Os filhotes de Papoula Alta eram carregados em segurança por guerreiros, enquanto a gata acompanhava seu clã como um peixe nadando na direção da correnteza. Pata de Folha suspirou de alívio quando todos os gatos chegaram ao outro lado, pouco antes que um monstro fizesse a terra tremer outra vez.

– Vamos depois desse – Garra de Amora Doce disse.

De repente um grito agudo veio do outro lado. Pata de Folha ficou tensa. Um filhote de Papoula Alta havia retornado ao Caminho do Trovão! Atordoado, ele caminhava em círculos pela terra dura, miando para a mãe.

Pelagem de Poeira e Pelo de Rato baixaram a barriga junto ao chão, prontos para correr em direção ao filhote.

– Esperem! – Garra de Amora Doce ordenou. – É perigoso demais.

O clã manteve sua posição.

Papoula Alta abriu caminho em meio aos gatos do Clã das Sombras para socorrer o filhote, mas havia uma rainha do Clã do Rio em posição melhor. Flor da Aurora pulou no Caminho do Trovão e tirou o filhote do caminho do monstro. Ela o carregou de volta à margem, largou-o na grama e começou a lambê-lo com vigor.

De repente, parou e passou a língua pelos lábios, confusa e se dando conta de que o filhote não era dela. Meio sem graça, Flor da Aurora olhou para os companheiros de clã. Papoula Alta chegou correndo e pegou seu filhote, e Pata de Folha ficou tensa, torcendo para que ela não tivesse se ofendido com a intervenção da rainha de outro clã. Porém Papoula Alta só baixou a cabeça para Flor da Aurora, com os olhos transbordando gratidão, antes de levar seu filhote embora.

– Cauda de Pluma me salvou daquela espécie de cerca. – Pata de Esquilo apontou com o nariz para o cabo brilhante pendurado entre dois postes de madeira. O Caminho do Trovão tinha ficado para trás, e as pernas de Pata de Folha finalmente tinham parado de tremer. Ela ficou grata à irmã por distraí-la com as histórias de sua primeira viagem até ali. Pata de Esquilo prosseguiu: – Enquanto os outros discutiam o que fazer, Cauda de Pluma esfregou folhas de erva azeda mastigadas em mim e eu escorreguei como se fosse um peixe.

– Mas deixou metade do seu pelo para trás – Pelo de Tempestade a lembrou, e Pata de Esquilo deu uma patada de leve nele, brincando.

Não parecia haver perigo ali, agora que não sentiam mais cheiro de Duas-Pernas nem de cachorro. As ovelhas pastando faziam bastante barulho, mas mal davam atenção aos gatos. Agora, eles avançavam espalhados por um campo, mantendo a divisão dos clãs, com exceção de Pata de Corvo, Pelo de Açafrão, Garra de Amora Doce, Pata de Esquilo e Pelo de Tempestade. Eles se revezavam para ir de um lado ao outro da fila atrás de gatos desgarrados.

Estrela Alta acompanhava o grupo, apesar de cansado. Bigode Ralo não saíra de seu lado o dia todo. Os outros líderes olhavam para o gato ancião do Clã do Vento de tempos em tempos, claramente preocupados.

– É melhor encontrarmos um lugar onde descansar – Casca de Árvore aconselhou, quando o céu já escurecia e uma brisa fresca sacudia o pelo dos gatos.

– Há um matagal à frente – Estrela de Fogo miou. – Podemos nos abrigar lá.

Os outros líderes concordaram. Os gatos subiram até o topo de uma elevação e entraram no matagal. Pata de Folha se deitou agradecida sobre um monte de musgo.

– Sinto cheiro de raposa – Estrela Preta avisou.

– É cheiro antigo – Estrela de Leopardo observou, farejando.

– Mas ela pode voltar quando estivermos dormindo – Garra de Lama miou.

– É melhor os clãs dormirem juntos – Flor da Aurora comentou, esticando o rabo para impedir um filhote malhado gordo e de rosto redondo de perseguir um tatu-de-jardim. – Quieto.

– Os filhotes e as rainhas devem dormir no meio – Bigode Ralo sugeriu. – Assim ficarão mais seguros. – Ele olhou para Estrela Alta. – Os gatos mais velhos podem se juntar a eles.

– Está bem – Estrela Preta concordou. – Cada clã destacará dois guerreiros para ficar de guarda.

Pata de Folha foi até Cauda de Castanha, grata pelo abrigo de um musgo-renda. Nuvem de Avenca ia dormir bem aquela noite, com os quatro clãs reunidos e uma vegetação rasteira densa para manter Betulinha quente. O matagal era bastante silencioso, e apenas os uivos de uma coruja rompiam o silêncio gelado. Não era a floresta, e o cheiro dos quatro clãs misturados provocava cócegas no nariz de Pata de Folha, porém ela se sentia segura o bastante para se encolher junto a Manto de Cinza e pegar no sono.

Enquanto avançavam devagar na direção do sol poente, Pata de Folha se acostumou a lidar com os Caminhos do Trovão. Os clãs ainda os atravessavam separadamente, porém as rainhas agora cuidavam dos filhotes umas das outras, depois de verem como era fácil os pobrezinhos se confundirem com o barulho e o fedor dos monstros. Como teias de aranha na chuva, os limites entre os clãs começavam a se dissolver.

– Chegaremos às montanhas esta noite – Garra de Amora Doce anunciou, enquanto Pata de Folha fazia sua vistoria matinal do clã, em busca de ferimentos ou sinais de infecção.

– Estamos assim perto? Ela olhou para as montanhas, que haviam passado de uma linha no horizonte a um volume de pedra impressionante. A visão da neve acumulada nos picos mais altos a fez estremecer. Alguns gatos já haviam começado a tossir, despertando o medo de Pata de Folha da tosse verde, doença capaz de extinguir todo um clã na estação sem folhas.

– Pata de Folha! – Estrela de Fogo a chamou. – Quer caçar um pouco?

– Sim, por favor – ela respondeu, animada. Andava tão ocupada atendendo ao clã, protegendo cortes com teias de aranha, aliviando arranhões com erva azeda e se esforçando ao máximo com o que ela e Manto de Cinza encontravam no caminho que fazia dias que não caçava.

– Então vá com Garra de Amora Doce e Pata de Esquilo – Estrela de Fogo ordenou. – Veja se consegue trazer um ou dois ratos.

Pata de Esquilo se colocou ao lado da irmã. – Por onde vamos?

– Deve haver ratos naquele campo ali – Garra de Amora Doce comentou, apontando com o rabo para a pradaria aberta além de uma fileira de sebes.

– Então vamos – Pata de Esquilo apressou.

Ele foi atrás dela, e Pata de Folha os seguiu, atravessando a sebe e dando com um gramado amplo do outro lado.

Enquanto Garra de Amora Doce e Pata de Esquilo caçavam nos limites do campo, ela seguiu pelas gramíneas outrora altas, amassadas pelo vento e pela chuva da estação sem folhas. Quase de imediato, sentiu cheiro de rato. Após as longas luas famintas com a escassez de presas da floresta que haviam deixado para trás, Pata de Folha não conseguia acreditar em sua sorte. Ela se agachou e espreitou até encontrar a trilha mais fresca. Então percebeu um corpinho marrom correndo em meio à grama e deu o bote.

O rato escapou antes que as patas da gata tocassem a terra, de modo que ela amassou a touceira onde ele se encontrara um tique-taque de coração antes.

– Vejo que está mais acostumada a caçar na floresta – Geada de Falcão comentou, e seu tom condescendente fez Pata de Folha pular no lugar. Quando ela se virou, deparou com o guerreiro do Clã do Rio a observando calmamente, com o rabo curvado sobre as patas.

– Você não tem nada melhor para fazer? – ela perguntou. – Como caçar para seu clã?

– Já peguei três ratos e um tordo – ele miou. – Acho que mereço um descanso.

Enquanto Pata de Folha pensava em uma resposta apropriada, Geada de Falcão ergueu o nariz e farejou o ar.

– Cachorro! – ele silvou. – Vindo para cá.

Pata de Folha já conseguiu ouvir os passos pesados se aproximando pela grama. Horrorizada, ela olhou em volta, perguntando-se para onde ir.

– De volta para a sebe! – Geada de Falcão ordenou.

Pata de Folha começou a correr, porém um rosnado raivoso a paralisou no lugar. Por cima do ombro, ela viu que Geada de Falcão arqueava as costas para um cachorro preto e branco, que rosnava. O guerreiro do Clã do Rio soltou um silvo e pulou para trás, esticando uma pata para arranhar o focinho do cachorro.

– Garra de Amora Doce! Pata de Esquilo! Ajudem! – Pata de Folha gritou.

O cachorro atacou. Geada de Falcão saltou para fora de seu caminho. O animal se virou rapidamente e mordeu o ar, exatamente onde o gato esteve pouco antes.

– Cuidado! – Garra de Amora Doce irrompeu da grama ao lado de Pata de Folha e pulou nas costas do cachorro. Ele cravou suas garras para se segurar, enquanto o animal empinava, uivava e tentava se soltar. O guerreiro do Clã do Trovão permaneceu firme, porém o cachorro virou a cabeça para trás e fechou a mandíbula a um rato de distância de seu rosto. Assustado, Garra de Amora Doce o soltou e foi arremessado no chão. No breve momento que levou para se recuperar, o cachorro foi para cima dele babando de raiva.

Bem a tempo, Geada de Falcão pulou na frente de Garra de Amora Doce, desferindo uma série de golpes com suas unhas afiadas no focinho do cachorro. O guerreiro do Clã do Trovão se levantou depressa e partiu para o ataque também. Paralisada de medo, Pata de Folha assistiu aos dois gatos se virarem, moverem-se e curvarem seus ombros largos como se um fossem o reflexo um do outro.

O cachorro começou a se afastar, com o rabo entre as pernas. Geada de Falcão ficou de pé nas patas traseiras e silvou de maneira tão ameaçadora que o cachorro ganiu e correu na direção da sebe.

– Garra de Amora Doce, você está bem? – Pata de Folha perguntou.

– Estou.

– Ainda bem que eu estava aqui para salvá-lo – Geada de Falcão desdenhou.

– *Eu* é que salvei você, caso tenha se esquecido – Garra de Amora Doce retrucou.

Geada de Falcão deu de ombros. – Acho que sim – ele admitiu, meio sem graça.

– Você se saiu bem assustando o vira-lata – Garra de Amora Doce reconheceu.

– O que está acontecendo? – Pata de Esquilo se aproximava em meio às gramíneas altas. – Senti cheiro de cachorro.

– Fomos atacados. Garra de Amora Doce e Geada de Falcão o afugentaram – Pata de Folha explicou.

– Você está brincando! – Pata de Esquilo retrucou, quase sem fôlego.

– Já vou voltar – Geada de Falcão anunciou abruptamente. O fato de que haviam escapado por pouco do ataque no cachorro não parecia tê-lo tornado mais simpático, e Pata de Folha ficou feliz ao vê-lo se afastando.

– Bem, vamos continuar caçando – Garra de Amora Doce miou, saltando na grama.

– Vamos, Pata de Folha! – Pata de Esquilo gritou por cima do ombro. – Você precisa comer bem antes de entrarmos nas montanhas.

Pata de Folha olhou para os picos nevados e desejou ser tão corajosa quanto a irmã. Os clãs já haviam tido dificuldade de chegar até ali – como os filhotes e os anciãos lidariam com rochas e gelo, e com a altura vertiginosa dos penhascos? E como os guerreiros e aprendizes lidariam? Ela fechou os olhos e fez uma oração silenciosa ao Clã das Estrelas, porém o medo fez com que se sentisse vazia quando ouviu as palavras ecoarem, como se não houvesse ninguém para ouvi-las.

CAPÍTULO 21

Um vento amargo soprava das montanhas quando os clãs pegaram a trilha que levava aos picos mais altos. Nuvens carregadas cobriam o céu. Por seu tom amarelado, Pata de Folha sabia que logo começaria a nevar.

Garra de Amora Doce e Pelo de Tempestade conduziam o grupo por um vale íngreme. A paisagem parecia tão diferente da floresta quanto Pata de Folha era capaz de imaginar. Havia algumas poucas árvores, retorcidas e atrofiadas, agarrando-se à pedra cinza e lisa, sem nenhum lugar onde presas pudessem viver. As luas de fome desesperada haviam deixado o pelo dos gatos do Clã do Vento tão fino a ponto de ser inútil contra o frio, porém eles continuavam avançando, muito compenetrados e com a cabeça erguida. Estrela Alta parecia frágil como uma folha e muitas vezes se apoiava em Bigode Ralo, que raramente saía de seu lado. O Clã das Sombras estava um pouco melhor, apesar dos olhos cansados e do ritmo lento, e o Clã do Rio se via um tanto desgrenhado, seus pelos brilhantes não passando de uma lembrança quase esquecida, como os dias em que todos os gatos tinham mais do que o suficiente para comer.

Um filhote de Papoula Alta arregalou os olhos tal qual os de uma coruja ao avistar os picos. – Vamos mesmo subir lá?

– Sim – Papoula Alta respondeu, desanimada.

Flor da Manhã parou, ergueu uma pata e passou a língua na almofadinha.

– Tudo bem? – Pata de Folha perguntou à anciã, de cujas garras escorria sangue. Pata de Folha olhou mais adiante, para a irmã e Garra de Amora Doce avançando lado a lado. – Pata de Esquilo!

Ela se virou na mesma hora.

– Podemos parar? Preciso cuidar da pata de Flor da Manhã.

– Vou avisar Estrela de Fogo.

– Você precisa de alguma coisa? – Garra de Amora Doce miou.

– Teia de aranha e confrei, se possível. – Pata de Folha olhou para a paisagem árida com pouca esperança de que se pudesse encontrar algo para ajudar.

Em meio ao fluxo de gatos, Pelo de Musgo-Renda levantou a cabeça. – Vamos encontrar – ele prometeu, então murmurou alguma coisa para os gatos à sua volta. Miados se espalharam, e guerreiros de todos os clãs começaram a procurar o que foi pedido entre as pedras.

Pata de Folha examinou a pata de Flor da Manhã. – Você a manteve limpa, mas, se continuar alisando-a com a língua, ela nunca vai endurecer.

Casca de Árvore abriu caminho até elas. – Qual é o problema?

– Esfolei a pata de tanto caminhar – Flor da Manhã murmurou.

– Isso pode ajudar? – Pelo Rubro se aproximou e cuspiu um punhado de folhas no chão.

Pata de Folha as farejou com cuidado. Não cheiravam a nada com que estava acostumada. Ela lambeu uma folha e deixou que o sabor penetrasse sua língua antes de se atrever a mordê-la. O gosto era amargo, porém adstringente de uma maneira que a lembrava de cravo-amarelo. – Talvez. – Ela olhou para Casca de Árvore. – Acha que devemos experimentar?

Casca de Árvore cheirou uma folha. – Parece bastante com algo que usamos no pântano.

– Experimentem em mim – Flor da Manhã sugeriu. – Se funcionar, vocês podem usar com os outros. Eu aviso se doer demais.

Pata de Folha mastigou uma folha e despejou seu suco verde na pata de Flor da Manhã.

A careta que a velha gata fez levou a aprendiz de curandeira a parar o que estava fazendo. – Está tudo bem – Flor da Manhã grunhiu. – Só arde um pouco. Pode continuar.

Asa de Mariposa chegou, com teia de aranha grudada em uma pata dianteira.

– Ótimo, muito obrigada! – Com cuidado, Pata de Folha tirou a teia da pata estendida e enrolou tudo na almofadinha inchada de Flor da Manhã. – Avise se começar a latejar.

– Certo. – Flor da Manhã pressionou a pata com cuidado contra o chão. – Não está tão mal.

Garra de Amora Doce voltou para o início da fila e os gatos partiram. Pata de Esquilo caminhava em silêncio ao lado de Pata de Folha, com a cabeça abaixada.

– Foi por aqui que você voltou para casa? – Pata de Folha miou depois de um tempo.

– Eu... acho que sim – Pata de Esquilo murmurou.

Pata de Folha olhou para ela, surpresa. Estavam fazendo aquele caminho porque Pelo de Açafrão disse que seria mais fácil seguir o mesmo de antes, portanto ela tinha suposto que Pata de Esquilo o conhecia. Ela olhou para a frente, para onde o vale se estreitava até não passar de uma fenda entre as pedras. – Não reconhece a paisagem?

Pata de Esquilo piscou. – Acho que fica diferente, no sentido contrário. E a Tribo nos conduziu por uma boa parte do trajeto, da última vez.

Pata de Folha engoliu em seco, imaginando se encontrariam aquela Tribo composta de gatos enlameados que veneravam estranhos ancestrais e sobreviviam em um mundo de pedra e gelo.

Pelo de Tempestade era o único que parecia confortável com os clãs subindo cada vez mais alto. Ele pulava de pedra em pedra com tanta facilidade que nem parecia um gato do Clã do Rio, seu pelo servindo naturalmente de camuflagem naquele mundo cinza e ermo.

Parecia que a subida não acabaria nem naquele dia nem no outro. O terreno ia ficando cada vez mais íngreme e pedregoso, e os picos continuavam assomando sobre eles. A pata de Flor da Manhã melhorou, e Pata de Folha mantinha o olho aberto para estocar as folhas que havia usado para curá-la.

– Será que é mesmo o caminho certo? – Cauda de Castanha sussurrou. – Está ficando bem estreito.

Ela tinha razão. A trilha os levava a uma saliência que espiralava em volta de uma garganta vertiginosa. Havia um barranco de um lado do caminho e uma parede de pedra do outro. O vento soprava pela via estreita como a água correndo por uma vala, levantando os pelos de Pata de Folha. Ela procurava manter os olhos firmes à frente, ainda que apertados por causa do reflexo do sol no gelo.

Os gatos precisavam caminhar em fila indiana para percorrer aquele trecho.

– Carreguem os filhotes! – Estrela Preta ordenou, e seu grito ecoou de maneira sinistra pelas paredes da garganta.

A saliência acompanhava a curva da montanha, levando a uma passagem estreita entre dois picos. A beirada do caminho desmoronava sob as patas dos gatos, e o barulho das pedras rolando pela lateral da montanha até as sombras lá embaixo ecoava. Pata de Folha mantinha-se tão próxima da parede de pedra quanto possível, com o coração martelando o peito. Ela podia sentir a respiração quente de Cauda de Castanha bem atrás de si.

De repente, um grito soou mais para a frente, e um pedaço grande de pedra caiu no abismo sem fim. Um buraco se abriu no caminho estreito, fazendo Pata de Fumaça, um aprendiz do Clã das Sombras, mergulhar no nada. Por um momento, ele se agarrou desesperadamente à beirada, suas unhas arranhando a pedra. Pelo Rubro, representante do Clã das Sombras, tentou segurá-lo, porém seu peso só deslocou mais pedras, e o ponto em que Pata de Fumaça se agarrava de repente caiu. Pelo Rubro pulou para trás e conseguiu se salvar, por pouco. O aprendiz, no entanto, caiu, contorcendo-se violentamente no ar, e desapareceu na escuridão.

Uma rainha do Clã das Sombras se debruçou sobre o precipício e gritou: – Pata de Fumaça!

– Para trás! – Pelo de Tempestade alertou, indo imediatamente até ela e a arrastando de volta à segurança.

Os outros gatos ficaram só olhando, paralisados de medo. Pata de Folha torceu para que o Clã das Estrelas levasse o aprendiz rapidamente. Estrela Preta espiou da beirada. – Não há nada que possamos fazer – ele miou, endireitando o corpo. – Precisamos prosseguir.

– Você vai deixá-lo? – a rainha miou.

– Pata de Fumaça não pode ter sobrevivido à queda – Estrela Preta respondeu. – E não conseguiremos chegar até ele. – O líder tocou o corpo da rainha com o focinho. – Sinto muito, Asa da Noite. O Clã das Sombras não vai esquecê-lo. Eu prometo.

Com os olhos vazios, de choque e tristeza, os gatos voltaram a avançar, mantendo-se tão próximos da parede de pedra a ponto de arranhar a pele. A queda de Pata de Fumaça deixou uma falha na trilha. Por sorte, Rabo Longo era um dos gatos que se encontravam à frente do aprendiz – Pata de Folha nem queria pensar em como seria se tivessem de ajudar um gato cego a passar por uma falha que ele não tinha como medir. No entanto, ainda havia muitos gatos do outro lado.

Pelo de Tempestade se agachou, pressionando bem as patas contra a pedra. – Vamos – ele disse a Pata de Doninha, um aprendiz do Clã do Vento. – É seguro por aqui. Dá para pular sem dificuldade.

Pata de Doninha arregalou os olhos para as sombras lá embaixo.

– Os outros vão congelar enquanto esperam você – Pelo de Tempestade rosnou, perdendo a paciência. – Pule!

Pata de Doninha levantou a cabeça e piscou. Então se agachou, mantendo o peso na parte posterior do corpo, e pulou com as pernas dianteiras estendidas. Pelo de Tempestade o pegou pelo cangote, o esforço o fazendo grunhir. Então lhe deu um leve empurrão para que se juntasse aos outros e se voltou para o próximo gato.

– Meus filhotes não vão conseguir pular! – Papoula Alta miou, encolhendo-se.

– Você consegue passá-los? – Pelo de Tempestade perguntou.

Papoula Alta abaixou as orelhas.

– A falha é grande demais!

– Eu os levo. – Pata de Corvo passou com cuidado por Pelo de Tempestade, pulou a falha e aterrissou diante de Papoula Alta. Vendo que ela morria de medo, ele prometeu:

– Não deixarei que caiam. – Pata de Corvo pegou o menorzinho e foi até a beira do buraco. O filhote se debatia e seus miados assustados ecoavam. Papoula Alta assistiu com os olhos arregalados ao salto de Pata de Corvo. Choveram pedrinhas da beirada quando ele aterrissou ao lado de Pelo de Tempestade, mantendo o equilíbrio. Sua agilidade deixou Pata de Folha impressionada.

– Certifiquem-se de que ele fique parado – Pata de Corvo miou, colocando o filhote com cuidado no chão, depois se virou e pulou de novo, para pegar o segundo filhote.

Quando os três filhotes estavam em segurança, chegou a vez de Papoula Alta, que pulou a falha com facilidade com suas pernas compridas. – Obrigada – ela miou, depois pressionou o focinho contra os filhotes e os empurrou com delicadeza para que voltassem a subir.

– Vamos ajudar os outros – Pata de Corvo miou para Pelo de Tempestade. – Você fica deste lado e eu fico do outro.

Quando chegou a vez de Pata de Folha, suas patas tremiam tanto que ela ficou com medo de cair.

– Está tudo bem – Pata de Corvo murmurou. – Não é tão difícil quanto parece.

Pata de Folha sentiu o hálito quente dele em seu pelo e procurou se concentrar naquilo, em vez de na falha enorme à sua frente. Sabia que, em casa, com o solo macio da floresta sob suas patas, pularia aquela distância sem pensar duas vezes. Ali, no entanto, a falha no chão parecia capaz de puxá-la para baixo como um rio negro.

– Não pense a respeito! – Pelo de Tempestade gritou.

Pata de Folha apertou os olhos e sentiu o limite da pedra sob suas patas. *Ajude-me, Clã das Estrelas.* Ela se agachou e saltou, deslizando ao aterrissar de um jeito que fez suas patas arderem.

– Muito bem! – Pelo de Tempestade miou.

Pata de Folha se virou para Cauda de Castanha, que aguardava para saltar. Ela se encolheu quando a amiga aterrissou perigosamente perto da beirada, mas então a agarrou pelo cangote.

– Obrigada – Cauda de Castanha agradeceu, com a respiração trêmula.

– Imagine – Pata de Folha murmurou, com a boca cheia de pelos atartarugados.

– Corram para alcançar os outros – Pelo de Tempestade miou. – Garantiremos que os outros atravessem o buraco em segurança.

As duas voltaram a subir com cuidado. Papoula Alta já tinha desaparecido em uma ravina estreita, e Pata de Folha foi na mesma direção, ávida para se distanciar da beirada. A ravina se abria para um vale íngreme que terminava em outro espinhaço. De um lado, um despenhadeiro apontava para o céu. Do outro, a subida mais suave de uma encosta, no alto da qual urzes e grama disputavam espaço. Os outros gatos pairavam como sombras entre as pedras. Manto de Cinza já passava de um em um, verificando se estavam bem.

A barriga de Pata de Folha roncou. Ela torcia para que pequenas presas se escondessem nos buracos e nas fendas. Mal tinham comido desde a entrada nas montanhas. Os campos ricos em comida do Lugar dos Duas-Pernas não passavam de uma lembrança distante agora. Não parecia haver comida suficiente para alimentar um clã ali, muito menos quatro.

– Parece que alguns gatos já estão caçando – Cauda de Castanha miou. Pelo de Açafrão liderava um grupo pequeno de um lado do vale. Estrela Preta se dirigia a um afloramento rochoso um pouco mais adiante, flanqueado por uma dupla de guerreiros do Clã das Sombras.

– Pata de Folha! Cauda de Castanha!

Ela ouviu o pai chamá-la e foi até ele.

– Garra de Amora Doce está organizando equipes de caça – Estrela de Fogo miou. – Vocês podem se juntar a uma.

– Não é melhor eu ajudar Manto de Cinza?

Estrela de Fogo olhou para a curandeira cinza. – Nenhum gato se machucou, embora alguns estejam em choque. Manto de Cinza me disse que pode se virar sozinha.

– Está bem – Pata de Folha miou. Ela partiu na direção de Garra de Amora Doce, acompanhada por Cauda de Castanha, mas parou para perguntar a Nuvem de Avenca:

– Betulinha está bem?

– Sim – a gata respondeu, então olhou para as nuvens. – Mas depois que a neve começar a cair...

Betulinha estreitou os olhos para Pata de Folha. – Por que Almofada não veio com a gente? – ele choramingou. – Você a mandou embora?

Pata de Folha balançou a cabeça e respondeu, com gentileza: – Almofada tem a casa dela.

– Mas ela era divertida!

– Você vai ter bastante tempo para se divertir quando chegarmos a nossa nova casa – Nuvem de Avenca prometeu.

– Se chegarmos – Cauda de Castanha murmurou quando as duas já se afastavam.

– É claro que vamos chegar – Pata de Folha garantiu a ela, torcendo para soar convicta.

Pata de Esquilo se virou para as duas gatas que se aproximavam. – Garra de Amora Doce está explicando como a Tribo caça – ela sussurrou. – Achamos que pode ajudar.

– Aqui, vocês precisam confiar mais na imobilidade do que na discrição ao caçar – ele miou.

– Mas não somos gatos de Tribo, somos gatos de clã! – Bigode de Chuva argumentou. – Por que deveríamos caçar como eles?

– Não estamos na floresta – Garra de Amora Doce retrucou. – Sem a cobertura da vegetação rasteira, as presas vão nos notar assim que tentarmos nos aproximar. Aqui é preciso esperar e se manter imóvel para se confundir com a montanha. Assim, as presas virão até nós.

– E por que elas seriam assim tolas? – Pata de Doninha desdenhou.

– Foi a Tribo que me ensinou isso! – Os olhos de Garra de Amora Doce brilhavam. – Se não querem passar fome, vão ter de aprender a caçar como eles. Pata de Aranha, você vem comigo. Pata de Esquilo vai com Bigode de Chuva. E vocês duas… – ele olhou para Pata de Folha e Cauda de Castanha – … fiquem juntas.

– Onde vamos caçar? – Pata de Folha olhou para o vale em volta, cheio de barrancos perigosos e fendas escuras. Ela estremeceu ao pensar no gato gigante que havia matado Cauda de Pluma. – É seguro?

– Se você for sensata, sim. – Garra de Amora Doce apontou com o rabo para uma saliência que se projetava acima deles e sugeriu: – Comecem por ali.

Cauda de Castanha assentiu e subiu imediatamente, fazendo chover poeira e pedregulhos sobre os gatos abaixo. Pata de Folha se sacudiu e a seguiu. Suas pernas doíam de cansaço, mas ela insistiu até chegar ao topo. Cauda de Castanha sinalizou com o rabo para que a amiga fizesse silêncio, e Pata de Folha sentiu o cheiro outrora familiar de um rato. Ela se agachou ao lado de Cauda de Castanha e ficou olhando para um tufo de grama que se projetava de um buraco na beirada. *Fique parada*, ela ordenou a si mesma, pensando orientação de Garra de Amora Doce. Era difícil aguardar com paciência quando se estava morrendo de fome, no entanto.

Quando a grama começou a balançar, Cauda de Castanha avançou devagar. De repente, o rato disparou na direção de uma fenda na pedra. Horrorizada, Pata de Folha viu Cauda de Castanha saltar e cair da beirada.

A lembrança de Pata de Fumaça desaparecendo precipício abaixo retornou a sua mente e ela precisou se forçar a olhar para a lateral do vale. Para seu alívio, Cauda de Castanha estava viva, embora derrapasse pela ladeira íngreme, miando de medo. Ela parou ao trombar com um pequeno espinheiro-branco, que se dobrou e estremeceu com o seu peso.

– Cauda de Castanha! Você está bem?

A guerreira do Clã do Trovão olhou em choque para Pata de Folha. – Estou. Só arranhei as patas – ela respondeu, e voltou a subir a encosta.

Garra de Amora Doce chegou correndo, preocupado com a chuva de pedras que Cauda de Castanha causara. – O que aconteceu?

– Só escorreguei – Cauda de Castanha informou, embora o medo ainda fosse visível em seus olhos.

– Vocês precisam tomar cuidado! – Garra de Amora Doce silvou, então parou abruptamente, olhando para além delas.

– O que foi? – Pata de Folha se virou com o coração acelerado. Com certo alívio, ela percebeu que ele só havia visto o rato saindo da fenda na pedra.

– Fiquem paradas – o guerreiro ordenou, com um sussurro.

– Mas posso dar o bote e pegá-lo – Cauda de Castanha sussurrou de volta.

– Espere – Garra de Amora Doce insistiu.

Pata de Folha ouviu um levíssimo bater de asas. Ela olhou para cima e avistou um pássaro enorme voando em círculos. Então engoliu em seco, pensando em qual seria a presa que ele havia avistado: o rato ou ela e os amigos?

– Se tivermos sorte – Garra de Amora Doce murmurou, enquanto a águia abria as asas e mergulhava na direção deles, tão rápida e silenciosamente quanto um guerreiro do Clã das Estrelas –, ela irá para cima do rato e poderemos levar para o clã algo grande o bastante para dividir.

– E se não tivermos sorte?– Cauda de Castanha murmurou, mas Garra de Amora Doce não respondeu.

Acima deles, as asas da águia pareciam mais largas que o rio que separava o Clã do Trovão do Clã do Rio. Pata de Folha lutou contra o impulso de dar meia-volta e fugir. A águia chegava mais e mais perto, até que ela conseguisse ver as penas em suas asas enormes, seus olhos brilhando como seixos pretos.

– Esperem, esperem – Garra de Amora Doce ordenou entredentes.

Quando Pata de Folha já conseguia ver as nervuras nas patas amarelas da águia, ela passou por eles, ignorando o rato e os três gatos. Seu alvo era os clãs no vale abaixo.

Garra de Amora Doce correu para a beirada para ver melhor. – Cuidado! – gritou.

A massa de penas entre marrons e douradas pareceu explodir entre os gatos, que gritavam de medo e corriam em todas as direções. Os guerreiros foram os únicos a se manter no lugar, subindo nas patas traseiras e cortando o ar com suas garras. A águia voltou a subir, batendo suas asas poderosas. Então Pata de Folha notou uma criatura diminuta se debatendo em suas garras. Era um filhote, miando apavorado. *Não!*

– Brejinho! – Papoula Alta gritou.

De repente, Pelo de Musgo-Renda voou, como se levado pelo vento. Com as garras apontadas, ele alcançou as patas da águia um tique-taque de coração antes de saírem de seu alcance. Urrando de raiva, o gato se agarrou a elas. A águia gritou e tentou se desvencilhar do guerreiro marrom-dourado. Ele caiu, porém seu ataque foi suficiente para que a ave soltasse o filhote, que aterrissou a seu lado.

Pata de Folha saltou na mesma hora, caindo de maneira desajeitada e deslizando vale abaixo, com as pedras cortando suas garras. Garra de Amora Doce e Cauda de Castanha ziguezagueavam pela encosta íngreme, tentando não cair de cabeça. Pata de Folha continuou rolando, até que um arbusto amorteceu sua queda, seus galhos finos atingindo seu corpo. Ela conseguiu se levantar e disparar pelo vale.

– Verifique se Pelo de Musgo-Renda está bem! – Pata de Folha ordenou a Cauda de Castanha. – Eu cuido de Brejinho.

Papoula Alta estava debruçada sobre o monte de pelos estirado no chão de pedra. Nuvem de Avenca pressionou o flanco contra a rainha do Clã das Sombras, tentando tranquilizá-la, mas compreendendo seu terror.

Pata de Folha se inclinou sobre o filhote e lambeu seu peito. Sentiu seus flancos subindo e descendo, e seu coraçãozinho batendo no peito. Havia sangue escorrendo de seu ombro, mas o corte não era profundo.

– Ele vai ficar bem – ela prometeu. – Se o mantiver aquecido, vai sobreviver ao choque.

Ela olhou para cima e ficou aliviada ao ver que Manto de Cinza se aproximava, mancando.

– Lamba a ferida até que fique o mais limpa possível – Manto de Cinza ordenou. – Temos ervas para curá-lo se infeccionar, mas são poucas, e preciosas.

Pata de Folha obedeceu na mesma hora, e sentiu o gosto salgado e pungente do sangue do filhote em sua língua.

Papoula Alta puxou seus outros filhotes para mais perto, tremendo de medo. – Para onde foi que nos trouxeram? – ela gritou, seus olhos procurando pelos gatos que os haviam levado até as montanhas.

– Não achei que uma águia fosse atacar tantos de nós! – Pata de Esquilo comentou, enquanto atravessava o vale correndo.

– Vocês sabiam que isso poderia acontecer? – Estrela Preta perguntou, furioso.

– Sabíamos que águias tentavam atacar a Tribo, mas eles sempre as afastavam – ela miou, preocupada.

– Não somos a Tribo – Estrela Preta silvou. – Vocês deveriam ter nos avisado, para que buscássemos abrigo.

– Onde? – Papoula Alta perguntou. – Não temos onde nos esconder. Não temos onde caçar. *Nós* somos a presa aqui!

– É verdade – Flor da Aurora miou, erguendo a voz em pânico. – Vamos ser pegos, um a um.

– Não se nos mantivermos juntos – Pelagem de Poeira miou.

– Sim – Pelo Rubro concordou. – Da próxima vez, estaremos preparados.

– Se outra ave nos atacar, nós a afastaremos antes que se aproxime dos filhotes – Geada de Falcão prometeu.

– Nem dez clãs poderiam afastar uma ave daquelas! – Papoula Alta gritou.

– Talvez não – Estrela de Leopardo miou. – Mas qualquer gato aqui morreria tentando salvar nossos filhotes. – Ela olhou para os clãs, e todos os guerreiros e aprendizes miaram em concordância.

Pata de Folha piscou. Eles não eram mais quatro clãs em uma viagem cheia de perigos. Eram apenas um clã, unido pelo medo e pela impotência. Ela deixou Brejinho com Papoula Alta. Nuvenzinha afinal chegara.

– Pelo de Musgo-Renda está bem? – Pata de Folha perguntou, indo até Cauda de Folha e o guerreiro marrom-dourado.

– Estou – o próprio miou, levantando-se.

– Eu fico de olho nele – Cauda de Castanha prometeu.

Pata de Folha foi tocar o flanco da irmã com o nariz. – Imagino que não possa piorar – ela murmurou.

Pata de Esquilo olhou para a irmã sem dizer nada, mas parecendo em dúvida. Desesperada, Pata de Folha voltou o rosto para o céu e pediu proteção ao Clã das Estrelas, perguntando a si mesma se alcançaria seus ancestrais apesar das nuvens carregadas de neve.

Como se em resposta, os primeiros flocos congelantes começaram a cair.

CAPÍTULO 22

Pata de Esquilo notou um movimento. Ela parou, as patas afundando na neve acumulada, e olhou para o alto. Um falcão se refestelava com um musaranho em um afloramento rochoso algumas caudas de raposa acima. Pata de Esquilo sabia que seu pelo avermelhado devia se destacar como o pôr do sol contra o céu pálido e permaneceu imóvel, torcendo para que o falcão não a notasse.

A sensação da neve contra as patas esfoladas era agradável. Pata de Esquilo se perguntou se seria capaz de saltar aquela curta distância e pegar o falcão. Provavelmente não. Os últimos dias haviam sugado suas forças de tal maneira que ela nem estava mais com vontade de caçar.

O falcão imprensou o musaranho contra a pedra e se inclinou para arrancar sua carne. Pata de Esquilo sentiu uma pontada de inveja, com a fome roendo sua barriga. Devagar como gelo derretendo, ela avançou, torcendo para que a neve densa que estava caindo a camuflasse.

Ela precisava pegar alguma presa. O frio começaria a matar os gatos mais depressa que qualquer águia se eles continuassem passando fome. Apesar das promessas fervorosas que tinha feito a Papoula Alta, o choque da perda de Pata de Fumaça e o risco que a vida de Brejinho correu nas garras da águia tinham abalado a confiança até dos guerreiros mais fortes. De repente, Pata de Esquilo sentiu um arrependimento tão grande que a impediu de avançar. Ela havia ajudado a levar os clãs para a morte. Não sabia nem se conseguiria reencontrá-los caso caçasse aquele falcão. Sabia que estavam por perto, encolhidos na neve, pedindo ajuda ao Clã das Estrelas.

Se tivesse certeza de que haviam chegado ao lugar onde a Tribo caçava, pelo menos poderiam pedir ajuda aos gatos que conheciam. Pelo de Tempestade começou a perambular pelos penhascos nevados durante a noite. Parecia ser o único que se sentia confortável naquele território ermo. Pata de Esquilo sabia que ele estava à procura de Riacho ou de qualquer sinal da Tribo, porém não havia encontrado nada até então. A Tribo não sentia necessidade de impor fronteiras ou marcadores de cheiro, uma vez que ninguém invejava seu território implacável.

O falcão sacudiu as penas para se livrar da neve acumulada, fazendo com que os pensamentos de Pata de Esquilo retornassem à caça. Ela tensionou os músculos cansados e se preparou para saltar.

De repente, um lampejo de pelos deteve Pata de Esquilo. Três gatos magros e sujos de lama saltaram das rochas acima do falcão. Um o segurou com as garras compridas, enquanto os outros dois a puxaram para trás, fazendo-a perder o fôlego. Pata de Esquilo se debateu ao sentir patas fortes prendendo-a contra a neve, porém eram fortes demais para ela. Após um momento de terror, ela ficou imóvel, a respiração entrecortada.

– Pata de Esquilo?

Ela ouviu uma voz familiar grunhir seu nome e sentiu patas tirarem-na da neve. Então piscou para afastar os flocos de gelo dos olhos e viu que Garra a encarava com uma surpresa declarada. Ele tinha dois outros guardas das cavernas a seu lado, com os olhos arregalados em perplexidade.

– O que você está fazendo aqui? – Garra perguntou.

Enquanto tentava organizar seus pensamentos confusos, Pata de Esquilo reconheceu um dos guardas das cavernas. Era Escarpa, um desterrado que havia retornado para salvar seus companheiros de Tribo de Dente Afiado. O fato de conhecer dois dos três gatos que estavam à sua frente a fez se sentir um pouco melhor. – Deixamos a floresta – Pata de Esquilo explicou. – Estamos atravessando as montanhas.

Garra estreitou os olhos. – De novo?

– Desta vez, viemos todos.

– Todos?

– Os quatro clãs – Pata de Esquilo miou. – Não podíamos ficar na floresta, tamanha a destruição. Mas não imaginávamos que a jornada seria tão difícil! Pata de Fumaça caiu em uma ravina, depois uma águia tentou levar Brejinho… – Ela deixou a frase morrer no ar, sem fôlego.

– Filhotes? Vocês trouxeram filhotes? – Garra perguntou. – Estão malucos? Precisam levar todos os gatos à Caverna da Água Corrente e descansar. Onde vocês os deixaram?

– Abrigados sob algumas rochas e uma árvore que se projeta como uma garra gigante.

Garra olhou para os guardas das cavernas. – A Pedra-Árvore – ele miou. – Vão para lá.

Os guardas das cavernas foram embora, mantendo as orelhas baixas para protegê-las da neve caindo.

– Vamos encontrar esses seus clãs antes que eles morram congelados – Garra miou, pegando o falcão ainda quente com a boca.

Pata de Esquilo teve dificuldade de acompanhar o gato quando ele correu atrás dos guardas.

– Eles vão ficar seguros na Caverna da Água Corrente – Garra falou por cima do ombro. – A esperança renovou as forças de Pata de Esquilo, que avançou atrás dele até deixarem a neve acumulada para trás e seguirem por uma trilha na pedra protegida por uma saliência afiada. Suas patas mandavam pedrinhas encosta abaixo, porém ela continuou correndo.

– Águia! – Os guardas das cavernas pararam onde a trilha chegava a um fim abrupto. Pata de Esquilo olhou para o lado e viu o afloramento rochoso onde havia deixado os clãs. Os pelos dos gatos eram como manchas escuras na neve. Acima, ela reconheceu, com o estômago revirado, o movimento circular predatório de uma águia.

Os dois primeiros gatos se sentaram sobre as patas traseiras, depois saltaram sobre a fenda profunda que os separava dos clãs. Garra fez o mesmo, sem nenhuma dificuldade, apesar de estar carregando um falcão morto.

Pata de Esquilo olhou para o outro lado da fenda, depois para a longa queda. Pedras afiadas como dentes cortavam a neve acumulada no abismo lá embaixo. Reunindo o que lhe restava de forças, ela saltou na direção da pedra onde Garra aguardava. Então esticou desesperadamente as pernas dianteiras e se agarrou à beirada, enquanto suas pernas traseiras se agitavam no vazio. Garra se apressou a socorrê-la, cravando os dentes em seu cangote e puxando-a para a segurança.

Assim que sentiu chão firme sob as patas, ela voltou a correr atrás dos gatos da Tribo. Acima deles, a águia começava a mergulhar.

– Betulinha! – o grito de Nuvem de Avenca cortou o ar. Pelo Rubro deu um salto para pegar o filhote, depois o empurrou junto à mãe na direção da sombra projetada pela pedra. Garra de Amora Doce conduziu Flor da Aurora e seus filhotes na mesma direção. Geada de Falcão correu para o lado do Bigode Ralo e, juntos, os dois protegeram Estrela Alta do ataque.

As garras da águia cortavam o ar enquanto ela mergulhava. Os guardas das cavernas alcançaram os clãs. Escarpa acertou uma asa da ave e o outro gato da Tribo a atacou, arrancando uma pena da cauda. O bater daquelas asas enormes fez o ar vibrar, e a águia se afastou, gritando, na nevasca.

Os gatos dos clãs saíram do abrigo em que estavam para olhar impressionados seus salvadores. Estavam todos magros, abatidos e desgrenhados, e Pata de Esquilo de repente ficou com medo de que os gatos da Tribo fossem lhes dizer para desistir de tentar atravessar as montanhas e aguardar o tempo melhorar para retomar sua jornada.

Garra de Amora Doce se aproximou, com neve se desprendendo das patas. – Garra! Escarpa! – Feliz, ele tocou o nariz de cada um deles com o seu.

Pata de Corvo veio também, e passou o rabo pelo flanco de Garra. – Bem na hora – ele miou.

– Este é Garra – Pata de Esquilo anunciou aos clãs. – Estes são Escarpa e...

– Noite sem Estrelas – a outra guarda das cavernas miou. Pata de Esquilo tinha quase esquecido o estranho sotaque dos gatos da Tribo, mas foi bom ouvi-lo novamente.

Garra olhou ao redor. – Onde está Pelo de Tempestade?

– Caçando – Pelo de Açafrão explicou.

Estrela de Fogo abriu caminho até a frente dos clãs. – Podem nos ajudar? Os filhotes estão congelando. Um está quase morrendo.

– Deixe-me vê-lo – Garra pediu.

– Aqui! – Pata de Folha chamou de baixo da saliência onde Papoula Alta lambia um filhote. Noite pegou-o na boca e o colocou sobre o flanco da mãe.

– Deixe-o fora do chão – a gata da Tribo explicou. – A pedra suga todo o calor dele. E não lamba, porque a umidade provoca ainda mais frio. – Ela começou a esfregar o filhote com as patas dianteiras, despenteando seus pelos úmidos até que ele voltasse a se mover. – Continue fazendo isso – ela disse a Pata de Folha. – E lembre-se de não lambê-lo.

A rainha do Clã das Sombras encarou Noite com os olhos transbordando emoção, porém a gata da Tribo só assentiu de maneira brusca antes de se voltar para Estrela de Fogo e perguntar:

– Há quanto tempo estão aqui?

– Tempo demais – Pata de Esquilo murmurou, sentindo a fraqueza da fome retornando agora que o perigo havia passado. O frio a deixava sonolenta.

– Vamos levar todos vocês à caverna – Garra miou. – Lá vão poder se aquecer e comer.

– Temos de seguir em frente – Estrela Preta afirmou, com os olhos brilhando. – Precisamos atravessar as montanhas antes que a neve piore.

– Vocês morrerão se não vierem conosco – Garra insistiu.

Estrela Preta baixou as orelhas.

Estrela de Fogo olhou para o líder do Clã das Sombras e miou, baixinho: – Os filhotes e anciãos não vão conseguir.

– E Estrela Alta precisa descansar – Bigode Ralo completou. O líder do Clã do Vento parecia tão cansado e desgastado quanto qualquer ancião.

– *Todos* precisamos descansar – Estrela de Leopardo miou.

– Mas Pata de Corvo disse que além das montanhas é tudo pântano – Garra de Lama argumentou. – Precisamos ir para lá.

Estrela Preta se virou para Nuvenzinha: – O que você acha?

– Os anciãos não têm forças para continuar – o curandeiro miou. – E os filhotes vão congelar se não comerem.

– Este aqui estará morto ao pôr do sol se não nos abrigarmos – Pata de Folha miou, esfregando Brejinho enquanto era observada de perto pela mãe dele, Papoula Alta.

– Muito bem. – Estrela Preta olhou para Garra. – Iremos com vocês.

Garra olhou para Garra de Lama. Pata de Esquilo se perguntou se o gato da Tribo pensava que ele era um dos líderes dos clãs, já que Estrela Alta estava fraco demais para falar em nome dos gatos do Clã de Vento.

– Nós também – Garra de Lama murmurou.

Garra baixou a cabeça em sinal de respeito e miou: – Ótimo.

Papoula Alta pegou o filhote pelo cangote. Brejinho se contorceu e miou em protesto. – Está tudo bem, meu pequeno – a mãe murmurou. – Logo você estará seguro.

Os outros começaram a se mexer, levantando-se e se preparando para seguir os gatos da Tribo até a caverna.

De repente, uma forma escura saiu correndo de um buraco próximo à saliência.

– Garra de Amora Doce! Senti o cheiro da Tribo! – Era Pelo de Tempestade. Ele parou e olhou para os rostos surpresos, então reconheceu Garra. – Vocês estão aqui!

– Encontramos Pata de Esquilo – Garra explicou.

Pelo de Tempestade avançou e encostou o nariz no flanco do guarda da caverna. – Como está Riacho? – perguntou.

– Bem. Agora é melhor irmos. – Ele olhou para Escarpa e Noite. – Eu vou na frente. Vocês dois ficam na retaguarda.

Pata de Esquilo sentiu a exaustão pesando nas patas enquanto ajudava a guiar os clãs pelo caminho invisível que levava à cachoeira. Ela parou apenas quando chegaram a uma fenda na montanha onde a água trovejava sobre as pedras e caía, espumando, na piscina profunda bem abaixo. Garra de Amora Doce, Pata de Corvo, Pelo de Tempestade e Pelo de Açafrão pararam a seu lado.

– Estamos de volta – Pata de Esquilo comentou, baixinho.

Pelo de Tempestade olhou para o monte de terra que marcava o local onde sua irmã fora enterrada e murmurou: – Eu não sabia se veríamos este lugar de novo.

Os clãs passaram por eles, seguindo Garra rumo a uma passagem estreita que levava até atrás da cortina de água.

– Venham – Pelo de Tempestade miou. – Os clãs precisam de nós. Ainda não conhecem a Tribo. – Ele seguiu na direção dos outros, seguido por Garra de Amora Doce, Pata de Esquilo e Pelo de Açafrão. Pata de Corvo ficou para trás, olhando para o túmulo de Cauda de Pluma.

Devagar, os gatos entraram atrás da cachoeira, a água que espirrava fazia o pelo deles escurecer. Pelo de Tempestade, Garra de Amora Doce e Pelo de Açafrão avançaram em meio a eles. Pata de Esquilo viu Pelo Gris parar diante do estrondo do lençol de água e perguntar: – Temos de ir para trás *disso aí*?

Do outro lado da cachoeira, a luz batia nas pedras, que cintilavam, gotejando. – Pode ir – Pata de Esquilo incentivou Pelo Gris. – Prometo que estará quente lá dentro.

O guerreiro do Clã do Trovão entrou e Pata de Esquilo o seguiu. Cheiros quase esquecidos a inundaram. Assim que seus olhos se adaptaram à penumbra, ela viu que os gatos da Tribo encaravam perplexos os visitantes.

Uma gata jovem, cujo pelo malhado castanho mal se via por baixo das manchas de lama que todos os gatos da Tribo ostentavam, olhava ao redor com algo próximo de entusiasmo e até mesmo alegria. Era Riacho Onde os Peixinhos Nadam, a caçadora de presas que havia ficado amiga dos gatos do clã em sua última visita à caverna. Pata de Esquilo notou que ela procurava alguém desesperadamente no mar de rostos, e soube imediatamente de quem se tratava.

Pata de Esquilo sentiu pelos roçando nos seus quando Pelo de Tempestade passou por ela. Ele foi direto para Riacho, e os narizes dos dois gatos se tocaram com tamanha ternura que Pata de Esquilo teve até pena. Estava mais do que claro que Pelo de Tempestade teria seu coração partido novamente, quando chegasse o momento de deixar a gata da Tribo pela segunda vez.

CAPÍTULO 23

Pata de Folha entrou na caverna piscando, por causa da escuridão. O estrondo da cachoeira fazia o ar vibrar, e a luz que entrava pelo lençol de água tremulava contra as paredes de pedra. Um córrego cintilava como gelo, escorrendo pelas rochas cobertas de musgo e formando uma piscina no chão. Dois túneis adentravam a escuridão, um de cada lado da parede do fundo, e garras estreitas de pedra pendiam do teto alto.

Ela sentiu que os gatos da Tribo a encaravam, seus olhos brilhando na penumbra. Foi até a irmã e comentou: – Eles não parecem ter medo de nós.

Pata de Esquilo piscou. – Por que teriam? Não parecemos nem um pouco ameaçadores, magros como estamos. Fora que não há mais gatos por aqui. Agora que Dente Afiado morreu, os únicos inimigos da Tribo são as águias.

– Eu tinha esquecido de Dente Afiado – Pata de Folha miou. – Tudo isso teria sido muito pior se ele continuasse à solta nas montanhas.

– Sim – Pata de Esquilo concordou, com os olhos mais brandos. – Cauda de Pluma fez mais do que salvar a Tribo. Sua morte garantiu nossa proteção também.

À medida que seus olhos se adaptavam à escuridão, Pata de Folha começou a identificar formas avulsas, algumas leves e magras, outras musculosas e largas. No entanto, eram todas menores que os gatos dos clãs – incluindo os gatos do Clã do Vento –, com a cabeça grande e o pescoço fino.

Os filhotes brincando à entrada de um dos túneis pararam para observar, com os olhos arregalados e curiosos, os gatos do clã entrando na caverna. Uma rainha cinza e branca se aproximou de Pata de Folha e cheirou seu pelo.

– Esta é Sombra – Pata de Esquilo explicou. – Foi quem cuidou de Pelo de Açafrão quando ela ficou doente, por causa de uma mordida de rato.

A rainha da Tribo baixou a cabeça e miou: – Falante das Rochas disse que vocês viriam. A Tribo da Caça Sem Fim contou a ele que velhos amigos retornariam, trazendo novos amigos.

Apesar do cansaço e da fome, o pelo de Pata de Folha se eriçou em curiosidade. – Como ele soube? – ela sussurrou para a irmã.

– Falante das Rochas tem uma conexão com os ancestrais da Tribo, tal qual a sua conexão com o Clã das Estrelas – Pata de Esquilo respondeu, baixinho.

Garra se aproximou. – Há presas ali – ele ofereceu, apontando para uma pilha com o rabo.

Pata de Folha piscou. – Não pode haver o bastante para todos nós.

– Comam. – Garra voltou a apontar para a pilha. – Penhasco já está organizando uma equipe de caça. Logo haverá comida suficiente para todos.

O cheiro de coelho vindo da pilha fez a barriga de Pata de Folha roncar, porém ela não poderia comer antes de se certificar de que o restante do clã estava bem. Baixando a cabeça em respeito, Pata de Folha deixou a irmã com seus amigos das montanhas e foi se juntar a Manto de Cinza e aos outros curandeiros, reunidos perto da entrada da caverna.

– Um gato chamado Penhasco disse que podemos usar aqueles ninhos – Manto de Cinza miou, apontando para um conjunto de depressões rasas no chão, forradas com musgos e penas.

– Será o suficiente? – Nuvenzinha se perguntou.

– Os mais fracos e os que estiverem com mais frio podem ficar com os ninhos – Casca de Árvore sugeriu. – O resto pode dormir onde houver espaço. Pelo menos aqui estamos protegidos da neve e do vento.

– E há comida – Pata de Folha miou, apontando com a cabeça para a pilha de presas. Alguns gatos da Tribo pegavam alguns pedaços e levavam aos gatos do clã. Garra deixou um coelho diante das patas de Garra de Lama. O representante do Clã do Vento olhou para o animal com voracidade e agradeceu assentindo brevemente antes de levá-lo para as rainhas e os aprendizes.

– É melhor colocarmos os filhotes nos ninhos, para esquentá-los – Asa de Mariposa miou.

Pata de Folha se juntou aos outros curandeiros, que começaram a conduzir os gatos mais novos e suas mães até os buracos forrados no chão da caverna. Enquanto ela ajudava Papoula Alta e seus filhotes, um gato comprido da Tribo veio em sua direção. Seu pelo estava tão enlameado que ela nem distinguia sua cor real. Porém os bigodes brancos traíam sua idade.

– Quem é mestre entre vocês? – ele perguntou.

Sobressaltada, ela o encarou. Pata de Esquilo havia explicado a ela que o mesmo gato era o líder e o curandeiro da Tribo. Atrás de quem ele estaria? Pata de Folha olhou para Manto de Cinza, que estava ocupada examinando os filhotes de Flor da Aurora.

– Levarei você a Estrela de Fogo – ela decidiu, conduzindo-o até o pai, que conversava em voz baixa com os líderes dos outros clãs.

– Não podemos nos demorar muito – Estrela Preta murmurava. – A neve só vai piorar.

Pata de Folha chegou, e ele se virou em sua direção. – Este é Falante das Rochas – ela apresentou, depois baixou a cabeça e se afastou.

– Você é curandeiro? – Falante das Rochas perguntou a Estrela de Fogo.

– Sou o líder do Clã do Trovão. Manto de Cinza é nossa curandeira. – Ele apontou com o rabo na direção da gata, que os observava com interesse do outro lado da caverna. – Estes são Estrela Preta, Estrela de Leopardo e Estrela Alta – Estrela de Fogo os apresentou indicando com a cabeça quem era quem.

– São todos líderes?

– Sim – Estrela de Leopardo miou.

Os olhos de Falante das Rochas pousaram em Estrela Alta, cujas pálpebras estavam semicerradas de exaustão. – Você não está bem – ele miou. – Damos ervas agora. – Por cima do ombro, ele viu uma gata malhada cinza. – Pássaro, traga ervas de fortalecimento.

Ela desapareceu por um dos túneis.

– A Tribo é grata por seus amigos terem matado Dente Afiado. Principalmente Cauda de Pluma. Seu espírito sempre será lembrado por nós.

– Ela tinha a coragem do pai – Estrela de Fogo concordou.

Pata de Folha estremeceu ao ouvir a tristeza ainda viva na voz dele ao mencionar Listra Cinzenta.

– Você deve comer e descansar – Falante das Rochas prosseguiu.

– Depois disso, precisamos retomar nossa jornada – Estrela Preta miou.

Falante das Rochas baixou a cabeça. – Não seguraremos vocês.

Pássaro voltou com um punhado de ervas na boca e as depositou diante de Estrela Alta.

Os bigodes de Pata de Folha se retorceram em curiosidade. – Que ervas são essas?

Os olhos cor de âmbar de Falante das Rochas brilharam à meia-luz.

– Sou aprendiz de curandeira – Pata de Folha explicou rapidamente. – Conheço as ervas da floresta, mas não as das montanhas... – Ela ficou em silêncio por um momento. – Tudo é muito diferente aqui.

– Espero que ela não esteja incomodando você – Manto de Cinza miou ao lado deles. – Pata de Folha é muito curiosa.

– Curiosidade é boa em um curandeiro – Falante das Rochas miou. – Ela aprenderá muito. – Ele piscou para Pata de Folha, simpático. – Pássaro trouxe tasna e peixinho. Boas para fortalecer.

– Posso ver depois, para reconhecer se encontrar nas montanhas?

– Claro. – Sua voz de gato velho pareceu calorosa a Pata de Folha, que desejava aprender com ele para compreender as diferenças entre Tribo e clã. – Sombra disse que você sabia que vínhamos – ela miou. – É verdade?

Falante das Rochas assentiu. – A Tribo da Caça Sem Fim me mostrou.

– Você compartilha sonhos com seus ancestrais? – Manto de Cinza perguntou.

– Não. Eu interpreto os sinais da rocha, da folha e da água, e sei que é a voz da Tribo da Caça Sem Fim falando comigo.

– Manto de Cinza interpreta sinais para nosso clã – Pata de Folha miou, animada. – Sinais enviados pelo Clã das Estrelas. Ela está me ensinando a lê-los também.

– Ela tem um talento natural para isso – Manto de Cinza comentou.

– Então talvez tenha interesse em ver a Caverna de Pedras Pontiagudas – Falante das Rochas sugeriu.

– Caverna de Pedras Pontiagudas? – Pata de Folha repetiu. – É como a Pedra da Lua?

– Não conheço sua Pedra da Lua – Falante das Rochas murmurou, já se virando para um dos túneis escuros, que conduzia até a caverna. – Mas, se é onde as vozes de seus ancestrais falam mais alto com vocês, então sim, é como a Pedra da Lua.

Com o rabo retorcido em entusiasmo, Pata de Folha entrou na passagem estreita atrás de Manto de Cinza e Falante das Rochas. Ela se perguntou se teriam de ir tão fundo na escuridão quanto faziam para chegar à Pedra da Lua; em algumas caudas de raposa, no entanto, a passagem se abriu em uma segunda caverna, envolta por paredes de pedra escorregadia.

Piscando para que seus olhos se adaptassem à escuridão, Pata de Folha olhou em volta. O espaço era muito menor que o da caverna principal, porém muito mais garras de pedra pendiam do teto, algumas inclusive chegando até o chão. Algumas se encontravam no chão, como patas se cumprimentando, e, à luz fraca que entrava por uma fresta no teto, Pata de Folha viu que água escorria por elas, formando poças no piso duro de pedra e fazendo-as brilhar.

Falante das Rochas tocou uma poça com a pata provocando uma série de ondulações nela. – A neve derreterá e essas poças crescerão. Quando a luz estelar brilhar, eu verei nelas o que a Tribo da Caça Sem Fim quer que eu saiba.

– Com que frequência você se comunica com a Tribo da Caça Sem Fim? – Manto de Cinza perguntou.

– Sempre que as poças se formam – Falante das Rochas explicou.

– Nós nos reunimos na meia-lua para dividir com o Clã das Estrelas...

Os olhos de Pata de Folha passearam pela caverna. Ela se afastou de Manto de Cinza e Falante das Rochas, que trocavam experiências, e perambulou por entre as garras de pedra, até não conseguir mais ver os dois. Suas patas pesavam, e o cansaço a oprimia. Ela se deitou no chão úmido e descansou o nariz sobre as patas, hipnotizada pelo brilho da água pingando. Pata de Folha fechou os olhos. *Onde você está, Clã das Estrelas?*

Sua mente girava ao som da água correndo. Nos limites de seus pensamentos, ela ouviu o rugido de um leão e viu pelos escuros se movimentando – pelos que não reconhecia. *Quem são vocês?*, Pata de Folha se perguntou, em desespero. Vozes sussurravam, porém ela não compreendia as palavras. O pânico a inundou e ela abriu os olhos.

O Clã das Estrelas não estava ali. Ela ouvira apenas as vozes dos ancestrais da Tribo. Nunca havia se sentido tão sozinha.

Pata de Folha implorou ao pai que deixasse outro gato assumir seu lugar, porém Estrela de Fogo insistiu que ela dormisse ao lado de Manto de Cinza em um dos ninhos forrados com penas no chão da caverna.

– O clã precisa de suas curandeiras agora mais do que nunca – ele disse. – Vocês precisam descansar.

Como Pata de Folha poderia descansar? O máximo que ela podia fazer era lamber o pelo sujo e desgrenhado. Torcia para que Manto de Cinza não tivesse notado a preocupação em seus olhos após a visita às Pedras Pontiagudas. *O que fariam sem o Clã das Estrelas?* O pensamento corria em sua cabeça como um gato preso em sua toca.

Pata de Esquilo e Garra de Amora Doce já dormiam, aninhados juntos nos fundos da caverna. Enquanto amassava as penas fofas ao lado de Manto de Cinza, Pata de Folha viu Riacho sair da caverna, seguida por Pata de Corvo e Pelo de Tempestade. – Aonde eles vão?– ela sussurrou para Manto de Cinza.

– Manter vigília por Cauda de Pluma – a curandeira murmurou, fechando os olhos.

Pata de Folha se acomodou ao lado da mentora e cobriu o nariz com o rabo. Ela se perguntou com que ancestrais Cauda de Pluma caçava agora. Chegou mais perto de Manto de Cinza, buscando conforto em seus pelos quentes. Como conseguiria dormir sabendo que o Clã das Estrelas não os estava acompanhando em sua jornada? Por outro lado, estava exausta, e assim que fechou os olhos sentiu o sono atraí-la.

Água cintilante se estendia à frente dela, a superfície índigo refletindo as estrelas. Nada se movia. Não havia nem vento. Pata de Folha mantinha os olhos na água, com medo de levantar a cabeça e constatar que as estrelas que via refletidas ali não passavam de uma ilusão. E se o céu estivesse vazio? Seria outro sinal da ausência do Clã das Estrelas.

De repente, uma rajada agitou seus pelos. Pata de Folha olhou para a escuridão, estremecendo. Um gato falava com ela, tão baixo que mal dava para ouvir. Pata de Folha ergueu o nariz. O vento trazia um cheiro familiar, impreciso demais para que ela conseguisse identificar a quem pertencia.

– Quem é? – Pata de Folha perguntou.

O vento ganhou força, ampliando o volume da voz sussurrada até que fosse possível distinguir o que dizia: – Onde quer que estejam, procuraremos por vocês.

Pata de Folha se virou e deu com o rosto gentil de Folha Manchada a seu lado. Os olhos da curandeira atartarugada brilhavam, porém seu corpo não parecia mais sólido que as estrelas na água.

– Vocês não nos abandonaram! – Pata de Folha miou, aliviada.

Mas Folha Manchada não respondeu. O vento parou e ela se transformou em sombra.

– Você está animada hoje – Manto de Cinza miou. Pata de Folha estava sentada a seu lado, banhando-se à luz matinal que atravessava a cachoeira.

Pata de Folha parou o que estava fazendo e confessou: – Tive um sonho.

Manto de Cinza se sentou. – O Clã das Estrelas falou com você?

Pata de Folha piscou. Será que Manto de Cinza se ofenderia pelo fato de o Clã das Estrelas ter escolhido transmitir sua mensagem por uma aprendiz, e não pela curandeira do Clã do Trovão? – Sinto muito. Talvez eles tenham vindo quando você estava acordada e tenham me escolhido porque eu estava dormindo...

Manto de Cinza a interrompeu tocando o ombro dela gentilmente com o rabo. – Não tem problema – ela miou. – Eu sempre soube que você tinha um vínculo sem precedentes com o Clã das Estrelas. É uma enorme responsabilidade, e fico muito orgulhosa com a maneira como você vem lidando com ele.

Pata de Folha ficou só olhando para ela, sem palavras para expressar seu alívio e sua gratidão.

– O que você sonhou? – Manto de Cinza perguntou então.

– Foi muito vago – Pata de Folha a avisou. – Mas agora tenho certeza de que o Clã das Estrelas ainda olha por nós, e acredito que nos acompanharão aonde quer que nossa jornada nos leve.

Estrela de Fogo se aproximou, o pelo avermelhado quase branco à luz pálida.

– Estamos de partida? – Manto de Cinza perguntou.

Estrela de Fogo balançou a cabeça. – Nevou a noite toda, e Falante das Rochas disse que vai nevar ainda mais. A Tribo está organizando uma caça, para que todos tenham comida enquanto o tempo estiver ruim.

– Isso significa que estamos presos aqui? – Pata de Folha miou, preocupada.

– Por enquanto. – Estrela de Fogo olhou para Estrela Preta, que andava de um lado para o outro na entrada da caverna. – Partiremos assim que for possível.

– Pata de Folha! – Cauda de Castanha se aproximou. – Quer vir caçar com a Tribo? – Ela olhou para Estrela de Fogo e complementou: – Se não tiver problema, claro.

Estrela de Fogo se virou para Manto de Cinza e perguntou: – Ela pode ir?

– Claro – Manto de Cinza respondeu.

– Obrigada – Pata de Folha miou. Depois de uma vida na floresta, era esquisito ficar presa em uma caverna sombria, e, apesar do frio, ela gostaria de sentir o ar fresco na pele.

Pata de Folha foi com Cauda de Castanha até Garra e Penhasco. Riacho estava com eles, acompanhada de Pelo de Tempestade. Pata de Folha ficou surpresa ao perceber como Pelo de Tempestade estava diferente. Seu pelo estava sujo de lama, tal qual o dos gatos da Tribo, e havia uma dureza em seus músculos que fazia com que parecesse mais um deles que um dos gatos magricelas dos clãs.

– Espero que eles não nos atrasem – Penhasco comentou com Riacho e Garra. – Temos muitas bocas para alimentar.

– É claro que eles não vão nos atrasar – Riacho miou. – Pelo de Tempestade estava prestes a se tornar um bom caçador quando partiu.

– Até que ele não era tão mal – Penhasco reconheceu, então olhou para Pata de Folha. – Você é uma aprendiz, certo? O que pretende ser: caçadora de presas ou guarda das cavernas?

Ela ficou olhando para ele, sem entender.

– Na Tribo, os deveres são divididos – Pelo de Tempestade explicou. – Os guardas das cavernas cuidam da proteção, e os caçadores de presas, da alimentação. Riacho é uma caçadora de presas e Penhasco é um guarda das cavernas.

– Então por que vai caçar conosco? – Pata de Folha perguntou a Penhasco, hesitante.

Ele ronronou como se achasse graça, o que a surpreendeu. – Quem vai vigiar o céu enquanto todos estiverem de olho nas presas? – ele retrucou, e Pata de Folha pensou imediatamente na águia que havia atacado o clã. O ar de superioridade de Penhasco a incomodava, porém ela resistiu à vontade de explicar a ele que era aprendiz de curandeira, porque a um gato da Tribo pareceria que ela pretendia se tornar líder do clã.

– Na floresta, sentimos o cheiro do perigo e caçamos ao mesmo tempo – Cauda de Castanha miou.

– É mesmo? E como você sente o cheiro de uma águia voando lá longe? – Penhasco retrucou.

– Vamos – Riacho miou, impaciente. – Estamos perdendo tempo aqui.

Ela os conduziu para fora da caverna e ao longo de uma saliência que levava até os picos. A nevasca havia cessado, porém a densa camada de neve acumulada congelava as patas de Pata de Folha. O ar estava tão gelado que doía para respirar, e seus olhos começaram a lacrimejar assim que eles deixaram o calor da caverna. No entanto, Pata de Folha não ia reclamar; queria provar a Penhasco que os gatos da floresta podiam lidar com tudo com que os gatos das montanhas lidavam. Lutando contra o estremecimento, ela olhou para cima. Nuvens amarelas pesadas se concentravam sobre os picos, prometendo mais neve.

Quando chegaram a um espinheiro baixo, com neve fresca pesando sobre os galhos, Riacho parou e se abaixou. Penhasco e Pelo de Tempestade a flanquearam e se abaixaram também. Pata de Folha os imitou, pressionando a barriga contra a neve, ao lado de Cauda de Castanha. Riacho olhou para o espinheiro, o nariz estremecendo como se farejasse uma presa.

Pata de Folha puxou o ar. A brisa trazia cheiro de coelho consigo. Ela começou a rastejar para a frente, por instinto.

– Pare! – Pelo de Tempestade alertou com um silvo. – Aguarde e observe como Riacho faz.

Riacho se mantinha imóvel, o levíssimo sobe e desce de seus flancos sujos de lama era o único indício de que ela não era uma pedra em meio à neve. Quando Pata de Folha estava começando a pensar que ia se transformar em um cristal de gelo se continuasse parada, um coelho saiu do espinheiro, seu nariz tremulando como se testasse o ar.

Ele pulou na direção dos gatos, sem enxergá-los abaixados na neve. Pata de Folha abriu a boca. O cheiro de presa continuava forte próximo ao arbusto, o que era estranho, considerando que o coelho já havia saído. Talvez ele tivesse se abrigado ali por um bom tempo. De repente, Riacho atacou, pulando na direção dele. Ela o pegou com a mandíbula e o matou com uma rapidez misericordiosa.

De canto de olho, Pata de Folha notou o espinheiro tremer. Ela avançou bem na hora que um segundo coelho disparava na neve. Ele estava correndo na direção de um afloramento rochoso, porém Pata de Folha era rápida – e estava faminta –, e conseguiu pegá-lo antes que escapasse.

– Muito bem! – Riacho a parabenizou, com um ronronar caloroso.

– Senti dois cheiros – Pata de Folha se explicou, ofegante.

Penhasco olhou para ela, surpreso. – Você sentiu dois cheiros diferentes ao mesmo tempo?

– Estamos acostumados com a floresta, onde há abundância de plantas e presas – ela miou, tentando explicar. – O ar aqui é mais nítido, os cheiros não se misturam tanto. Fica mais fácil diferenciar cheiros.

Cauda de Castanha piscou para ela, orgulhosa, e Pelo de Tempestade assentiu de leve. Penhasco baixou a cabeça em sinal de respeito, pegou um dos coelhos e conduziu o grupo de volta à cachoeira.

Pata de Folha se sentou perto da entrada da caverna, aquecida pela respiração tranquila dos gatos à sua volta. Pelagem de Poeira estava deitado ao lado de Bigode Ralo e Estrela Alta. Pata de Aranha se estendera ao lado de Pata de Corvo. Papoula Alta e Nuvem de Avenca trocavam lambidas enquanto seus filhotes brincavam juntos. Até mesmo Geada de Falcão parecia relaxado enquanto observava Asa de Mariposa procurando moscas no pelo de Flor da Manhã. Apesar da cena pacífica, uma preocupação fez o corpo de Pata de Folha estremecer. Ela nunca havia visto os clãs tão confortáveis uns com os outros, nem mesmo nas Assembleias. O Clã das Estrelas podia estar esperando por eles, mas ainda haveria quatro clãs quando eles chegassem a seu novo lar?

Ela olhou para a lua trêmula acima dos picos através do lençol de água turbulenta. Os gatos dos clãs nem haviam mencionado a lua cheia, momento de Assembleia. Não havia necessidade. De repente, ela ouviu uma respiração difícil bem perto dela, e quando se virou deu de cara com Falante das Rochas a observando.

– Estava buscando sinais na lua? – ele perguntou.

– Estava pensando nas Assembleias – ela respondeu.

– Assembleias? – Falante das Rochas repetiu, parecendo intrigado.

– Antes de partirmos, os quatro clãs se reuniam em paz apenas na lua cheia.

– Os clãs não viviam em harmonia?

– Nem sempre – Pata de Folha admitiu. – Diferentemente de vocês, tínhamos uma demarcação clara de onde era permitido caçar.

Falante das Rochas olhou em volta. – Dificuldades uniram vocês – ele comentou.

– Mas sempre haverá limites entre nós – Pata de Folha insistiu.

– Por quê? Juntos podem achar comida com mais facilidade.

– Sempre existiram quatro clãs. A lealdade a nosso próprio clã nos torna mais fortes.

– Mas todos compartilham da crença no Clã das Estrelas?

– Todos nos tornaremos guerreiros do Clã das Estrelas um dia – Pata de Folha murmurou. Ela olhou para a lua, um disco branco e borrado do outro lado da água caindo.

Os olhos de Falante das Rochas brilharam. – Você ainda é uma aspirante, porém é sábia.

Pata de Folha desviou o rosto, o constrangimento fazendo suas orelhas arderem.

– Também teremos uma assembleia esta noite – Falante das Rochas prosseguiu, então ergueu a voz para que todos o ouvissem. – Gatos dos clãs e da Tribo, ainda não celebramos nossa libertação de Dente Afiado. Apenas nos lamentamos por Cauda de Pluma, que morreu nos salvando. Porém, esta noite, vamos reverenciar os gatos que vieram de longe e mataram a terrível criatura.

Ouviram-se miados de concordância entre os gatos da Tribo. Os filhotes miaram em animação, e o mais corajoso deles se aproximou de onde os filhotes de Papoula Alta brincavam com Betulinha.

– Venham comer conosco – o filhote da Tribo convidou.

Betulinha olhou para a mãe, que assentiu de maneira calorosa. Papoula Alta e Flor da Aurora deram sua aprovação também, e os filhotes dos clãs não se demoraram em seguir os filhotes da Tribo pela caverna.

Um a um, os gatos da Tribo se levantaram e pegaram comida da pilha, que colocaram solenemente diante das patas de um gato de clã, até que todos tivessem sido servidos. Os gatos dos clãs apenas observavam, sem saber o que fazer.

Os olhos de Pata de Folha se arregalaram quando Penhasco deixou um coelho diante dela.

– Posso dividir com você? – ele perguntou.

Pata de Folha assentiu, tímida.

Falante das Rochas foi até o meio da caverna. – Nós nos banquetearemos em respeito a Cauda de Pluma – ele declarou. – Seu espírito viverá para sempre na Tribo da Caça Sem Fim. Também reverenciaremos os gatos que se recusaram a nos abandonar e retornaram para cumprir a profecia de nossos ancestrais.

Ele baixou a cabeça, um por um, para Garra de Amora Doce, Pata de Esquilo, Pelo de Açafrão, Pata de Corvo e Pelo de Tempestade, que endireitaram o corpo, orgulhosos.

– Agora vamos comer! – Falante das Rochas concluiu, e seu miado ecoou por toda a caverna.

Penhasco arrancou um pedaço do coelho e o empurrou na direção de Pata de Folha. Imaginando que se tratava de um costume da Tribo, ela pegou outro pedaço e o devolveu a ele. Na floresta, os gatos também dividiam comida, porém costumava haver presas o bastante para que cada um devorasse um animal inteiro. Ela se perguntou se aquele ritual formal não havia surgido em decorrência da escassez de presas nas montanhas.

Depois da refeição, os gatos se deitaram, de barriga cheia, e trocaram lambidas. Estrela Alta mancou até o meio da caverna e olhou em volta, até que os gatos ficassem em silêncio. Bigode Ralo se pôs a seu lado e apoiou o corpo fraco do líder do Clã do Vento com o seu.

– Quem é aquele velhinho magricela? – miou um filhote da Tribo.

– Silêncio! – A mãe deu uma patada nele. – É o nobre líder de um clã.

Embora precisasse se apoiar em um guerreiro mais jovem, os olhos de Estrela Alta brilhavam com a força e a determinação de um líder em sua primeira vida, em vez da última. – Pata de Corvo? – ele chamou.

O aprendiz do Clã do Vento levantou a cabeça, surpreso.

– Pata de Corvo serviu a seu clã com bravura e lealdade. – A voz de Estrela Alta fraquejou quando o líder se esforçou para não tossir. – Ele deveria ter recebido seu nome de guerreiro há muito tempo, mas as tragédias das últimas luas impediram isso. Esta noite, se Falante das Rochas me conceder a gentileza de abrigar uma cerimônia dos clãs no lar da Tribo, pretendo honrar a coragem e a grande habilidade de Pata de Corvo presenteando-o com seu nome de guerreiro.

Murmúrios de concordância se espalharam entre os gatos do clã, que se transformaram em miados de surpresa quando Pata de Corvo deu um passo à frente. Aquilo não fazia parte da cerimônia de nomeação de um guerreiro.

– Posso fazer um pedido, Estrela Alta? – ele miou.

O líder do Clã do Vento estreitou os olhos, mas assentiu.

– Gostaria de escolher meu próprio nome de guerreiro. Se concordar, meu desejo é ser conhecido como Pluma de Corvo. – Ele falava tão baixo que sua voz quase se perdia em meio ao estrondo da água. – Quero manter viva a memória de... da gata que não retornou de nossa primeira jornada.

As orelhas de Pelo de Tempestade estremeceram, e ele olhou para as próprias patas.

Fez-se um longo silêncio, e depois Estrela Alta miou: – É um nobre pedido. Muito bem. Dou-lhe o nome de Pluma de Corvo. Que o Clã das Estrelas proteja e aceite você como um guerreiro do Clã do Vento na vida e depois dela.

Os gatos do Clã do Vento se levantaram e foram cumprimentar o companheiro.

– Brilhante ideia! – Pata de Esquilo comentou, postando-se ao lado de Pluma de Corvo. Garra de Amora Doce, Pelo de Açafrão e Pelo de Tempestade logo se juntaram a ela.

– É um excelente nome – Pelo de Açafrão concordou, enquanto Garra de Amora Doce roçava o corpo esguio em Pluma de Corvo, ronronando. Pelo de Tempestade levou o focinho ao flanco do outro, como se estivesse comovido demais para falar.

– Obrigado – Pluma de Corvo murmurou, então olhou para além da cachoeira, prateada pelo luar. – Manterei vigília esta noite, ao lado do túmulo de Cauda de Pluma.

Pata de Folha viu o guerreiro se afastar dos amigos e companheiros de clã e sair da caverna.

– Então agora ele é um guerreiro? – Penhasco perguntou a ela, a curiosidade fazendo seus olhos brilharem.

– Isso. – Pata de Folha se levantou. – Obrigada por dividir comigo. – A lua solitária a chamava para longe da toca lotada. Ela ansiava por buscar o Tule de Prata no céu claro.

Pata de Folha saiu de trás da cachoeira, subiu as pedras e foi se sentar bem acima da piscina onde a água caía, espumava e ressurgia. Sob o brilho das estrelas, ela olhou para Pluma de Corvo, mantendo vigília com a cabeça baixa, ao lado do monte de pedras que marcava o túmulo da guerreira do Clã do Rio. Estaria mesmo Cauda de Pluma com a Tribo da Caça Sem Fim e não com o Clã das Estrelas? *Recebam-na bem, independentemente de quem forem vocês*, Pata de Folha implorou, em silêncio.

Ela observou Pluma de Corvo por um momento, sentindo uma pontada no coração pela perda dele. Então levantou a cabeça e olhou para os picos, imaginando se o Clã das Estrelas também o observava. Havia uma tranquilidade ali no alto que Pata de Folha não sentia desde a última vez que se deitara sob as árvores da floresta. Sob o luar claro, algo chamou sua atenção, em uma pequena saliência diante da entrada da caverna. Pata de Folha pensou ter visto dois corpos prateados abaixo das estrelas. Tinha quase certeza de que havia dois gatos ali, olhando para Pluma de Corvo; um ligeiramente mais alto que o outro, ambos marcados pelas mesmas manchas escuras, como se fossem da mesma família.

Cauda de Pluma e Arroio de Prata?

Pata de Folha piscou. Quando abriu os olhos, os gatos prateados haviam desaparecido.

CAPÍTULO 24

Pata de Esquilo caminhava atrás de Pelo de Tempestade pelo caminho pedregoso que dias antes estivera coberto por um comprimento de rabo de neve. Ele parecia determinado a percorrer a maior parte das montanhas em busca de presas. As pedras ecoavam o pingar do gelo derretendo. Até os maiores montes de neve descongelavam. Nuvens cinza-escuras vinham na direção das montanhas, carregadas por um vento mais brando que aliviava os picos da neve e do gelo.

Não pela primeira vez, Pata de Esquilo se perguntou por que o guerreiro do Clã do Rio a havia chamado para caçar quando os outros já se preparavam para deixar a caverna. Não poderiam levar comida consigo, mas talvez ele quisesse pegar alguma coisa para agradecer à Tribo por sua hospitalidade.

– Por que Riacho não veio caçar conosco? – ela perguntou, ofegante. Nos dias anteriores, a caçadora de presas acompanhava Pelo de Tempestade aonde quer que ele fosse.

Ele se concentrou em pular de uma pedra e não respondeu.

– Vocês brigaram? – Pata de Esquilo insistiu. Estava claro que algo preocupava Pelo de Tempestade. Seus ombros estavam curvados e ele mal abriu a boca desde que deixaram a caverna. Pata de Esquilo subiu meio desajeitada na pedra ao lado dele, com a mente a toda. Será que Pelo de Tempestade tinha convidado Riacho para se juntar aos clãs e viajar com eles até seu novo lar? A ideia fez o rabo dela estremecer. Não seria a primeira vez que alguém de fora se juntava aos clãs. Seu próprio pai tinha sido criado como gatinho de gente. Mas pelo menos Estrela de Fogo havia nascido perto da floresta. Riacho era uma gata da montanha, e Pata de Esquilo sabia que, onde quer que os clãs se assentassem, não seria parecido com aquele lugar estéril.

Ela viu um rato na crista à frente, saindo de uma fenda para encontrar comida. Silvou em aviso para Pelo de Tempestade, que parou e se agachou, esperando que o rato avançasse mais pela trilha. Embora Pata de Esquilo quisesse pegá-lo ela mesma, sabia que chamaria mais a atenção que Pelo de Tempestade, por causa das cores dos pelos de ambos, e aproximou a barriga laranja tanto quanto possível do chão, torcendo para que sua imobilidade a mantivesse escondida.

Pelo de Tempestade ficou parado por mais um momento e deu o bote. Ele quebrou a espinha do rato e se virou para encarar Pata de Esquilo, com o animal nos dentes.

– É um presente de despedida para Riacho? – Pata de Esquilo perguntou, com delicadeza.

Pelo de Tempestade só piscou.

– Qual é o problema? – ela perguntou, porque não suportava mais ver o amigo tão perturbado.

Pelo de Tempestade largou o rato, parecendo exausto de repente. Quando levantou a cabeça, a dúvida nublava seus olhos. – Decidi ficar com a Tribo.

– *Quê?*

– Já perdi Cauda de Pluma e Listra Cinzenta, e nunca conheci Arroio de Prata. Não me resta nenhum parente entre os clãs. Meu mentor, Pelo de Pedra, morreu. Fora Cauda de Pluma, ele era o que eu tinha mais próximo de uma família no Clã do Rio. E agora não tenho nem um lar. Parece que tudo foi roubado de mim, uma coisa depois da outra.

– E quanto a seu clã? – Pata de Esquilo perguntou. – Eles precisam de você.

– O Clã do Rio tem bons guerreiros, guerreiros fortes. – Pelo de Tempestade notou a cautela nos olhos dela. – Incluindo Geada de Falcão – ele miou, como se Pata de Esquilo tivesse lido sua mente. – O Clã do Rio ficará seguro sem mim.

– Mas este lugar é tão diferente – Pata de Esquilo argumentou. – Quando encontrarmos nosso novo lar, você poderá recomeçar…

– Ah, Pata de Esquilo, você não entende? Amo Riacho, e quero ficar com ela.

– Achei que fosse convidá-la para se juntar aos clãs! – Pata de Esquilo confessou.

Pelo de Tempestade balançou a cabeça. – Ela ficaria perdida longe das montanhas, e eu sei que posso viver aqui.

Tem água. A cachoeira pode ser mais barulhenta que o rio, mas ainda assim é água. Também tem bastante comida, agora que sei como caçar como a Tribo. E o espírito de minha irmã continua aqui... – Ele soltou um longo suspiro. – Todos os clãs perderam seu lar, mas eu sinto que perdi mais que qualquer outro gato. É a primeira vez em muitas luas que sinto que encontrei algo de verdade.

– Não precisa se explicar mais – Pata de Esquilo sussurrou, triste. – Eu compreendo.

A mente dela girava enquanto os dois voltavam à caverna. De novo, tudo havia mudado, bem quando ela pensava que não tinha mais nada a perder. Os dois entraram atrás da cachoeira. Pelo de Tempestade levou o rato até a pilha de presas, enquanto Pata de Esquilo permaneceu na entrada da caverna, atordoada.

– Pata de Esquilo! – Pata de Folha corria na direção dela. – Falante das Rochas nos deu ervas fortalecedoras para dividir.

Pata de Esquilo olhou para ela e miou: – Q-que bom.

– Você está bem?

– Pata de Folha! – Manto de Cinza a chamou, do outro lado da caverna.

– Tenho de ir – Pata de Folha miou, já se virando. – O Clã do Vento está aguardando as ervas.

Pata de Esquilo acompanhou com os olhos, que ainda se acostumavam à escuridão, a irmã se afastando. Outra forma irrompeu das sombras, vindo em sua direção, e ela se decepcionou ao reconhecer os ombros largos do gato malhado. O que Geada de Falcão queria com ela?

– Pata de Esquilo?

Ela piscou. Era Garra de Amora Doce, que a olhava de um jeito esquisito. – Você vem? – ele miou. – Temos de verificar se todos comeram.

Pata de Esquilo se sentia tonta.

– Está tudo bem? – Garra de Amora Doce perguntou.

Ela balançou a cabeça, impotente. Do outro lado da caverna, Pelo de Tempestade murmurava alguma coisa para Riacho.

Garra de Amora Doce olhou para onde Pata de Esquilo olhava. – Pelo de Tempestade não vai?

– Ele quer ficar com Riacho – Pata de Esquilo sussurrou.

Após um longo momento de silêncio, Garra de Amora Doce perguntou:

– Você vai sentir falta dele, não vai?

– Claro que sim! – Pata de Esquilo respondeu, surpresa; então vislumbrou alguma coisa nos olhos cor de âmbar do companheiro de clã. Seria *ciúme*? – Ah, Garra de Amora Doce... Meu coração é do Clã do Trovão. Não sabe disso? – Ela roçou o rabo levemente pelo flanco dele. – Meu coração é *seu*.

Garra de Amora Doce fechou os olhos, e Pata de Esquilo torceu para não ter dito a coisa errada. Então ele voltou a abri-los e olhou para ela com tanto carinho que Pata de Esquilo pensou que poderia ficar ali para sempre.

– Devemos todos seguir nosso coração – ele murmurou. O medo de Pata de Esquilo em relação ao que viria pela frente pareceu se dissolver em um instante, como a névoa na estação das folhas verdes. Ela perderia um amigo quando Pelo de Tempestade ficasse para trás, mas nunca estaria sozinha.

Um movimento chamou sua atenção. Falante das Rochas caminhava para o centro da caverna.

– Os clãs estão partindo – ele anunciou para a Tribo. – Quero que uma parte de vocês os acompanhe para mostrar o caminho para deixar as montanhas. Eles seguirão para a colina, e não para o pôr do sol; levem-nos até a trilha que se dirige à Grande Estrela.

Pata de Esquilo sentiu uma onda de empolgação. Os gatos da Tribo iriam levá-los até onde o guerreiro moribundo havia desaparecido, além da cordilheira?

Falante das Rochas baixou a cabeça para os líderes dos clãs, um por um. – Desejo aos gatos do Clã das Estrelas uma boa caça.

– Obrigado, Falante das Rochas. – Estrela de Fogo baixou a cabeça também. – Sua Tribo foi mais gentil conosco do que poderíamos ter sonhado, e ficamos tristes em partir. Mas somos esperados em outro lugar, prometido para nós por nossos ancestrais guerreiros. – Ele se virou para os outros líderes de clãs. – Estrela Alta, o Clã do Vento está pronto?

O líder do Clã do Vento olhou para Estrela de Fogo, parecendo confuso, depois para Bigode Ralo, que se encontrava a seu lado. Bigode Ralo assentiu em incentivo. Antes que Estrela Alta pudesse dizer alguma coisa, Garra de Lama ergueu a cabeça e miou: – Estamos prontos.

– O Clã das Sombras também está pronto – Estrela Preta afirmou.

– Meus gatos estão todos prontos – Estrela de Leopardo completou, erguendo o rabo.

– Nem todos. – Pelo de Tempestade deu um passo à frente. – Vou ficar aqui.

Um silêncio perplexo se espalhou entre os gatos. – Você não pode deixar o clã agora! – Pelagem de Poeira disse, afinal.

– A escolha é dele – Papoula Alta murmurou, olhando para Riacho com gentileza e compreensão.

– O filho de Listra Cinzenta não deve tomar uma decisão dessas levianamente – Tempestade de Areia miou.

Estrela de Fogo olhou para Pelo de Tempestade, pensativo, então miou: – Eu me lembro de como foi para Listra Cinzenta escolher entre Arroio de Prata e seu clã. De uma escolha tão difícil, nasceram você e Cauda de Pluma. Sem os dois, tudo seria diferente tanto para a Tribo quanto para os clãs. Cauda de Pluma matou Dente Afiado e você concluiu uma jornada conturbada para levar até nós uma mensagem do Clã das Estrelas. Nenhum gato pode questionar sua lealdade e sua coragem e tampouco criticar sua escolha, porque, como seu pai provou, grandes coisas decorrem de ouvir o próprio coração.

Murmúrios de aprovação ecoaram pela caverna, até Estrela de Leopardo silenciar os gatos com um berro.

Os pelos de Pata de Esquilo se eriçaram. Estrela de Leopardo deixaria que seu guerreiro ficasse?

A líder do Clã do Rio estreitou os olhos para Pelo de Tempestade. – O Clã do Rio sentirá falta de sua coragem e de suas habilidades – ela miou afinal –, mas tanta coisa mudou em nossas vidas que não é impossível que voltemos a nos ver, nesta vida ou na outra. – Estrela de Leopardo baixou a cabeça e aceitou a decisão de Pelo de Tempestade sem se enfurecer. – Desejo-lhe tudo de bom.

Riacho passou o rabo pelo flanco de Pelo de Tempestade enquanto os clãs deixavam a caverna lentamente. Pata de Esquilo olhou com tristeza para o amigo, desejando que ele pelo menos integrasse a equipe que os acompanharia até a fronteira do território da Tribo. Pelo de Tempestade permaneceu onde estava, no entanto, seu pelo cinza brilhando à luz cintilante que entrava pela cachoeira, seus olhos traindo a profundidade de sua tristeza. Independentemente de quanto ele quisesse viver com a Tribo, Pata de Esquilo sabia que assistir à partida dos clãs devia ser como perder Arroio de Prata, Cauda de Pluma e Listra Cinzenta de novo.

– Acha que ele vai ficar bem? – ela perguntou a Garra de Amora Doce.

Ele lambeu rapidamente a orelha de Pata de Esquilo. – Acho sim.

Eles seguiram os outros gatos garganta afora e pico acima, com o sol a seu lado enquanto avançavam pela cordilheira.

– Você acha que estão nos levando para o lugar certo? – Pata de Esquilo sussurrou para Garra de Amora Doce.

– Espero que sim – ele disse depois de piscar, depois virou o pescoço. – Parece ser a direção na qual vimos a estrela cair. Só temos de torcer para não passarmos do lugar certo sem perceber.

Enquanto Garra de Amora Doce falava, os gatos da Tribo pegaram uma passagem sinuosa. À frente, não havia mais cordilheira, e sim colinas e mais colinas, às vezes gramadas, às vezes cobertas por bosques. De onde eles estavam, na beirada da montanha, o verde parecia estranho, depois de tanto cinza e branco. Pata de Esquilo via córregos cintilando por entre as árvores nuas, como casca de vidoeiro-branco em uma floresta de carvalhos.

– É ali? – Garra de Amora Doce perguntou.

Pata de Esquilo se viu repetindo a profecia de Meia-Noite: – "Colinas, bosques de carvalho para abrigo, riachos correndo."

– Mas é tão extenso! – Pelo de Açafrão se colocou ao lado deles. – Como saberemos onde parar?

Garra de Amora Doce balançou a cabeça, e eles ficaram olhando, em silêncio, até que um lampejo sobre suas cabeças chamou a atenção de Pata de Esquilo. Algo se movia na crista das rochas que ladeavam a passagem. Seus pelos se eriçaram de medo. Seria uma águia? Ela se forçou a olhar para cima e constatou que não se tratava de um pássaro. Eram Pelo de Tempestade e Riacho correndo e gritando para poderem se despedir dos clãs.

Pelo de Tempestade saltava com toda a agilidade de pedra em pedra, e Riacho o acompanhava a cada passo, de modo que se roçavam o tempo todo. Só era possível avistar os pelos sujos de lama de Pelo de Tempestade quando atravessava um trecho de neve, e Pele de Esquilo não pôde evitar pensar que o gato do Clã do Rio quase parecia ter nascido na Tribo.

CAPÍTULO 25

Pata de Folha sacudiu a garoa dos bigodes e voltou a seguir os outros pela encosta coberta de urzes. Tinham caminhado a manhã toda e deixado a neve e as montanhas para trás, mas foram alcançados pela chuva.

– Reparou em Estrela Alta? – Cauda de Castanha sussurrou, ao lado dela.

O líder do Clã do Vento caminhava ao lado de Bigode Ralo por entre as urzes. Apesar da chuva, ele não se apoiava mais no flanco do outro, avançando com confiança, como se finalmente acreditasse que estava próximo do novo lar de seu clã. Suas orelhas se ergueram quando um coelho disparou de uma pedra mais adiante. Bigode Ralo olhou para Estrela Alta e foi atrás da presa assim que ele assentiu. Orelha Rasgada e Pé de Teia correram logo em seguida.

– Acho que o cheiro de urzes reavivou o espírito do Clã do Vento – Pata de Folha ronronou.

Todos pareciam mais relaxados do que na montanha, e não apenas o Clã do Vento. Estrela Preta caminhava ao lado de Estrela de Fogo. Pelagem de Poeira acompanhava Pelo Rubro, as urzes roçando seu flanco listrado enquanto ele conversava muito à vontade com a representante do Clã das Sombras.

– Nunca pensei que veria Pelagem de Poeira tão à vontade com gatos de outros clãs – Pata de Folha comentou.

– Ele logo retornará a sua antiga versão – Cauda de Castanha respondeu de maneira prática. – Assim que nos instalarmos e tudo voltar ao normal.

– Sempre haverá quatro clãs – Pata de Folha murmurou, quase para si mesma. Porém seria mesmo verdade? Olhando em volta, ela se deu conta de que era impossível distinguir onde um clã acabava e o outro começava agora.

– Ainda bem que deixamos as montanhas – Cauda de Castanha miou. – Foi muita coragem de Pelo de Tempestade ficar.

– Restava muito pouco a ele nos clãs – Pata de Folha murmurou.

– Bem, eu prefiro aqui – Cauda de Castanha miou.

– Mesmo sem sabermos aonde vamos? – Pata de Folha perguntou, surpresa.

– Olha só para este lugar! – Cauda de Castanha abarcou o terreno em volta com um movimento do rabo. – Nenhum sinal de monstros ou de terra revirada. E é bom sentir cheiro de presa novamente. – Ela passou a língua pelos lábios.

Enquanto a gata ainda falava, Bigode Ralo retornou trotando na direção dos clãs, com um coelho nos dentes. Pata de Folha sabia que Cauda de Castanha tinha razão: aquele lugar parecia mais seguro que qualquer um dentre aqueles onde haviam passado os últimos dias e noites. No entanto, se não havia sinal do Clã das Estrelas, será que ali era mesmo o novo lar deles?

– Pata de Folha!

A voz de Manto de Cinza a despertou. Quando ela abriu os olhos, constatou que ainda estava escuro.

– Está tudo bem? – Pata de Folha perguntou, levantando-se e olhando em volta, para o matagal ensombrecido onde os clãs haviam se abrigado aquela noite. Um vento frio soprava entre as árvores.

– Estrela de Fogo quer partir o mais cedo possível – Manto de Cinza comunicou.

– Por que não podemos ficar aqui? – Pata de Folha perguntou, então ouviu um miado assustado de Betulinha. Seus olhos já tinham se adaptado à luz que antecedia o alvorecer, e ela conseguiu ver que ele olhava para a mãe, agachada entre as raízes de uma árvore.

– Não podemos ficar aqui. – O miado grave de Garra de Amora Doce ecoou antes que Nuvem de Avenca pudesse responder. – O Clã das Estrelas informará quando tivermos encontrado nosso novo lar.

– Mas, se ficarmos aqui, talvez o sinal venha – Pelagem de Poeira miou.

– Ficar aqui? – Garra de Lama olhou feio para os gatos do Clã do Trovão. – Estas árvores podem parecer um lar para vocês, mas para nós não.

– E os córregos não são largos o bastante para que haja peixes – Estrela de Leopardo comentou.

Pata de Esquilo assentiu. – Temos de continuar avançando.

– Para onde, exatamente? – Geada de Falcão rosnou.

Pata de Esquilo estreitou os olhos. – Temos de saber tudo?

Garra de Amora Doce movimentou o rabo para silenciá-la, depois olhou para Manto de Cinza. – Você recebeu algum sinal do Clã das Estrelas?

Manto de Cinza balançou a cabeça. – Eu não. Mas Pata de Folha teve um sonho.

O coração da aprendiz palpitou quando os olhos de todos os gatos dos clãs se voltaram para ela, brilhando à meia-luz. – N-não sei se foi um sinal – ela se apressou em miar. – Sonhei que estava diante de um corpo de água cintilante...

– Água cintilante? – Estrela de Leopardo a interrompeu. – Um rio?

Pata de Folha balançou a cabeça. – Não, não era um rio. A água era tranquila, e não agitada. Dava para ver o Tule de Prata refletido nela, as estrelas brilhando tão claramente como se nadassem no céu.

– Só isso? – Estrela Preta perguntou.

– Folha Manchada apareceu e me disse que o Clã das Estrelas nos encontraria – Pata de Folha concluiu, e se forçou a encarar o líder do Clã das Sombras, ainda que suas pernas estivessem tremendo.

– Então devemos seguir na direção da água? – Estrela Alta miou, esperançoso.

As orelhas de Pata de Folha estremeceram. – Acho que foi só um sonho. Não recebi nenhum sinal do Clã das Estrelas desde então. – Ela baixou os olhos para as patas, triste. – Estou começando a achar que só sonhei com o que queria.

– Então não temos nada – Estrela Preta murmurou, virando-se.

– Você tem certeza de que foi apenas um sonho? – Garra de Amora Doce perguntou a Pata de Folha.

Ela buscou a verdade em seu coração. – Não sei.

Pata de Folha nunca havia se equivocado em relação a seus sonhos, porém se aquele realmente transmitia uma mensagem de seus ancestrais guerreiros, àquela altura não teriam recebido algum sinal – uma estrela cadente, outro sonho – de que o Clã das Estrelas estava com eles agora?

– Bem, temos de continuar avançando – Garra de Amora Doce disse, afastando-se das árvores. Uma ladeira gramada se estendia à frente dele, terminando em um vale estreito. Mais adiante, um espinhaço se erguia no céu índigo, com o lado curvo à sombra da floresta.

Os gatos começaram a deixar o matagal, ainda piscando e se espreguiçando. Pata de Folha olhou para o céu, onde as nuvens obscureciam as estrelas.

– Não se preocupe com o sinal. – A voz do pai a surpreendeu. Quando ela se virou, viu que ele estava bem a seu lado. – Você ainda é uma aprendiz de curandeira. Não deve se sentir responsável porque o Clã das Estrelas deseja permanecer em silêncio.

Grata, ela olhou bem para os olhos cor de esmeralda de Estrela de Fogo, que prosseguiu: – Estou orgulhoso de você.

E de Pata de Esquilo também. Mesmo que a profecia de Manto de Cinza tenha me assustado por algum tempo.

– A profecia de Manto de Cinza? – Pata de Folha repetiu.

– O sinal do Clã das Estrelas de que fogo e tigre destruiriam o clã.

Pata de Esquilo piscou. Parecia que fora em outra vida que Manto de Cinza proferira seu alerta sombrio.

– Acho que agora eu compreendo – Estrela de Fogo prosseguiu, olhando para Pata de Esquilo e Garra de Amora Doce, que conduziam os gatos rumo ao vale. Os pelos deles brilhavam como a lua e sua sombra na escuridão. – A filha de Estrela de Fogo e o filho de Estrela Tigrada realmente destruíram o clã. Mas não como eu temia. Eles nos tiraram de nosso antigo lar para nos afastar do perigo e nos levaram rumo ao desconhecido. Muitos teriam desistido diante das dificuldades enfrentadas, mas os dois mantiveram a fé e nos trouxeram para a segurança. – O líder do Clã do Trovão olhou para Pelo de Açafrão e para Pluma de Corvo, postados um de cada lado dos clãs, para protegê-los. – Os primeiros gatos a atravessar as montanhas, estejam eles ainda conosco ou vivos entre outros guerreiros, sempre serão reverenciados por todos os clãs por sua coragem.

Ele abanou o rabo, depois foi se juntar a Tempestade de Areia. Pata de Folha sentiu uma pontada de orgulho pela irmã e gratidão pela disposição do pai a confiar que ela e Garra de Amora Doce conduziriam todos para um lugar seguro.

Ela abriu caminho até Cauda de Castanha. O grupo chegou ao pé de uma encosta e começou a subir até o outro lado do vale.

– Estou com fome – Cauda de Castanha se queixou.

– O sol está quase nascendo. Aí vamos poder caçar – Pata de Folha procurou tranquilizá-la.

– Pelo menos aqui parece um bom lugar para caçar – a outra comentou, olhando para as faias jovens que coroavam a encosta.

Pata de Folha reconheceu a voz da irmã vindo de mais adiante. – Sinto cheiro de presa, folhas e avencas, como na floresta! – Ela se aproximou das duas. – Espero que a gente receba algum sinal aqui. – Pata de Esquilo olhou por entre as árvores para onde os pelos de Garra de Amora Doce atravessavam as sombras, como um peixe. – E espero que ele esteja bem. Quase não disse nada hoje.

– Ele só está preocupado – Pata de Folha garantiu à irmã.

– Como acham que será o sinal? – Cauda de Castanha perguntou.

Pata de Folha balançou a cabeça. – Não sei – admitiu. Sob as sombras das árvores, ela mal enxergava uma pata à frente, porém seguiu o cheiro dos companheiros de clã ao longo da subida.

A tensão se espalhou entre os gatos, enrijecendo os músculos e eriçando os pelos, como se todos aguardassem alguma coisa. Ninguém falou nada quando eles chegaram ao topo. Os clãs se enfileiraram ao longo da crista sem árvores, delineados contra o céu sombrio. Um vento frio soprava, agitando os pelos de Pata de Folha. Ela fechou os olhos por um momento e enviou uma prece desesperada ao Clã das Estrelas.

Permitam que as palavras de Folha Manchada tenham sido verdadeiras. Mostrem que estão esperando por nós.

A brisa ganhou força e as nuvens se abriram para revelar a lua, brilhando redonda e intensa sobre os gatos.

Pata de Folha abriu os olhos e perdeu o ar. Do outro lado da elevação, uma descida íngreme dava para um corpo de água, vasto e tranquilo. Todas as estrelas do Tule de Prata eram refletidas pela superfície do lago, cintilando contra o céu índigo, quase preto, como se nadassem nele.

O coração de Pata de Folha se encheu de alegria. Ela soube, dentro de si, que haviam chegado ao fim de sua jornada. Sua fé não a abandonou, e os guerreiros ancestrais tinham esperado por eles aquele tempo todo.

Pata de Folha ergueu os olhos. O horizonte avermelhava a distância, com a aurora começando a afastar a noite e a revelar, pouco a pouco, o novo lar dos clãs.

Este é o lugar que deveríamos encontrar, e o Clã das Estrelas está aqui.

Este livro foi composto na fonte Minion Pro e impresso
pela gráfica Vox, em papel Lux Cream 60 g/m^2, para a
Editora WMF Martins Fontes, em junho de 2025.